LUCA KIESER

PINK
ELEPHANT

LUCA KIESER

PINK ELEPHANT

Roman

Blessing

Die Arbeit des Autors am vorliegenden Werk wurde vom Deutschen Literaturfonds e. V. gefördert. Der Autor dankt außerdem der Kunststiftung Baden-Württemberg und dem BMKÖS Österreich für die Unterstützung.

Die zitierten Songtexte sind als Destillat des jeweiligen Kapitels zu lesen und bilden rein wertschätzend einen roten Faden durch das gesamte Buch. Die Songzeilen verkörpern die jeweiligen Emotionen der handelnden Figuren, dienen dabei als Hommage und unterstreichen den hohen Stellenwert von Musik für den Protagonisten.

MIX
Papier | Fördert
gute Waldnutzung
FSC® C014496
FSC
www.fsc.org

Penguin Random House Verlagsgruppe FSC® N001967

1. Auflage, 2024
Copyright © 2024 by Luca Kieser
und Karl Blessing Verlag, München,
in der Penguin Random House Verlagsgruppe GmbH,
Neumarkter Str. 28, 81673 München
Sensitivity Reading: Amani Abuzahra, Selina Shirin Stritzel
Redaktion: Muhammet Ali Baş, Matthias Teiting
Lektorat: Nora Boeckl, Silja Maehl
Umschlaggestaltung: Designbüro Lübbeke, Naumann, Thoben
Umschlagabbildung: © plainpicture/Helloworld Images
Satz: satz-bau Leingärtner, Nabburg
Druck und Bindung: GGP Media GmbH, Pößneck
Printed in Germany
ISBN: 978-3-89667-760-0

www.blessing-verlag.de

für Alain

»Bleichgesicht!«

Immer wieder rief Tarek: »Bleichgesicht!«

Und irgendwann trat Ali nach Tarek. Tarek wich aus und lachte: »Was regst du dich so auf, du bist halt weiß.« Er klatschte in die Hände. »Weiß wie Milch. Du Milchgesicht.«

»Fick dich«, Ali trat noch einmal zu, diesmal traf er.

Tarek griff nach Ali und bekam die Bauchtasche zu fassen, die über dessen Schulter hing: »Du bist halt nur zu einem Viertel Araber. Du nennst dich zwar Ali, aber –«

»Halt's Maul«, schrie Ali und versuchte sich loszureißen. »Ich bin –«

»Ein Stück Mayonnaise bist du.«

Tarek zerrte an der Bauchtasche und sprang im Kreis um Ali. Dabei sang er: »Mayonnaise, Mayonnaise.«

Und Ali hörte auf sich zu wehren. Er stand einfach da und drehte sich mit Tarek mit. Und dann packte er plötzlich mich, riss mich zwischen sich und Tarek: »Schau dir Vince an.«

Tarek ließ die Bauchtasche los.

»Der ist so weiß, man sieht ihn nicht in der Sonne«, rief er und boxte gegen meinen Arm. »Alter, schau mal, da ist eine in der Luft schwebende Jacke.« Er boxte mich ein zweites Mal. »Was will die hier.«

»Alter, ein Geist«, kreischte Tarek und trat nach mir.

»Ich schwöre, was will der hier«, lachte Ali und trat ebenfalls zu.

Immer wieder. Und ich, ich versuchte ihren Tritten auszuweichen, ich lachte mit, lachte und hüpfte in den Schatten.

2006

STATISTISCH GESEHEN WIRD DEUTSCHLAND
IN DEUTSCHLAND IMMER WELTMEISTER

Das rote Werbeplakat mit der weißen Schrift fliegt vorbei. Meine Mutter wechselt auf den linken Fahrstreifen und schaltet hoch. Sie fährt bestimmt 20 km/h zu schnell und redet auf mich ein.

Als sie Luft holt, sage ich: »Wir waren das nicht.«
»Dann waren es eben eure Kumpels«, und ihr Monolog geht weiter. Ich starre aus dem Fenster.

Was ist mit Ali?

Tarek habe ich noch am Ende des Gangs sitzen sehen, als meine Mutter mit mir das Präsidium verlassen hat. Wahrscheinlich ist noch nicht einmal ganz klar gewesen, wie das jetzt mit seinem Pass ist. Von Ali aber habe ich seit dem Funkspruch nichts mehr gehört. Ist es da überhaupt um ihn gegangen? Ich bekomme dieses seltsame Gefühl im Bauch. Irgendwie bin ich mir sicher, dass er im Polizeifunk gemeint gewesen ist.

Die Bremsung, als wir von der Bundesstraße abfahren, holt mich zurück. Meine Mutter ist in ihrer Kindheit angekommen: »Wenn man mich von der Polizei hätte abholen müssen, ich weiß nicht, was mein Vater –«

»Dein Vater war ein Scheißnazi«, schreie ich, und sie schlägt aufs Lenkrad. Die Hupe knallt.

Das Abblendlicht strahlt die Lavendelsträucher vor unserem Haus an, und im Auto ist es auf einmal still, so still wie noch nie. Irgendwer hat mir erzählt, dass man, wenn um einen herum alles leise ist, das Blut hört, das einem durchs Ohr pumpt. Für mich klingt es jetzt, als ob wir noch immer fahren würden, nach dem Rauschen auf der Straße. Ich wünsche mir, dass meine Mutter etwas sagt, irgendetwas über meine Zukunft oder ihren Vater. Von mir aus auch etwas über ihren Boris. Aber nur die Lüftung knackt, irgendwo im Motor knistert es.

Dann dreht meine Mutter das Licht ab, die Lavendelsträucher verschwinden, und sie steigt aus. Ich warte und starre die schwarzen Umrisse an. Ich muss an Tarek denken, der wahrscheinlich noch immer in diesem Scheißgang hockt. Ihn haben die Bullen nicht gleich seine Eltern anrufen lassen. Und selbst wenn: Irgendwie bin ich mir sicher, dass er, als sie ihm dann den Hörer hingehalten haben, nur die Arme verschränkt hat.

Meine Mutter ist bereits auf dem Weg, der durch den Vorgarten Richtung Haus führt. Ich steige aus, und neben mir blinkt der SUV auf. Ich gucke in die Scheibe, aber mein Gesicht ist nur ein dunkler Fleck, ein Fleck mit einer Nase und Haaren, die im Schein der nächsten Laterne glänzen.

GOLDBLOND

In meinem Zimmer lege ich mein Handy neben mich auf die Bettdecke und bleibe auf der Bettkante sitzen. Ich höre, wie im Gästezimmer nebenan meine Mutter mit ihrer Schwester telefoniert. Mir gegenüber an der Wand hängt das Cover von *Electro Ghetto*, Bushido steht da mit gesenktem Kopf, seine Lederjacke schimmert. Daneben hängt Tupac, Oberkörper frei, über dem

Bauch *Thug Life* tätowiert. Eine Waffe steckt im Hosenbund. In der einen Hand hält er einen Joint, mit der anderen zeigt er den Mittelfinger: Fick dich.

Das sagt er: Fick dich, Vincent.

Fick dich, weil du auf deinen Freund geschissen hast.

Fick dich, weil ihr ihn im Stich gelassen habt. Weil ihr einfach gegangen seid.

Ich nehme den Blick von Tupac und schaue in meine Hände. Das Orange, das die Handinnenflächen angenommen haben, verblasst, je länger ich in die Furchen und Rillen starre.

Ihr seid mit seinem letzten Gras abgehauen und habt ihn sich selbst überlassen. Ihr hättet auch bleiben können, dann wäre er nicht – nebenan beendet meine Mutter das Gespräch.

Eine Sekunde ist es still, dann beginnt das nächste Telefonat, und an ihrem Hallo, das viel zu laut und viel zu hoch ist, erkenne ich gleich, dass es sich jetzt um Boris handeln muss. Ihren Boris, den sie zu seinen Fototerminen begleitet und dem sie den Kaffee in einem Mehrwegbecher hinhält. Den sie aus Stuttgart abholt, wo er im Landtag sitzt, ihn dann zu irgendwelchen Veranstaltungen begleitet. Im Herbst sind nämlich Wahlen, und da will Mamas Boris dann Oberbürgermeister werden. Wofür er sie dabei genau braucht, verstehe ich nicht wirklich. Einmal hat sie mich mitgenommen zu einem Frühstück mit Arbeitslosen, und wir haben den ganzen Morgen dagestanden und Traubensaft ausgeschenkt, pur oder als Schorle, das war's. Mein Verdacht ist, dass ihr Boris einfach irgendjemanden braucht, der ihm rund um die Uhr das Gefühl gibt, der Schlauste zu sein. Bei jeder Gelegenheit sagt meine Mutter: Ich habe darüber mit dem Boris geredet, und der Boris hat gesagt, dass. Oder sie sagt: Der Boris hat das ganz genau analysiert. Oder: Der Boris ist ja so ein Käpsele. Oder: Der ist so weit für sein Alter. Wenn ich lernen soll, sagt sie: Der Boris hat das Abitur als Jahrgangsbester gemacht.

Wenn wir streiten: Der Boris hat gelernt sich zu kontrollieren. Zu meinem Vater sagt sie oft: Der Boris besitzt einen so feinen Humor.

»DER BORIS, DER IST SICH JA FÜR NICHTS ZU SCHADE«

Bevor ich höre, was sie ihm von mir erzählt, stehe ich auf und schleiche aus dem Zimmer.

Als ich an dem Durchgang zu Küche und Wohnbereich vorbeikomme, bin ich besonders leise. Der Fernseher läuft, ich kann die Füße meines Vaters auf dem Hocker vor dem Sofa liegen sehen. Dann bin ich bei der Garderobe und schlüpfe in das Klo, das hier gleich neben der Eingangstür liegt und sozusagen mir gehört, weil meine Eltern oben ihr eigenes haben. Trotzdem sperre ich ab. Erst dann knipse ich das Licht an und drehe mich zu Waschbecken und Spiegel: Meine Nase ist richtig braun. Um den Mund, auf den Wangen und an den Schläfen habe ich dunkle Flecken, manche gehen ins Orange.

Ich streiche mir das Haar aus der Stirn. Man sieht ganz genau, bis wohin ich die Creme aufgetragen habe. Ein bisschen wirkt es, als ob der Haaransatz schimmeln würde.

Ich hebe das Kinn, und dort ist es noch schlimmer. Als ob ich mein Gesicht irgendwo hineingetunkt hätte.

Ich senke das Kinn wieder und schaue mir in die Augen, diese graublauen Augen, die mir auf einmal krank vorkommen, wie die Augen eines Vampirs oder so. Was, wie ich glaube, davon kommt, dass die Haut unter den Wimpern richtig krass weiß ist. Und das, obwohl ich die Creme dort hineingerieben habe, bis mir die Tränen kamen.

ICH SCHLIESSE DIE AUGEN
UND MUSS AN ALI DENKEN

Sami machte uns auf. Während wir aus den Schuhen schlüpften, fragte Tarek: »Ihr seid allein?«

Sami nickte nur in Richtung von Alis Zimmer und ließ sich dann wieder aufs Sofa fallen. Bis auf seine Mähne verschwand er vollständig hinter der Rückenlehne. Über den Fernseher flimmerte das Standbild eines pausierten Rennens.

»Wieso spielst du *Underground*?«, fragte ich im Vorbeigehen.

»*Most Wanted* hat Ali doch wieder verkauft«, murmelte er, dann setzten Motorengeräusche ein.

Als wir in Alis Zimmer traten, schlug uns als Erstes ein modriger Geruch entgegen. Die Vorhänge waren zugezogen, und ich brauchte einen Moment, um zu verstehen, dass hier ein furchtbares Durcheinander herrschte. Der ganze Boden war mit irgendwelchem Zeug bedeckt, der Schrank stand ausgeräumt und mit offenen Türen da. Ali selbst saß reglos auf dem Bett, in schwarzer Fila-Jogginghose und weißem Unterhemd.

Irgendwie war es unvorstellbar, dass das derselbe Junge sein sollte, der sich eigentlich ständig Sonnenblumenkerne zwischen die Zähne schob, sie im Mund knackte und sich dann ihre Schalen von der Zunge pustete. Der, wenn er keine Sonnenblumenkerne hatte, alle paar Sekunden schnalzte und dabei Spucke durch die Lücke zwischen den Schneidezähnen drückte. Der mir mit der Hand in den frisch rasierten Nacken klatschte und lachend rief: Mashallah, hundert Jahre Segen.

»Was geht«, sagte Tarek.

Ali blickte auf und sah uns einen Moment an. »Ihr müsst leise reden«, flüsterte er.

»Es ist doch nur dein Bruder da«, sagte ich.

Ali deutete nur stumm nach oben.

»Alter, was laberst du«, mischte sich Tarek ein. »Komm jetzt, wir haben nicht ewig Zeit.«

Ali zuckte zusammen, sagte aber nichts und stieg aus dem Bett. Dann kniete er sich vor dem Schrank hin, griff unter die Bodenplatte und holte den Schuhkarton vor.

»Der letzte Rest, den ich habe«, sagte er leise und nahm eine Knolle Gras und eine Packung Alufolie heraus.

Er riss ein Stück Alufolie ab, wickelte damit das Gras ein und hielt, ohne wieder aufzustehen, Tarek den Klumpen hin.

Ohne die Miene zu verziehen, zog Tarek seine Lederjacke aus und kniete sich ebenfalls hin. Er steckte den Klumpen in seine Socke. Sonst verarschten wir ihn, wenn er das machte. Heute sagte keiner was. Er stand wieder auf. Die Lederjacke behielt er unter dem Arm.

»Bleibt ihr ein bisschen?«, fragte Ali plötzlich, und es sah aus, als ob er zu lächeln versuchte.

»Geht nicht«, sagte ich und suchte Tareks Blick.

»Ist so, ich schwöre«, sagte der. »Die bringen uns um, wenn wir nicht gleich wiederkommen. Seine Schuld.« Er nickte in meine Richtung. »Dafür bist du jetzt nicht mehr der Einzige, der Stress mit O hat.«

Ali guckte wieder zu mir. Ich sah weg und betrachtete stattdessen das Zeug am Boden. Kopfhörer. Ein Spiralblock. Eine Dose Copix, die zwischen Gläsern und Tassen verteilt lag. Auf einem Teller vertrocknete eine angebissene Brotscheibe. Das meiste aber waren Klamotten. Socken und Shirts, die Jacke, die zu der Fila-Jogginghose gehörte.

»Bitte«, sagte Ali. Er hatte den Kopf wieder gesenkt.

Kurz glaubte ich, Tarek würde gleich seufzen und sagen: »Aber nur, weil du es bist.« Er hatte die Hand gehoben und betastete seine Frisur. Die Handinnenfläche blieb dabei ein paar Millimeter über seinen in Wachs getränkten Löckchen schweben.

Dann ging auf einmal alles wahnsinnig schnell.

»Du kannst ja mitkommen«, sagte Tarek.

Ali schüttete den Kopf. »Kann ich nicht«, raunte er und deutete wieder nach oben.

Worauf Tarek die Schultern zuckte, und wir nacheinander zu ihm traten. Statt einem Handschlag, berührte ich ihn kurz an der Schulter und, zack, standen wir im Aufzug.

»Kommt gar nicht klar, oder?«, meinte ich.

»Inzwischen ja normal«, sagte Tarek, und ich musste daran denken, wie Ali nachts so durchgedreht war.

Zack, waren wir wieder draußen auf dem Weg, der zwischen Block und Hallenbad hindurch Richtung Grundschule führte.

Wo sie auf uns warteten.

Die Sonne ging unter, zwischen den Platten gab es rosa und gelbe Wolken.

Ich trat nach einer Coladose, die am Wegrand lag. Sie schepperte über den Asphalt und, zack, bogen wir auf den Schulhof.

Während Tarek, zack, den Klumpen in Os Hand fallen ließ, kamen die anderen auf mich zu. Der kelb hatte ein Handy in der Hand und richtete die Linse auf mich und, zack, wurde ich von zwei anderen gepackt und zu einer Mauer geführt. Der kelb öffnete mit der freien Hand den Deckel einer Kiste.

»Rein.«

Ich stieg in die Kiste, an deren Boden Kies lag, und kauerte mich hin. Der Geruch von Salz stieg mir in die Nase. Zwischen den anderen hindurch sah ich auf der Mauer die Wodkaflasche stehen, die ich vorhin besorgt hatte. Sie war halb geleert, dann, zack, klappten sie den Deckel runter.

Und, zack, wurde es wieder hell.

Ich richtete mich auf. Fäuste prasselten auf mich ein. Ich riss die Arme über den Kopf und ging auf die Knie. Überall um mich war Gelächter. Dann traf der Deckel meinen Hinterkopf.

Auf dem Weg zurück in mein Zimmer bleibe ich in dem Durchgang zu Küche und Wohnbereich stehen. Mein Vater ist weiter vorgerutscht, nur noch sein Kopf liegt an der Sofalehne an. Das Oberteil seines Schlafanzuges hat er so umgeschlagen, dass er mit dem Finger im Bauchnabel pulen kann. Meine Mutter sitzt auf dem Eckteil, sie muss den Kopf etwas drehen. Neben ihr liegen Telefon und Fernbedienung. Ihre Linke ruht wenige Zentimeter entfernt, jederzeit bereit.

Vielleicht sollte ich ihnen alles erzählen. Von heute Mittag, von heute Abend.

Von Ali.

Ich öffne den Mund.

Aber es geht irgendwie nicht.

Also bleibe ich einfach stehen und starre ins Bücherregal.

Zwölf frei hängende Bretter, über die ganze Wand, Erle, geölt. Nur in den unteren vier Brettern gibt es eine Lücke, wo der Fernseher hängt. Gerade bleibt ein BMW am Straßenrand stehen. Zwei *Tatort*-Kommissare steigen aus, überqueren die Straße, öffnen das Gatter zu einem Vorgarten. Einer drückt den Finger auf eine Klingel.

»Du gehst morgen nicht in die Schule«, sagt mein Vater. »Du gehst nicht raus. Du bleibst daheim.«

»Willst du dich nicht zu uns setzen?«, fragt meine Mutter und legt Fernbedienung und Telefon auf ihren Schoß.

Ich weiß nicht, ob ich will. Vielleicht sollte ich für immer hier stehen bleiben, zwischen Flur, Küche und Wohnbereich. Aber da steige ich schon über die ausgestreckten Beine meines Vaters, greife nach einem Kissen und setze mich.

Während eine Frau weint, schwankt das Bild. Nach einem Schnitt hat sie aufgehört und ist von der Seite zu sehen, im

Hintergrund ein von Licht durchfluteter Raum. Sie presst eine Hand, die ein Taschentuch hält, gegen ihren Mund.

»Und wie lange darf ich nicht in die Schule?«, frage ich.

»Sehen wir dann.«

Ich lege das Kissen so vor meinen Bauch, dass ich meine Unterarme dahinter schieben kann. Das Gesicht wende ich so weit wie möglich von meinem Vater ab.

Übermorgen sind wir jedenfalls
Zum Abendessen bei deiner Tante

Das *Tatort*-Fadenkreuz flammt auf, der Abspann setzt ein, und meine Mutter beginnt zu zappen. Als sie die Regionalsender durchhat, reicht sie meinem Vater die Fernbedienung. Der schaltet zurück auf einen Sender, der eine Zusammenfassung des Gruppenspiels Spanien gegen Tunesien bringt, und legt die Fernbedienung auf seinen Bauchnabel. Meine Mutter steht auf und nimmt das Telefon mit.

Während der überraschende Führungstreffer von Tunesien gezeigt wird, muss ich daran denken, wie ich letzte Woche hier mit meinem Vater das Spiel Deutschland gegen Polen geschaut habe. Er hatte darauf bestanden. Ich sah lustlos zu, wie Klose den Ball am Tor vorbeiköpfte, wie Podolski knapp vorbeischoss, ich begann erst mitzufiebern, als es in der Schlussphase noch immer unentschieden stand. Bei dem Freistoß nach der gelb-roten Karte gegen Polen hielt ich das erste Mal die Luft an. Dann ging es los, dass der polnische Torhüter im Minutentakt parieren musste. Und als die Deutschen schließlich in der neunzigsten Minute erst zweimal gegen die Latte ballerten und dann ein Tor wegen Abseits nicht zählte, lachte ich triumphierend auf. Mein Vater sah mich von der Seite an und sagte: »Schluss jetzt. Wir dürfen gegen jeden verlieren, nur nicht gegen Polen.«

19

Noch bevor er zu Ende gesprochen hatte, fiel das nächste Tor für Deutschland.

Was seither im Turnier passiert ist, habe ich nicht wirklich mitbekommen. Deutschland ist fürs Achtelfinale qualifiziert, aber noch laufen die Vorrundenspiele, wie zum Beispiel dieses hier.

Plötzlich fällt mir ein, wie der eine der beiden Bullen im Auto meinte, dass er das Spiel eigentlich sehen wollte. Es war der, der mir so bekannt vorkam. Ich überlege, wo ich ihn schon mal gesehen haben könnte, aber kein Polizist, mit dem ich je zu tun hatte, trug eine Glatze.

»Und was ist mit deinem Gesicht passiert?«, reißt mich mein Vater aus den Gedanken.

»Weiß nicht«, sage ich und drehe das Gesicht so weit von ihm weg, dass ich unmöglich noch in den Fernseher sehen kann. Ich nagle meinen Blick im Bücherregal fest und lese die Wörter, die ich schon Hunderte Male gelesen habe. *Siddharta. Der Alchimist.*

DER SEELE DUNKLE PFADE

Als ein Auto unsere Straße hinauffährt, fällt durch die Schlitze im Rollladen Licht an die Decke, huscht ein Stück weiter und verlischt. Ich liege auf dem Rücken, schließe die Augen, aber öffne sie gleich wieder. Wie Ali bei sich im Zimmer auf dem Bett sitzt und zu Tarek und mir aufschaut, dieser Blick hat sich in meine Erinnerung gebrannt – wenn ich mit offenen Augen in mein dunkles Zimmer hinaufstarre, habe ich es nicht so deutlich vor mir.

Gedämpft dringt der Ton des Fernsehers durch die Tür. Mein Vater hat nun auch begonnen zu zappen. Immer wieder ist Herbert Grönemeyers Hymne auf die WM zu hören, diese

Trommeln, die irgendwie afrikanisch klingen sollen. Ich drehe mich auf die Seite und betrachte auf dem Nachttisch die Umrisse meines blauen Karl-Kani-Geldbeutels, meines Handys und daneben, matt schimmernd, den Stein aus Glas, den wir von Liam bekommen haben.

Dann endlich verstummt der Fernseher. Ich höre erst den Lichtschalter, einige Augenblicke später das Klicken, mit dem der Strom im Wohnbereich abgedreht wird. Ich wende den Kopf von der Tür ab und schließe die Augen, aber mein Vater bleibt schon lange nicht mehr vor meinem Zimmer stehen. Kein rascher Blick auf seinen Jungen. Keine vorsichtig geöffnete Tür. Kein Licht, das auf mein schlafendes Gesicht fällt.

Er geht ins Bad. Ich höre den Wasserhahn. Dann ist es still.

Gerade als ich mich frage, ob ich mich verhört habe und er längst hochgegangen ist, höre ich die Klospülung, gleich danach noch mal den Wasserhahn. Dann seine Schritte auf der Treppe. Mein Puls beschleunigt sich.

Langsam zähle ich bis zehn.

Ich ziehe das Feuerzeug aus dem Spalt zwischen Wand und Nachttisch, nehme Handy und Geldbeutel und schlage die Decke zurück. Um den Rollladen geräuschlos zu heben, muss ich vorsichtig immer stärker drücken. Als ich ihn zur Hälfte angehoben habe, lasse ich erst eine, dann die andere Hand los. Ich öffne das Fenster und klettere aufs Fensterbrett. In der Hocke drehe ich mich um – und stoße mit meinem Hinterkopf gegen den Rollladen.

Es scheppert.

Ich halte den Atem an und lausche ins Haus. Ich traue mich nicht einmal, den Blick von der Deutschlandfahne zu nehmen, die im Garten unserer Nachbarn steht. Schlaff hängt sie am Mast. Auch die Äste des Baumes, der hinter der Fahne in den Nachthimmel ragt, bewegen sich nicht.

Diesmal zähle ich bis sechzig, dann gleite ich vom Fensterbrett.

Ich lande in dem Streifen aus Kieseln, der zwischen Gartenhecke und Wand einmal ums Haus führt. Die Steine sind angenehm kühl. Ich setze jeden Schritt vorsichtig, teste mit den Zehen, ob sich der Kiesel bewegt, verlagere erst dann das Gewicht. Alle paar Schritte muss ich an einem Lavendelstrauch vorbei. Die stehen rings ums Haus, weil sie die Fassade schützen sollen.

Du fühlst, du träumst
Du fühlst, du glaubst, du fliegst
Du fliegst
*Du fliegst**

Meiner Mutter hat nichts Besseres passieren können als mein Vater. Das sagt sie so, seit ich mich erinnern kann. Und meine Tante, ihre Schwester, sagt immer, im Traum hätte sie nicht gedacht, dass meine Mutter so einen abbekommt. Ich glaube, das hat damit zu tun, dass alle in ihrer Familie zuvor Bauern waren, Bauern und Metzger, und irgendwann gab es den Besitzer eines Schlachthofes. Das war mein Opa, ein kleiner, runder Mann, der nach dem Krieg nur noch einen Arm besaß – und eben seine zwei Töchter, von denen eine einen gelernten Mechatroniker heiratete und die andere, meine Mutter, es schaffte, sich in einen Studenten zu verlieben.

Der Student war dabei nur auf den ersten Blick ein Student. Seine Eltern waren Beamte. Sie hatten ihr ganzes Leben lang, wie mein Vater immer erzählte, Briefmarken abgeleckt und waren, wie er hinzufügte, um mich zum Kichern zu bringen, maulfaul – wo das doch ein Widerspruch war, Briefmarken ablecken und maulfaul sein.

Ich kann mich an die Eltern meines Vaters nur erinnern, wie sie auf einem hellbraunen Sofa saßen, während in einem riesigen

Röhrenfernseher Tennis lief, Skispringen oder Formel 1, und wie sie mich, egal von wem ich erzählte, fragten: »Mo kahrt der na?«

Sie klangen, als hätten sie keine Kraft im Kiefer.

»Wo dein Freund herkommt«, übersetzte meine Mutter.

»Aus dem Kindergarten«, sagte ich.

Und sie winkten ab.

Es gab trockenes Gebäck, Grapefruitsaft, und im Vorzimmer standen auf dem Schuhschrank die kleinen Kissen, die zum Befeuchten der Briefmarken da waren.

Als sie starben, begann mein Vater gerade seinen Facharzt. Mein Onkel, der Mechatroniker, fuhr Reisebus. Und weil keiner von beiden eine Metzgerei übernehmen wollte, verkaufte mein anderer Opa und behielt nur ein paar Anteile vom Schlachthof, gerade so viel, dass er meiner Mutter am Ende genug vererbte, damit sie ein Haus bauen konnte. Ein kleines Haus, zumindest im Vergleich zu den Villen hier in der Siedlung. Wenn ich es richtig verstanden habe, ist vor allem das Grundstück teuer gewesen.

»Na ja«, hatte mein Onkel gesagt. »Universitätsstadt halt.«

Dafür hat man von hier einen Blick über die Altstadt.

Und es ist ruhig.

UND RUHE, DAS IST DAS WICHTIGSTE

Ich spähe um die Hausecke. Die Straße liegt verlassen da. Es ist zwar jede zweite Laterne abgeschaltet, aber ausgerechnet an der Grenze zwischen unserem Grundstück und dem der Nachbarn steht eine, die brennt. Sie wirft ein gelbes Licht über das Stück Rasen vor unserem Haus und auf die Einfahrt, in der unsere beiden Wagen stehen.

In letzter Zeit haben meine Eltern manchmal Streit, wer welchen nimmt.

»Wie sieht das denn aus!«, regt sich meine Mutter dann auf.

Mein Vater sagt etwas wie: »Der hat doch einen viel besseren Verbrauch.«

»Es geht darum, wie es aussieht«, sagt meine Mutter genervt.

»Ich dachte, dein Boris fährt nur Rad.«

»Doch nicht nach Stuttgart.«

»Ich verstehe gar nicht, warum du ihn dahin fahren musst.«

Wenn ich frage, worum es eigentlich geht, erklärt mir meine Mutter, dass es zum Beispiel meinen Schulbus nur wegen ihrem Boris gibt: »Der hat das vorangebracht vor Jahren, als er noch studiert hat.«

Mein Vater verdreht die Augen und geht. Und damit bleibt es dann dabei: Der silberne VW Touran ist so etwas wie das Familienauto, das meine Mutter benutzt. Mein Vater nimmt den kleinen, weißen BMW, um in die Klinik zu fahren.

Ich brauche keine zwei Sekunden, dann bin ich quer über den Rasen bis zur Einfahrt gehuscht und habe mich in den Schatten zwischen den beiden Autos geduckt. Ich kauere mich hin, lege Handy und Feuerzeug ab und schlage meinen Geldbeutel auf.

Als der eine Bulle ihn vorhin durchsucht hat, ist ihm nichts aufgefallen. Und auch ich muss kurz tasten, bis ich unter dem Stoff die längliche Form spüre. Millimeter um Millimeter schiebe ich sie durchs Futter, bis schließlich ihre Spitze in der aufgeplatzten Naht erscheint. Vor vielen Wochen habe ich sie hier hineingezwängt, sie ist noch aus meiner allerersten Packung.

Nachdem ich sie herausgezogen habe, halte ich sie hoch. Im Schein der Laterne sieht ihr Rosa irgendwie grau aus. Der Ring, der markiert, wo der Filter beginnt, ist zerknittert. Der kleine goldene Elefant daneben glänzt matt. Und vom tausendmal auf ihr draufsitzen, ist sie flach wie ein Stück Karton.

Vorsichtig streiche ich sie in Form. Dann richte ich mich kurz auf, um die Straße hinauf- und hinunterzusehen, setze mich mit

Blick auf die gegenüberliegende Straßenseite und klemme mir die Zigarette zwischen die Lippen.

VANILLE

Schon nach ein paar Zügen schmecke ich das Aroma kaum noch. Mir ist ein wenig schummrig, und ich nehme einen Arm nach hinten, um mich abzustützen.

Durch eine Lücke zwischen den Häusern sehe ich die Hochhäuser, die auf der anderen Talseite stehen. Tagsüber zeichnen sie sich deutlich ab, jetzt scheinen sie über dem Lichtsmog der Altstadt zu schweben. Ich glaube, das Hallenbad zu erkennen. Es ist komplett verglast und nachts beleuchtet. Dahinter liegt unsere Schule. Und rechts davon müssen zumindest ein paar von den Lichtpunkten zu dem Hochhaus gehören, in dem Tarek im fünfzehnten und Ali im vierten Stock wohnen. Aber es ist schwer, die Lichter zuzuordnen, die Platten stehen eng und gehen ineinander über.

Ich lege den Kopf in den Nacken, bis sich der Schatten unseres Daches in mein Sichtfeld schiebt.

Der vierte Stock, das ist mehr als doppelt so hoch.

Ich puste dem Dach, hinter dem auf der straßenabgewandten Seite meine Eltern schlafen, Rauch entgegen. Dann beginnen sich die Sterne und das Dach zu drehen. Ich ziehe noch einmal und drücke die Kippe in eine Rille des Autoreifens neben mir.

Bevor ich wieder zu meinem Fenster zurückschleiche, nehme ich mein Handy und öffne das Adressbuch, gebe T ein, und eine Liste aus zwei Namen erscheint. Ich klicke nach unten, und für einen Augenblick kommt es mir wie das Normalste der Welt vor, jetzt einfach Tobi anzurufen. Obwohl es mitten in der Nacht ist. Und obwohl wir seit Wochen, seit der Gerichtsverhandlung, kein Wort mehr gewechselt haben. Dann drücke ich wieder nach oben.

Dreimal habe ich es bei Tarek probiert: Als meine Mutter mich beim Auto hat stehen lassen. Dann fünf Minuten später in meinem Zimmer. Und vorhin, bevor ich ins Bett gegangen bin. Vielleicht haben die Bullen ihn über Nacht dabehalten – sage ich mir und weiß im selben Moment, dass das Bullshit ist. Es hat vielleicht eine halbe Ewigkeit gedauert, bis sie gecheckt haben, dass er im Pass seiner Eltern miteingetragen ist, aber jetzt ist er längst daheim. Und aus irgendeinem Grund geht er nicht ran.

Und irgendwie ist das schlimmer als das mit Ali. Das Loch in meinem Bauch ist gerade vor allem da, weil Tarek nicht rangeht. Weil er nicht zurückruft. Und weil ich nicht weiß, warum.

Als ob ich damit etwas gutmachen könnte, lösche ich das T und gebe ein A ein. Ein paar Sekunden starre ich den Namen an und versuche irgendetwas zu fühlen, dann drücke ich den grünen Knopf und presse mir das Gerät ans Ohr.

Es knistert.

Alis Stimme ist zu hören: »Ja?«

Im selben Augenblick setzen Tareks und mein Gelächter ein.

»Mailbox, du Opfer!«, rufen wir.

Und es piepst.

WIE LANGE ES HER IST

Dass mein Vater Abend für Abend einen Sessel in mein Zimmer schob, sich hineinsetzte und die Füße aufs Bett legte.

Damals hing noch nichts an der Wand, kein Bushido-Poster und kein Tupac. Im Zimmer lag Lego, neben der Stereoanlage stand eine lange Reihe mit Kassetten, und im Regal stapelten sich Brettspiele und Bücher.

Und während ich dann der Stimme meines Vaters lauschte, fuhr ich mit der Fingerkuppe über die Tapete, fuhr zwischen den kleinen Knubbeln hindurch, über die Hügel und unter meinem Finger wurden sie zur Insel Lummerland. Bald schon spürte ich, wie durch die Tapete der Rauch aus Lukas' Stummelpfeife und die Dampfwölkchen seiner Lokomotive hindurchdrückten. Und dann stachen wir mit ihm, mit Jim und Emma in See, pflückten Meerbirnen und Seegurken. Ich sah die durchsichtigen Bäume von Mandala, lief über die Brücken aus Porzellan und aß die vielen Reisgerichte, die uns der kleine Ping Pong brachte.

UND WIE LANGE ES HER IST

Dass ich, nachdem mein Vater aus dem Zimmer geschlichen war, aus dem Bett nach der Tür fasste, sie aufstieß und raunte: »Papa.«

Immer wieder: »Papa.«

Bis er mich endlich hörte und sich zu mir setzte.

»Ich habe«, flüsterte ich und wusste nicht weiter.

»Tut dir etwas weh?«, fragte er.

»Etwas im Bauch«, sagte ich.

Er legte zwei Finger auf meinen Bauch: »Da?«

»Ich weiß nicht«, sagte ich.

»Tut es hier weh?«

Ich schüttelte den Kopf.

»Und hat es«, überlegte er, »hat es eine Farbe?«

»Es ist schwarz«, sagte ich. »Und es ist kalt. Es ist«, plötzlich wusste ich, wie es war, »wie bei den schwarzen Felsen.«

Dort war die Sonne kaum mehr als ein violetter Fleck an einem schwarzen Himmel, und rechts und links vom Weg gähnten Abgründe, die man aus der Lokomotive nicht sehen konnte, weil die Felsen so schwarz waren, dass sie jedes bisschen Helligkeit verschluckten.

»Schwarze Felsen?«, fragte mein Vater.

»Bei *Jim Knopf*, erinnerst du dich nicht mehr?«

»Ach so«, sagte mein Vater, »natürlich. Es ist ein wenig her, dass wir das gelesen haben.«

Er legte seine Hand flach auf meinen Bauch.

»Ist es so besser?«

Seine Hand war warm, und irgendwie deckte sie das zu, wofür ich keinen Namen hatte.

Eine Weile waren wir still.

Dann sagte ich: »Es ist ein bisschen wie ein schwarzes Loch.«

Und wie lange es her ist

Dass ich im Bett lag, in meinen Bauch hineinlauschte und dabei an dem Knopf an meinen Boxershorts herumspielte. Dass ich eine Hand unter den Bund schob und es am Handgelenk spannte. Dass in den Leisten Schweiß klebte. Dass ich ihn mit den Fingern wegwischte und etwas geschah, das ich vom Duschen kannte.

Ich wusste, warum es den Knopf gab, meine Mutter hatte es mir erklärt.

»Damit du im Winter«, hatte sie gesagt, »wenn du dir das Unterhemd in die Hose gestopft hast, nur den Reißverschluss von der Hose und den Knopf aufmachen musst.«

Dann erzählte sie mir von den Unterhosen meines Opas, die alle einen Schlitz besaßen, weil er mit nur einem Arm keinen Knopf mehr aufbekam.

»Warum eigentlich?«, fragte ich.

»Weil man dafür zwei Hände braucht«, sagte sie.

»Nein, ich meine, warum der Opa eigentlich nur noch einen Arm hat.«

»Das weißt du doch«, sagte sie. »Den hat er im Krieg gelassen.«

»Aber wie?«, fragte ich.

»Wie meinst du?«

»Wie genau?«

»Das weiß ich nicht.«

»Hat er auf wen geschossen, und der hat dann zurückgeschossen?«

»Vincent, das weiß ich nicht.«

»Glaubst du, er hat wen getötet?«

»Eine gute Frage«, sagte sie. »Das habe ich mich nie gefragt.« Dann strich sie mir über den Kopf und löschte das Licht.

Fragte ich meine Tante, sagte die immer nur: »Über so etwas hat dein Opa nie geredet.«

»Mama sagt, ihr habt ihn nie gefragt.«

»Er hat nichts erzählt, wir haben nicht gefragt. Wo ist denn da der Unterschied?«

Erst ihr Mann, mein Onkel, nahm mich irgendwann mit in seinen Hobbyraum zu seiner Modelleisenbahn. Und während wir seine neue Lok ausprobierten, erzählte er mir dann, wie tapfer mein Opa gewesen war.

DOCH DANN BRACH
EINE NEUE ZEIT AN

Sie begann an der Bushaltestelle beim Einkaufszentrum, im Wartehäuschen mit den zerkratzten Scheiben. Gerade noch hatten wir in der Klasse Fasching gefeiert, und ich nahm als Herr der Diebe auf der Sitzbank Platz, in schwarzem Mantel und mit einer Maske aus Venedig. Während Tobi sein Jack-Sparrow-Outfit im Rucksack verstaute, tat ich so, als würde ich die beiden, die von der anderen Straßenseite zu uns rübergucken, nicht sehen. Der eine war groß und irgendwie schlaksig. Der Kleinere hatte eine Packung in der Hand und schob sich die ganze Zeit etwas in den Mund.

Auf dem Weg von der Schule hierher hatten Tobi und ich über die WM geredet, die im Sommer stattfinden würde. Tobis Vater arbeitete für T-Mobile und hatte Karten für das Spiel um Platz drei bekommen. Es würde in Stuttgart gespielt werden, und wir überlegten, wie wir seinen Vater dazu bekamen, dass ich mitkommen durfte.

»Wir kriegen das schon hin«, sagte Tobi und zog den Reißverschluss zu.

Dann setzte er sich neben mich und fragte: »In welche bist du denn jetzt eigentlich?«

Ich schwieg.

Er meinte, in welches Mädchen ich verliebt wäre. Seit ein paar Wochen fragte er mich das die ganze Zeit und erzählte mir dann jedes Mal, in wen er selbst gerade verliebt war und in wen er nur deshalb verliebt war, weil er es gern mit ihr machen würde, und am Ende zählte er noch die Mädchen auf, mit denen er es auf keinen Fall machen wollte.

Dann fragte er mich wieder: »Komm schon, in welche bist du?«

»In keine«, sagte ich.

»Du kannst es schon zugeben.«

»Wirklich.«

»Du traust dich nur nicht.«

»Doch.«

»Jeder ist in eine.«

»Ich nicht.«

»Dann bist du –«

»Vielleicht«, unterbrach ich ihn, »vielleicht ein bisschen in Nadine.«

NADINE

Ich war im Badezimmer und hatte geduscht. Gerade hatte ich meine Kleider von dem Stuhl neben der Badewanne genommen, als ich bemerkte, dass die Tür offenstand und ich quer durch den Flur in mein Zimmer sehen konnte. Und dort stand Nadine und sah mich an. Ich schlug die Badezimmertür zu, aber Nadine war bereits losgegangen und öffnete die Tür wieder, bevor ich sie hätte verriegeln können. Ich sank rückwärts auf den Stuhl, sie kam auf mich zu, und ich erwachte mit einem Loch, wie ich es noch nie im Bauch gehabt hatte.

Ein bisschen fühlte es sich wie Hunger an, gleichzeitig wollte ich nie wieder essen.

An diesem Morgen setzte ich mich im Bus ganz nach vorn. Nadine stieg immer bei der ersten Tür ein. Aber obwohl der Platz neben mir frei war, blieb sie beim Fahrer stehen.

Aber die hat
Keine Titten

»Und überhaupt«, sagte Tobi. »Die ist eklig dünn.«

Ich wollte sie verteidigen und öffnete den Mund, bekam aber kein Wort heraus. Auf einmal war das Loch da. Oder ich bemerkte in diesem Moment, dass es da war, in meinem Bauch. Die ganze Zeit schon. Seit wir an der Bushaltestelle saßen und ich aus den Augenwinkeln die beiden Jugendlichen auf der anderen Straßenseite beobachtete. Jetzt machte es sich groß, und ich wusste plötzlich, dass etwas nicht mehr stimmte.

Ich sah auf, und unsere Blicke trafen sich. Ich nickte, als ob ich die beiden kennen würde, und merkte, noch während ich es tat, dass es danebenging.

Vielleicht hatte der Schlaksige vorhin gesagt: »Siehst du die beiden da drüben?«

Und der Kleine hatte gefragt: »Wieso, was ist mit denen?«

»Der verarscht mich immer.«

»Welcher? Der Blonde?«

»Der lacht über meinen Bart.«

»Sieht ja auch scheiße aus.«

»Halt die Fresse.«

»Ich mach ja nur Spaß.«

»Der sagt Hitler zu mir, dieses Opfer.«

Und vielleicht sagte der Kleine gerade: »Wir gehen da jetzt hin.«

Er stopfte die Packung Sonnenblumenkerne in die Tasche seiner Trainingsjacke.

»Und dann?«, fragte der Schlaksige.

Aber sein Freund war bereits losgegangen.

Blick nach links den Nordring rauf, Blick nach rechts den

Nordring runter, dann nichts und niemanden mehr im Blick als uns.

»Ali!«

Und das war das erste Mal, dass ich Alis Namen hörte, als er schon auf dem Mittelstreifen stand, noch ein Auto vorbeiließ und dann auf Tobi und mich zukam.

Tobi neben mir stand auf. Als er einen Schritt vor machte, stand auch ich auf und trat vor.

»Lasst uns in Ruhe«, sagte er. »Wir wollen nichts mit euch zu tun haben.«

Ali ignorierte ihn und baute sich vor mir auf. Ich war ein bisschen größer, er sah mir von unten in die Augen, auf seiner Stirn lag eine Falte, als ob ihn etwas anstrengte: »Was hast du für ein Problem mit ihm?«

Ohne mich aus den Augen zu lassen, zeigte er hinter sich, wo der andere, der Schlaksige, noch über die Straße auf uns zu kam.

Ich spürte, wie Tobis Arm sich zwischen uns schob.

»Lass ihn in Ruhe«, sagte Tobi.

»Verpiss dich«, sagte Ali und schob Tobis Arm weg. »Du gehst mir voll auf die Nerven.« Er machte einen Schritt auf mich zu.

»Deine Mutter kann einem nur leidtun«, hörte ich Tobi.

»Was für ein Scheiß war das über meine Mutter?«, Ali drehte sich zu ihm.

»Hey«, sagte ich. »Wir haben euch nichts getan.«

Und da war er wieder bei mir, machte noch einen Schritt auf mich zu: »Du hast nichts getan?«

Ich spürte die Bank in den Kniekehlen.

»Wirklich nichts?«

»Ali, komm schon«, rief der Schlaksige. »Khalas!«

Und dann hörte ich Tobi, leiser als eben, dennoch deutlich: »Scheißasylanten.«

Es hörte einfach nicht auf. Immer mehr Blut quoll aus meinen Nasenlöchern. Ich drückte mir die Hand ins Gesicht und stolperte Tobi hinterher, der mit gezücktem Säbel zurück Richtung Schule marschierte. Um meinen Hals baumelte die Maske. Erst auf der Treppe, die durchs Einkaufszentrum führte, wurde Tobi langsamer.

»Ich hol dir hier irgendwo Tücher«, sagte er.

»Okay«, nuschelte ich durch meine Hand hindurch.

»Halt mal.«

Er drückte mir seinen Säbel in die freie Hand. Ich legte meinen Kopf in den Nacken und sah durch die Finger hindurch an die Decke.

Tobi hatte mich direkt unter einer Kamera stehen lassen. Nachdem im vergangenen Sommer das gesamte Einkaufszentrum abgebrannt und es dann wieder aufgebaut worden war, hingen überall welche.

Ich fühlte, wie mir jetzt das Blut in den Rachen rann, und als ich schluckte, schmeckte ich es auch, Metall, irgendwie süßlich.

Ich nahm die Hand vom Gesicht und trat aus dem überdachten Bereich. Der Himmel war von einer gleichmäßigen Wolkendecke bedeckt. Ich schluckte wieder.

»Hier«, sagte eine Männerstimme neben mir, und ich spürte eine Hand an meiner Hand, die mir etwas gab.

»Nimm das in den Nacken«, sagte der Mann. »Dann hört es gleich auf zu bluten.«

Ich konnte ihn nicht richtig erkennen, sah nur dunkle Haare, die in alle Richtungen abstanden, und eine Brille. Dann begriff ich, dass er mir ein Kühlpad gegeben hatte, das in ein Tuch eingeschlagen war.

»Danke«, murmelte ich und schob es mir in den Nacken.

»Pass auf«, sagte im selben Moment Tobi und legte mir einen Haufen Klopapier aufs Gesicht, so viel, dass ich nichts mehr sah. Mit der Hand, in der ich den Säbel hielt, griff ich danach. Tobi nahm ihn mir ab, und noch bevor ich den Berg Papier hätte ordnen können, hatte er mich schon an der Schulter gefasst und führte mich weg.

»Bring mir das Pad irgendwann wieder«, hörte ich den Mann. Dann kam Tobis erstes Kommando: »Links.«

»Achtung Pfosten.«

»Rechts.«

»Bordstein.«

Und irgendwann: »Was sagen wir?«

»Wieso?«

»Wir haben ja auch Sachen zu ihnen gesagt.«

»Sie haben uns geschlagen.«

»Du hast auch geschlagen.«

»Ich habe ihn wegschieben wollen.«

»Trotzdem.«

»Also?«

»Brauchen wir ja alles nicht zu sagen.« Tobi blieb stehen. »Wir sagen einfach, sie haben Stress gesucht und uns dann geschlagen. Einfach so.«

»Und wenn sie was anderes sagen?«

Ich nahm das Klopapier weg und sah Tobi an.

Es hatte aufgehört zu bluten.

Wenn Aussage gegen Aussage steht Glaubt man uns

Irgendein Lehrer brachte uns ins Lehrerzimmer. Dort bildete sich eine Traube um uns. Tobi erzählte wieder und wieder, was geschehen war, während ich nur dastand und versuchte das Blut von der Maske zu reiben. Dann kam die Schulleiterin und nahm uns mit in ihr Büro. Hier untersuchte ein Sportlehrer meine Nase, und nachdem er Entwarnung gegeben hatte, sollten wir unsere Eltern anrufen.

»Mein Vater hat Dienst bis zum Abend.«

»Er ist am Klinikum, richtig?«, fragte die Schulleiterin.

»Ja.«

»Und deine Mutter?«

»Wir können es versuchen«, sagte ich und rief zu Hause an.

Dann probierte ich es auf ihrem Handy und dann wieder auf dem Festnetz. Schließlich gab ich auf und erklärte der Schulleiterin, wo meine Mutter wahrscheinlich war.

Während ich redete, zog sie die Augenbraue hoch. Sie fragte: »Unser nächster Bürgermeister?«

Ich zuckte die Achseln. Ich nickte.

Sie sah mich einen Moment an. Dann drehte sie sich zu Tobi: »Deine Mutter kann Vincent doch bestimmt nach Hause fahren.«

»Gar kein Problem«, sagte Tobi.

Als wir das Schulgebäude verließen und Richtung Parkplatz gingen, bemerkte ich, dass ich noch immer das Kühlpad in der Hand hielt.

»Das muss ich noch zurückgeben«, sagte ich.

»Hast du das nicht von der Schule?«, fragte Tobis Mutter und band sich ihren Zopf neu.

»Von so einem Mann im EKZ«, sagte Tobi.

Sie schaute mich einen Moment an und sah dabei so aus wie vorhin die Schulleiterin, als ich Boris erwähnt hatte. Sie nahm mir das Kühlpad aus der Hand.

»Papperlapapp«, sagte sie. »Schaut, dass ihr ins Auto kommt. Wir halten bei Mäcki.«

BigMac
Chicken McNuggets
Pommes
Sprite

Daheim war es still.

Ich zog mein Kostüm aus und wusch mir anschließend das Gesicht. Das Telefon läutete, wahrscheinlich meine Mutter, oder mein Vater. Ich sprang aus dem Bad und durch den Flur in den Wohnbereich, wo auf der Kommode das Telefon in seiner Ladestation stand. Auf halbem Weg durchzuckte es mich: Sie wussten noch gar nicht, was passiert war. Ich hatte keine Nachricht hinterlassen, wieso sollten sie also anrufen?

Mit einem seltsamen Gefühl griff ich nach dem Hörer und meldete mich mit unserem Nachnamen.

Es knisterte – dann war da eine Stimme, die kratzte und leierte und einem Mann gehören musste, einem dicken Mann, der zwischendurch schnaufte. Und vielleicht seinen Namen gesagt hatte, aber sich jetzt bereits erklärte. Als ich ihn wieder verstand, sagte er gerade: »Dass dich mein Junge geschlagen hat.«

Ich erstarrte, schlagartig war das Loch da.

»Du bist doch Vincent«, sagte er.

»Ja, aber«, sagte ich.

»Hör zu, er wird das nicht wieder tun. Es tut ihm leid, und er wird das nicht wieder tun. Verstehst du das?«

Ich öffnete den Mund, bekam aber kein Wort heraus.

»Hallo?«

»Doch, ja«, krächzte ich.

»Hast du was zum Schreiben?«

Ich sah auf den Notizblock, auf dem meine Mutter beim Telefonieren herumkritzelte.

»Ich gebe dir meine Nummer. Wenn er das wieder tut, rufst du mich an.«

»Ja.«

»Sofort rufst du mich dann an. Und die Nummer gibst du auch deinen Eltern.«

»Ja.«

»Sagst du ihnen bitte, dass sie mich zurückrufen?«

»Ja.«

»Sie können mich immer anrufen, egal wann. Auch in der Nacht.«

»Okay«, sagte ich, und er begann seine Nummer zu diktieren. Ich starrte auf ein schwarzes Loch aus Kugelschreiberkreisen und sagte Ja und Okay, bis er sich schließlich verabschiedete und auflegte. Dann war da nur noch das Tuten der unterbrochenen Leitung in meinem Ohr.

Und ich konnte den Blick einfach nicht von dem Loch nehmen. Mit jedem Tuten blähte es sich weiter auf. Es wuchs.

GLÜCK GEHABT

»Die ist nicht gebrochen.« Mein Vater klang fast ein wenig enttäuscht, er ließ meine Nase los.

»Habe ich doch gesagt«, sagte ich. »Es ist eigentlich nichts passiert.«

»Das ist nicht nichts«, sagte meine Mutter und legte die Maske auf den Tisch. Mein Vater stand auf und verschränkte die Arme.

»Der Vater von einem der beiden hat vorhin noch angerufen«, sagte ich und schlug den Blick nieder.

»Hier hat wer angerufen?« Mein Vater klang plötzlich schrill.

Er atmete ein und aus, dann sagte er es noch mal, ruhiger: »Hier hat wer angerufen?«

»Also, ich glaube«, begann ich.

Aber mein Vater unterbrach mich: »Der Vater von einem?«

»Glaube ich.«

»Und woher zum Teufel hat der unsere Nummer?«

»Weiß ich doch nicht.«

Jetzt war auch ich lauter. Was konnte ich denn dafür? Was konnte ich dafür, dass er angerufen hatte? Was konnte ich dafür, dass wir den beiden über den Weg gelaufen waren? Ich zitterte.

»Er hat sich ja nur entschuldigt bei mir«, sagte ich viel zu laut.

»Und bei euch wollte er sich genauso entschuldigen.«

Meine Eltern sahen mich an.

»Er wollte seine Nummer dalassen«, fügte ich leiser hinzu.

»Vergiss es!«, rief mein Vater. »Dass ich zurückrufe, würde dem so passen.«

Ihm bebte der Unterkiefer.

»So einfach kommen mir die kleinen Paschas nicht davon.«

»Ich war ja schon immer dagegen, dass wir im Telefonbuch stehen«, sagte meine Mutter.

»Als ob solche Leute ein Telefonbuch besitzen«, schnaubte mein Vater, marschierte zum Telefon, riss es aus der Ladestation und verschwand damit im Gästezimmer.

Meine Mutter griff nach meiner Hand. Ich zog sie weg.

Wir hörten meinen Vater einen Bekannten begrüßen.

»Wenn er noch mal anruft«, sagte meine Mutter, »legst du am besten gleich wieder auf.«

DIE
FASCHINGSFERIEN

Das Loch in meinem Bauch blieb. Gleich am Rosenmontag fuhren meine Mutter und ich zur Polizei, und die beiden Polizisten, die meine Aussage aufnahmen, erklärten uns, dass der Staat bei Körperverletzungen grundsätzlich ermittelte, dass automatisch ein Verfahren eingeleitet werde, ganz egal, ob ich noch weitere zivilrechtliche Schritte anstreben würde oder nicht. Das beruhigte mich irgendwie, aber das Loch blieb. Ich unterschrieb meine Aussage, meine Mutter auch. Alle waren sich einig, und dann bekam ich neue Schuhe.

Vor ein paar Wochen noch hätte meine Mutter nie erlaubt, dass ich Schuhe, die eigentlich für die Halle gemacht waren, als Straßenschuhe trug. Jetzt holte sie ohne mit der Wimper zu zucken die Geldbörse aus der Tasche, und ich verließ das Schuhgeschäft in Adidas Copa Mundial.

Am nächsten Tag fuhren wir nach Tripsdrill. Ich durfte bei Tobi übernachten und den Computer mitnehmen. Mein Onkel und meine Tante nahmen mich mit zur Burg Hohenzollern und ließen mich an den Kanonen dort posieren. Tobi durfte bei mir übernachten. Es gab Pizza Hawaii – und plötzlich war Samstagvormittag und mir blieb nur noch das Wochenende.

»Ihr könnt ja sitzen bleiben«, sagte mein Vater, während er den BMW auf den geschotterten Parkplatz vor dem Milchlädle lenkte.

Doch durch die Sonne war die Luft im Wagen aufgeheizt, und auf der Rückbank lag außerdem eine braune Banane. Meine Mutter und ich stiegen ebenfalls aus.

Dann standen wir nebeneinander, blickten schweigend auf die Tür vom Milchlädle. Ich grub die Absätze der Copa Mundial in den Schotter. Und mit einem Mal kam mir das alles, der Geruch im Wagen, der Schotter unter meinen Füßen, der Käse und auch die Milch vor wie die einzige Sicherheit auf der Welt. Etwas, das ich niemals verlassen durfte. Etwas, wo das Loch in meinem Bauch zumindest auszuhalten war. Etwas aber, das ich übermorgen mit dem Schulanfang verlieren würde. Und als mein Vater aus dem Milchlädle trat, rannte ich los, rannte, wie

ich noch nie gerannt war. Ich wollte hochgeworfen werden wie
früher, als ich noch ein Engel gewesen war.

Er ließ mich gleich wieder los und machte irgendeine Bewegung mit seinen Händen, in denen er die Milch und die zugeta-
ckerte Papiertüte mit dem Käse hielt.

Ich ließ auch los.

»Was ist denn?«, fragte er.

Ich setzte mich auf die Rückbank und schob die Banane unter
eine Decke.

Durch die Scheibe sah ich, dass meine Mutter etwas zu meinem Vater sagte. Dann stieg auch sie ein.

Mein Vater ging ums Auto, klemmte sich die Milchflasche
unter den Arm und öffnete die Hintertür. Er legte den Käse auf
die Decke, unter die ich die Banane geschoben hatte, und dabei
rutschte ihm die Flasche unterm Arm weg.

Einen Moment blieb er einfach stehen. Dann streckte er den
Bauch vor und seufzte.

Während er zurück ins Milchlädle ging, sprachen wir kein
Wort, meine Mutter auf dem Beifahrersitz, ich hinter ihr auf
der Rückbank. Ich konnte ihre Augen im Spiegel der herunter-
geklappten Sonnenblende sehen. Sie blinzelte nicht. Oder sie
blinzelte immer genau dann, wenn ich blinzelte, jedenfalls sah
ich es nie.

Irgendwann schloss ich die Augen und sah vor mir, wie mein
Vater an die Theke trat.

»Jetzt brauche ich noch eine Milch«, sagte er, und ich hörte,
wie er lachte. »Und eine Kehrschaufel.«

KEIN ANRUF, KEINE SMS

Als ich aufwache, klebt mir ein bitterer Geschmack im Rachen. Ich schlucke, und mir fällt die Zigarette ein, für die ich in der Nacht noch aus dem Fenster geklettert bin. Ich schließe die Augen wieder, und im selben Moment blitzt vor mir der Anblick auf, wie Ali bei sich im Zimmer auf dem Bett sitzt und uns anschaut. Ich versuche ihn beiseitezuschieben, aber irgendwie wird Alis Blick immer intensiver, als ob meine Erinnerung näher heranzoomen würde. Als ich den schmalen Rand der Iris um seine geweiteten Pupillen sehen kann, öffne ich schnell die Augen.

Ich greife neben mir auf dem Nachttisch nach meinem Handy und sehe, noch bevor ich es entriegelt habe: Da ist kein verpasster Anruf, keine SMS. Tarek hat sich noch immer nicht gemeldet.

Ich lege meine Hände auf den Bauch und lehne den Hinterkopf an die Wand.

Nachdem ich in der Nacht zurück ins Zimmer gestiegen war, habe ich den Rollladen oben gelassen. Jetzt kann ich durch mein Fenster im Erdgeschoss die Gartenhecke sehen, einen Teil der Fassade des Nachbarhauses, auch ein Stück des Fahnenmastes und den Baum dahinter. Alles kommt mir viel zu hell vor.

Vielleicht liegt Tarek ja genauso wie ich noch im Bett. Ich muss ihn mir vorstellen, wie er auf seinem Hochbett sitzt, an die riesige Landkarte gelehnt. Gegenüber liegt auch bei ihm das Fenster, er sieht aber nur den Himmel und gerade noch die Dächer von ein oder zwei anderen Blocks. Vielleicht steht das Fenster bei ihm offen, und er hört das Geschrei vom Spielplatz, aus den Tiefgaragen rollende Autos und leise das Gehupe auf dem Nordring.

Aber warum ruft er nicht an?

Ich muss an die Creme denken und nehme die Hände vom Bauch. Das Orange in den Handflächen ist über Nacht nicht verschwunden, im Gegenteil, bei Tageslicht leuchtet es richtig. Und zwischen den Fingern sieht es irgendwie dreckig aus. Ich wische die Hände an der Decke ab und untersuche dann den Bezug, entdecke aber keine Verfärbungen. Zuletzt ziehe ich das Kissen aus dem Nacken und suche auch hier nach Flecken. Dann greife ich wieder nach meinem Handy.

Es ist kurz vor acht.

Vielleicht weiß Tarek noch gar nicht, was mit Ali passiert ist, und er ist ganz normal aufgestanden. Vielleicht hat es ihn gewundert, dass ich ihn nicht abgeholt habe und Ali weder im vierten Stock zugestiegen ist noch unten auf ihn gewartet hat. Vielleicht steht Tarek längst an der Statue vor dem Hallenbad und raucht.

OHNE FRÜHSTÜCK

Ich überlege, ob ich aufstehen soll, entscheide aber, noch kurz zu warten. Durch die Zimmertür dringen die gedämpften Stimmen meiner Eltern. Und wenn ich ihre Tonlagen richtig einschätze, geht es um mich.

Dabei müsste mein Vater längst weg sein. Normalerweise verlässt er das Haus, kurz bevor ich aufstehe. Und meine Mutter steht zwar mit ihm auf, legt sich dann aber, nachdem sie mir das

Pausenbrot gemacht hat, noch mal hin. Dann ist das Einzige, was in Küche und Wohnbereich auf mich wartet, die Tupperdose mit zwei Butterbroten und fein aufgeschnittenem Leberkäse. Weil ich meiner Mutter irgendwann einmal erklärt habe, dass das dann fast wie ein Sandwich ist, steckt außerdem ein Salatblatt zwischen den beiden Scheiben.

Aber heute stehe ich nicht auf, entscheide ich. Wenn ich schon Hausarrest habe, dann kann ich auch liegen bleiben.

Seit ich extra einen Bus früher nehme, um Tarek abzuholen, lasse ich das Pausenbrot meist liegen. Wenn sie mich daran erinnert oder es mir in den Ranzen steckt, werfe ich es in einen Mülleimer, bevor ich bei Tarek klingle. Und wenn ich dann im fünfzehnten Stock die Wohnung betrete, stehen dort alle möglichen Schalen auf dem Esstisch: Oliven, die Tareks Vater selbst eingelegt hat, und verschiedene Aufstriche. Eine Creme mit Paprika und Nuss und immer etwas, das so ähnlich wie Joghurt ist, aber nach Zitrone schmeckt. Manchmal gibt es gefüllte Weinblätter, Hackfleischbällchen vom Vortag oder dieses Mus, das hauptsächlich aus Auberginen besteht. Dazwischen steht irgendwo ein Glas mit selbst gemachter Marmelade, und meistens toastet mir Tareks Vater dann etwas auf, das seine Frau am Vorabend aus ihrer Bäckerei mitgebracht hat. Er lächelt mich an, sagt: »Bismillah«, und dann sitze ich da, mit dem Rücken zum Bad, in dem Tarek an seinen Haaren herumwerkelt, schmiere mir Nutella auf eine altbackene, warme Brezel und lege zum Schluss dünne Scheiben Schafskäse darauf. Manchmal sitzt Tahira für ein paar Minuten dabei und löffelt eine Schale Cornflakes, und wir hören Tareks Vater zu, wie er von seiner Arbeit erzählt, und währenddessen schimmert der Kristallaschenbecher, der auf dem Fenstersims steht, in der Morgensonne.

Als ich dort heute nicht gesessen habe, hat sich Tarek vielleicht kurz gewundert, aber nicht lange darüber nachgedacht. Er ist bestimmt voll damit beschäftigt gewesen, was für eine Action wir gestern Abend geschoben haben. Das Feuer, das die anderen hinter der Grundschule gelegt haben. Die Polizei, und wie wir gerannt sind. Und außerdem, wird mir in diesem Augenblick klar, hat Tarek ja gar nicht gehört, was im Polizeifunk über Ali durchgesagt wurde. Wieso sollte er sich also einen Kopf machen? Ich bin der, der weiß, was Ali passiert ist, und – ich will den Gedanken nicht zu Ende denken.

Tarek hat sich, da bin ich mir plötzlich sicher, seit dem Aufwachen einfach nur eine krasse Story ausgedacht. Und während ich hier im Bett liege und die ganze Zeit an ihn denke, steht er gerade vor dem Hallenbad, und wenn Ali und ich auch fehlen: O ist da. Und der kelb ist natürlich auch dabei, stopft gerade ein Schokocroissant in sich hinein – und sonst ist auch alles wie immer.

Irgendwie kann ich mir richtig gut vorstellen, wie Tarek es genießt, vor O auf heftig machen zu können. Verhaftet worden zu sein und so weiter.

Mit aufgerissenen Augen macht er seinen Sprung am Zaun nach. Er zeigt die Kratzer und Risse an seiner Lederjacke und schwört, dass sie von den Spitzen sind, obwohl alle wissen, dass die Jacke schon ewig so aussieht.

»Ich schwöre auf alles«, sagt er, »und dann war da so eine Polizistin. Ich wäre entkommen, wenn die nicht an meinen Beinen gezogen hätte.«

Er kommt sich richtig schlau vor, weil er sich eine Polizistin ausdenkt, und legt noch eins drauf: »Die hat mich nur wegen meinen langen Beinen gepackt, ich schwöre, die einzige Schwachstelle von einer Giraffe.«

»Was für eine Giraffe?«, lacht O. »Was redest du?«

Und dann erzählt Tarek von der Tierdoku, in der er gesehen hat, wie eine Giraffe einen Löwen zertrampelt, und bemerkt nicht, wie der kelb hinter ihn tritt.

»Alter, eine Giraffe steht immer«, sagt Tarek. »Die hat den Überblick, ein Tritt von ihr, und jede Sharmuta von einer Raubkatze liegt.«

Er streckt den Rücken durch und macht sich breit.

»Und du bist jetzt eine Giraffe?«, lacht O noch immer – und dann bekommt Tarek vom kelb die Brösel aus der Bäckertüte in den Nacken gestreut.

Oder vielleicht ist es anders, vielleicht reden sie ganz ernst und kommen dann auf mich?

Das Bild, wie Tarek sich fluchend die Blätterteigkrümel und Schokostückchen aus dem Kragen klopft, wird von dem Loch in meinem Bauch verschluckt.

Was ist, wenn O nach mir fragt? Wenn er fragt, wo ich eigentlich bin?

Dann wird Tarek ihm sagen, dass auch ich gerannt bin.

Und wenn O ihn fragt, ob auch ich gepackt worden bin?

Dann wird er nicken, er hat mich im Präsidium gesehen.

Und wenn O dann wissen will, was ich der Polizei erzählt habe, wird er nicht wissen, was er sagen soll.

Und warum wird er es nicht wissen?

Weil er mich nicht anruft.

Und warum? Warum ruft er mich nicht an?

Mir fällt einfach kein Grund ein.

Warum schreibt er nicht wenigstens eine SMS?

Mein Vater reißt die Tür auf.

Ich steige aus dem Bett und folge ihm in den Wohnbereich. Meine Mutter sitzt auf einem Stuhl am Esstisch. Er stellt sich neben sie und verschränkt die Arme: »Uns fehlt Geld.«

»Ich bin mir absolut sicher«, fügt meine Mutter hinzu.

Ich sage nichts.

»Ich weiß, dass ich gestern früh mit einem Fünfzigeuroschein bezahlt habe«, fährt sie fort. »Ich habe zwei Zehneuroscheine und Münzgeld zurückbekommen. Jetzt sind die beiden Zehner weg.«

»Hast du's vielleicht ausgegeben?«, frage ich, als ob sie dumm wäre. »Du weißt doch nie, wie viel Geld du noch einstecken hast. Schau halt mal in deinen Jacken nach.«

»Es reicht, Vincent«, fährt mich mein Vater an. »Der Geldbeutel war den ganzen Tag in Mamas Tasche, und die hing den ganzen Tag an der Garderobe.«

»Bis ich dich abgeholt habe«, nickt meine Mutter.

»Aber ich hab nichts genommen.«

»Wer dann?«, fragt mein Vater barsch. »Die Polizei?«

Ich schweige kurz, dann sage ich: »Gut, wenn ihr wollt. Ich war's.«

Er fragt: »Warum?«

Ich zucke die Achseln.

Meine Mutter sagt: »Vincent, lass doch solchen Unfug.«

Ich schreie: »Ich war's halt nicht!«

Meine Mutter wirft einen Blick zu meinem Vater: »Komm, wir lassen –«

»Nein«, fährt er sie an, setzt sich, wechselt in einen betont ruhigen Tonfall: »Noch mal. Es fehlen zwei Zehneuroscheine. Die Tasche war den ganzen Tag über hier. Wer sonst soll das Geld genommen haben?«

»Ich nicht.«

Er sieht mich an, als warte er darauf, dass ich weiterspreche.

»Ich nicht«, sage ich. »Ich schwöre.«

Da knallt mein Vater die Hand auf den Tisch und schreit: »Ich schwöre, ich schwöre!«, er ringt nach Worten und steht auf. »Und ich schwöre, ich gehe und durchsuche dein komplettes Zimmer.«

»Okay, ist ja gut«, sage ich schnell, »ich war's.«

Meine Mutter will etwas sagen, mein Vater lässt sie nicht zu Wort kommen: »Warum?«

Ich sage nichts.

»Warum, Vincent?«

»Weil ich davon etwas gekauft habe, für«, ich spreche nicht weiter.

Mein Vater stampft auf.

»Für ein Mädchen.«

»Ach, das glaubst du ja selbst nicht«, sagt er.

Meine Mutter steht auf und hat mich auf einmal im Arm. Über ihre Schulter sehe ich meinen Vater eine wegwerfende Handbewegung machen.

Dann dreht er sich um und geht. Ich höre ihn auf der Treppe. Ich versuche, mich aus der Umarmung meiner Mutter zu lösen.

Ich will, dass sie nie
Nie mehr loslässt

»Und nichts ist mit zu Hause rumhängen«, sagt mein Vater, als er plötzlich wieder im Wohnbereich steht. Er ist oben gewesen, um sich die Krawatte zu binden und seinen Arztkittel zu holen. In der Hand hat er einen Kamm.

Mit dem kämpft er seit ein oder zwei Jahren dagegen an, dass er immer weniger Haare hat. Alle prophezeien mir, dass es mir auch einmal so gehen wird, aber ich kann das nicht so richtig glauben. Ich habe ganz andere Haare als er, viel heller. Vor ein paar Jahren noch hat man mich in Italien für einen Holländer gehalten, so weißblond bin ich damals gewesen. In der Grundschule sind die Haare dann zwar dunkler geworden, aber noch immer gehöre ich zu den blondesten Kindern in der Klasse – ich kann mir einfach nicht vorstellen, dass es stimmt, was mein Vater erzählt. Dass er auch einmal so blond gewesen ist wie ich und sein Haar dann in der Pubertät plötzlich so dunkel wurde. Dass es gleichzeitig angefangen hat, dünner zu werden. Und dass seit damals seine, wie er es nennt, Geheimratsecken wachsen.

»Du kommst heute mit mir«, sagt er und stellt sich vor den Spiegel, der im Durchgang zur Küche hängt. »Zieh dich an.«

»Aber«, sage ich und spreche nicht weiter.

Er arbeitet auf der Gastroenterologie. Was übersetzt so viel heißt, wie dass er den ganzen Tag Leuten entweder oben oder unten einen Schlauch reinsteckt und dann Bilder vom Magen und dem Darm macht – und für mich heute ein ziemliches Glück bedeutet. Nicht weil ich es dort besonders toll finde. Die Zeiten, in denen ich andauernd wollte, dass er mich mitnimmt, sind lange vorbei. Auf der Gastroenterologie ist man aber auch mitten im Universitätsklinikum. Und wenn Ali irgendwo liegt, dann ja wohl dort.

»Aber ich muss lernen«, sage ich und versuche das Zittern in meiner Stimme zu unterdrücken.

»Dann nimmst du deine Schulsachen eben mit«, sagt mein Vater und dreht sich um, über seiner rechten Schläfe geht die Geheimratsecke über in einen Scheitel.

Im BMW ist es schlimmer als im VW. Ich bin mir zwar nicht sicher, wo der Geruch herkommt, ob es wirklich der Mundgeruch meines Vaters ist, der sich hier über Jahre, Morgen für Morgen in die Garnitur gefressen hat, oder ob etwas in der Lüftung verrottet, wie meine Mutter glaubt. Es riecht aber eindeutig nicht, wie mein Vater behauptet, nur nach Auto. Eher wie gerösteter Kaffee, gemischt mit dem bitteren Geschmack, wenn man sich übergeben hat.

Nachdem ich auf dem Beifahrersitz Platz genommen habe, versuche ich also möglichst flach zu atmen und fixiere den Anhänger, der am Rückspiegel hängt: Ein Peace-Zeichen, an dem ein Herz baumelt, an dem wiederum ein Plättchen hängt, das Speiseröhre, Magen und Darm darstellen soll, für mich aber eher wie ein Kuhfladen aussieht.

»Handy«, sagt mein Vater und steckt den Schlüssel in die Zündung.

Als ich nicht reagiere, fügt er hinzu: »Du bekommst es heute Abend wieder.«

Ich ziehe es aus der Hosentasche und schalte es ab. Er lässt das Handy in die Brusttasche seines Hemdes fallen. Dann startet er den Motor.

Während er auf die Straße lenkt, sagt er: »Noch mal, Vincent. Wozu hast du das Geld gebraucht?«

Ich verdrehe die Augen, dann schaue ich aus dem Fenster.

»Wozu?«, wiederholt er.

Ich sage nichts.

»Für Rauschgift?«

»Ich habe es euch doch gesagt, für Blumen.«

Er reißt das Lenkrad nach rechts und steigt auf die Bremse. Mich drückt es nach vorn.

»Sieh mich mal an.«

Ich sehe ihn an. Er taxiert meine Augen.

»Ich sehe doch, dass du was genommen hast.«

»Habe ich nicht«, sage ich und bemühe mich, ruhig und glaubwürdig zu klingen, meine Stimme aber flattert.

»Lüg mich nicht an!«

Und da explodiere ich. »Ich«, schreie ich, und es ist kurz so still im Auto wie gestern, als meine Mutter aufs Lenkrad gehauen hat. Nur das Radio knistert und springt an. Oder es lief schon.

»Habe keine Drogen gekauft!«, füge ich leise hinzu.

Es ist, als hätte mein Schrei die Luft im Wageninnern weggedrückt.

»Wirklich nicht«, sage ich.

Mein Vater fährt langsam an.

»Und was habt ihr wirklich gemacht?«

Ich zucke die Achseln. Kurz kommt es mir vor, als ob ich gleich losreden und einfach erzählen könnte. Nicht nur von dem Feuer und wie ich weggerannt bin, sondern auch von davor. Von der Creme und von O und davon, wie sehr ich erschrocken bin, als ich ihn in der Altstadt gesehen habe. Wie dumm es gewesen ist, dass ich vor ihm weggerannt bin. Und wie O uns später zu Ali geschickt hat. Und wie es das letzte Mal gewesen ist, dass ich Ali gesehen habe. Einfach diesen ganzen beschissenen Tag.

Dann ist der Moment vorbei, und ich zucke noch mal die Achseln.

»Rumgechillt«, sage ich.

»Rumgechillt«, wiederholt mein Vater, als ob er das Wort zum ersten Mal hören würde.

»Nix Besonderes haben wir gemacht. Es war genau so, wie ich der Polizei gesagt habe. Die ist halt plötzlich gekommen. Keine Ahnung, warum.«

Wir halten an einer roten Ampel, mein Vater haut den Schaltknüppel viel zu fest in den ersten Gang.

»Brandstiftung ist kein Rumgechille«, sagt er.

»Mann, Papa«, sage ich, »hat dir Mama nicht gesagt, dass das
die Polizisten alles bestätigt haben. Wir sind da hingekommen
und wussten nicht, was die anderen davor auf dieser dummen
Wiese gemacht haben.«

»Und wer sind die anderen?«

Die Ampel schaltet auf grün.

»Halt andere.«

»Und was sind das für Flecken in deinem Gesicht?«

»Weiß nicht.«

»Was weißt du eigentlich?«

DASS DU NERVST

»Du kennst dich ja aus«, sagt mein Vater und lässt mich im Stationsstützpunkt stehen.

Als meine Mutter wieder bei der Post anfing, kam einmal
in der Woche eine Babysitterin. Und ich schaffte es irgendwie
nicht zu sagen, dass ich sie nicht mochte. Es hätte auch nicht
gestimmt. Ich mochte, wie sie lachte, und mochte ihren Kar-
toffelbrei und dass sie mir so lange vorlas, wie ich wollte. Und
trotzdem war sie irgendwie seltsam. Als ob sie gar nicht da sein
wollte.

Dass das so war, weil sie mich nicht mochte, verstand ich, als
ich auf dem Klo hockte und sie rief, damit sie mir den Hintern
abwischte.

»Kannst du das noch nicht?«, fragte sie durch den Spalt in
der Tür.

»Doch«, hauchte ich und hockte dann da, starrte auf den
gerahmten Text, der über dem Waschbecken hing und den ich

damals noch nicht lesen konnte, bis ich mir sicher war, dass alles getrocknet war.

In der Woche darauf ging ich einfach nicht groß. Und in der Woche danach wollte ich mit ins Krankenhaus, weil: Andere Kinder wurden andauernd mitgenommen. Durften mit nach Stuttgart und nach der Arbeit auf den Wasen, wo es Zuckerwatte gab. Durften mit ins Möbelhaus und den ganzen Tag im Bällebad spielen.

Also verbrachte ich von da an einen Tag in der Woche an dem runden Tisch, der in der Mitte des Stationsstützpunktes stand. Manchmal spielte irgendwer mit mir UNO, meistens aber bekam ich Stifte und Papier. Neben der Tür zur Stationsküche stand der Kopierer, an dem mein Vater mir auf die Rückseiten alter Dienstpläne und Protokolle Mandala-Vorlagen kopierte. Und während mein Vater Schlauch um Schlauch in Hälse und Hintern steckte, malte ich Flächen aus und vergaß die Zeit.

ROT GELB GRÜN BLAU

Es hat sich nicht viel verändert seit damals, auch den runden Tisch gibt es noch. An ihm sitzt gerade ein junger Mann, der nach einem Pfleger aussieht und vor sich einen Haufen mit Tabellen bedruckter Blätter ausgebreitet hat. Als mein Vater und ich reingekommen sind, hat er kurz aufgeschaut. Inzwischen scheint er völlig vergessen zu haben, dass ich da bin.

Ich überlege, wie lange ich warten soll, bevor ich Ali suchen gehen kann. Mein Vater ist sowieso schon spät dran, von daher wird er keine Zeit haben, mich hier zu kontrollieren. Aber irgendetwas hält mich davon ab, gleich zu verschwinden, und ich bin mir immer weniger sicher, ob ich Ali überhaupt sehen will.

Es wird besser sein, zumindest ein paar Minuten zu warten – und mit diesem Gedanken setze ich mich an den Tisch. Der

Pfleger hebt kurz den Kopf und nickt mir zu. Dann vertieft er sich wieder in seine Arbeit.

Ich schiebe eine Tasse zur Seite, hole aus meinem Ranzen ein paar Hefte und lege sie vor mir auf den Tisch. Dann sehe ich mich um.

Durch die Tür, die halb offen steht, kann ich auf den Gang gucken. Dort sitzt ein Mann, der so dünn ist, dass ihm das Hemd von den Schultern hängt. Er trägt eine Brille und hat ein aufgeschlagenes Buch auf den Knien. Er macht einfach gar nichts, sitzt nur da und starrt vor sich hin.

Als kleiner Junge kam es mir hier lustig vor. Alle hatten immer ein Lachen im Gesicht. Auf die Idee, dass das mit mir zu tun haben könnte, kam ich nicht. Ich war überzeugt, dass mein Vater auf der lustigsten aller Stationen im Krankenhaus arbeitete. Jedem, der es hören wollte, erzählte ich, dass man eben sehr lustig sein müsse, wenn man den ganzen Tag in den Bauch von Leuten reinschauen müsse und nur die Wahl habe, ob man oben oder unten hineingehe. Und ich hörte erst auf damit, als es mir allmählich peinlich wurde, dass mein Vater jeden Tag gefühlt hundert Arschlöcher unter die Nase bekam. Für die Jungs in meiner Klasse war er der Popo-Papa, ich war eine Arschgeburt.

Bestimmt malt sich der dünne Mann gerade aus, was gleich auf ihn zukommen wird. Was mein Vater mit ihm machen wird. Ich frage mich, ob man vielleicht ein bisschen ein Psychopath sein muss, um einen Schlauch mit Lampe, Kamera und Gebläse in den Rachen von diesem dünnen Mann zu schieben und ihm dann den Magen mit Luft aufzupumpen. Vielleicht genießt mein Vater die Macht dabei, denke ich und überlege, ob ich ihn dafür hasse, also für seinen Job.

Ich hasse ihn dafür, dass ich kein Geld mehr bekomme. Und ich hasse ihn auf jeden Fall dafür, wie er zum Beispiel über Tarek und Ali denkt. Und für seinen Mundgeruch hasse ich ihn auch. Aber ich bin mir nicht sicher, ob ich ihn so hasse, wie Ali seinen Vater hasst. Ob ich zum Beispiel auch meinen Nachnamen ändern lassen würde.

Mit einem Mal fallen mir die Flecken in meinem Gesicht wieder ein. Ich werfe einen raschen Blick zu dem Pfleger, der aber noch immer mit seinen Tabellen beschäftigt ist, und fasse mir an die Stirn. Die Haut kommt mir auf einmal rau vor. Und da, wo ich hingefasst habe, juckt es ein wenig. Ich reibe vorsichtig mit dem Handrücken, aber das Jucken verschwindet nicht. Im Gegenteil, es breitet sich aus, nach und nach erfasst mein ganzes Gesicht ein Ziehen.

Ich sage mir, dass ich mir das einbilde, dass das jetzt nur ist, weil ich gerade an die Flecken denke – aber im selben Moment merke ich, wie das Ziehen stärker wird. Ich spüre, wie meine Haut noch oranger wird. Jede einzelne Pore glüht, jede Pustel beginnt zu brennen. Ich sehe meine Hände an. Sie leuchten rot.

Rasch ziehe ich die Ärmel bis über die Handinnenflächen und setze die Kapuze auf. Dann stehe ich auf.

Der Pfleger nimmt keine Notiz von mir. Erst als ich schon fast aus dem Zimmer bin, ruft er mir hinterher: »Willst du eigentlich auch mitmachen?«

Ich drehe mich um. Er schwenkt ein Blatt in der Luft, und ich erkenne, dass es keine Dienstpläne sind oder so, sondern Pläne für die Weltmeisterschaft.

»Wir machen nur die K.-o.-Phase«, lächelt er.

ES STEHEN JETZT ALLE PARTIEN FEST

Als ich im Erdgeschoss aus dem Fahrstuhl in die Empfangshalle trete, gestehe ich mir ein, dass ich keine Ahnung habe, wo Ali liegen könnte. In meinem Rücken schließt der Aufzug, und langsam gehe ich auf den Plan zu, der in verschiedenen Farben die Stockwerke und Stationen zeigt. Je näher ich komme, desto größer wird der Plan. Unfallchirurgie. Kinderchirurgie. Intensivstation. Ali könnte überall sein.

Vielleicht, überlege ich, ist was mit seinem Kopf, und er ist auf der Neurologie. Dann durchzuckt mich ein anderer Gedanke. Vielleicht ist er direkt auf so eine spezielle Station gekommen, wo man hinkommt, wenn man bald stirbt. So eine mit Clowns und besonders hellen Zimmern. Ich muss mir vorstellen, wie Ali einen Typ mit roter Nase anguckt und so gar nicht lustig findet. Dann denke ich, dass er doch eigentlich auf die Psychiatrie kommen müsste – die finde ich aber auf dem Plan nirgends.

Ich drehe mich um, weil hier doch irgendwo eine Scheißinformation sein muss, wo man einfach fragen kann.

Und da sehe ich sie.

Auf halber Strecke zwischen Aufzügen und Drehtüren, zwischen all den Leuten.

Sie bleibt stehen, und während meine Füße mich auf sie zutragen, nickt sie.

Und dabei lächelt sie. Es sieht aus, als ob sie sagen würde: Ja, natürlich. Als ob sie jetzt gerade, in dem Augenblick, in dem sie mich erkannt hat, etwas verstanden hätte. Über mich. So lächelt man, wenn man den anderen durchschaut hat.

Mir schießt noch durch den Kopf, dass das vielleicht gar nicht so gut ist – da nimmt sie mich in den Arm und drückt mich an sich.

Ich rieche den Ledergeruch ihrer Jacke. Ich rieche ihr Haarspray. Und ich rieche noch etwas, das ich von Ali kenne, ein wenig wie das Holz von meinem Kinderbett. Dann wird mir klar, dass ich auch etwas spüre und dass das, was ich spüre, ihre Brüste sein müssen, und ich versuche meinen Oberkörper ein wenig von ihr wegzubekommen, und weil ich nicht weiß, wo ich meine Hände hinlegen soll, überkreuze ich sie hinter ihrem Rücken und streichle mir selbst über die Unterarme.

Und so stehen wir.

Irgendwann löst sie die Umarmung, nimmt meine Schultern und sagt: »Vincent.«

Wie um mich zu trösten. Als würde sie gleich sagen: »Das macht doch nichts.«

Ich nicke einfach nur.

»Ich war die ganze Nacht hier«, fügt sie hinzu, und ihr Blick geht dabei in die Ferne.

Ich nicke.

»Und jetzt muss ich heim zu Sami.«

Ich nicke.

»Er soll heute nicht in die Schule«, sagt sie, und ich bin froh, nicht noch mal nicken zu müssen und stattdessen heftig den Kopf schütteln zu können.

Alis Mutter sieht noch immer durch mich hindurch oder an mir vorbei: »Meine Freundin war bei ihm, aber die muss jetzt zur Arbeit, und wenn ich nicht daheim bin, ich meine, wenn er allein ist, dann«, sie hält inne.

Als ob ihr eingefallen wäre, dass sie da noch jemanden im Arm hat, blickt sie mich an: »Aber ich bringe dich noch zu ihm.«

ALI

»Dann gehe ich jetzt«, sagt Alis Mutter und rührt sich nicht.

Zu zweit durften wir das Krankenzimmer nicht betreten und stehen deshalb an der Scheibe zum Gang. Es gibt in dem Raum sonst keine Fenster, von der Decke leuchten drei Reihen Neonröhren auf ein riesiges Bett aus vielen weißen Stangen. Rings darum stehen ein paar Maschinen und auch ein Stuhl, auf dem ein zerknautschtes Nackenkissen liegt. Die Bettdecke hängt gleichmäßig auf beiden Seiten über das Gestänge, und nur an ein paar Hügeln und den Kabeln, die darunter verschwinden, lässt sich ein Körper erahnen. Auf dem Kopfkissen liegt eine fette Halskrause. Die geht über in eine Maske, zu der ein Schlauch führt und die bis unter zwei geschlossene Augen reicht. Dann beginnt ein Verband. Die geschlossenen Augen aber, die könnten von jedem sein.

Dann entdecke ich die kleine Narbe, und ich muss daran denken, wie oft wir Ali damit verarscht haben, weil er sich einmal überlegt hatte, eine Träne darüber stechen zu lassen. Gleichzeitig spüre ich einen Kloß im Hals. Ich öffne den Mund, und es fühlt sich an, als ob ich nicht mehr sprechen könnte. Oder als ob ich noch nie gesprochen hätte – dann flüstere ich: »Hallo, Ali.«

Als wäre ihr das in diesem Augenblick erklärt worden, sagt Alis Mutter: »Er spürt, dass wir da sind.«

Dann schweigen wir wieder.

Nach einer Weile sagt sie: »Er ist bei den Engeln.«

»Nur für eine Zeit«, fügt sie nach einer kurzen Pause hinzu. »Dann kommt er zurück zu uns, inshallah.«

Und wieder schweigen wir.

Dann sagt sie: »Er muss bei den Engeln sein, es ist ein Wunder, dass er noch lebt.«

Ich schlucke. Inzwischen ist der Kloß in meinem Hals so groß, dass ich kein Wort mehr hervorbringen könnte.

»Er ist mit den Füßen aufgekommen, verstehst du«, fährt sie fort und zählt dann auf, was er sich alles gebrochen hat. Ich kriege, je länger sie von den Kniescheiben spricht, von der OP an Niere und Milz, je öfter sie Wunder sagt, dass es ein Wunder ist, immer wieder Wunder, nur noch Bruchstücke mit. In der Scheibe spiegeln wir uns – und ich versuche Ali anzugucken, die Narbe in seinem Augenwinkel zu fixieren, aber dann sehe ich doch nur mein Gesicht: wie der Schatten meiner Kapuze mir in die Stirn fällt und man trotzdem auf den Wangen und am Kinn die orangenen Flecken richtig gut erkennen kann. Aber die Haut auch so richtig krass bleich ist, bleich und irgendwie krank.

»Wieso hat er das gemacht?«

Das bleiche und kranke Gesicht zuckt zusammen.

Weil er Angst hat.

Ich sehe Alis Mutter an, die weiter auf Ali guckt.

Weil er eine beschissene Angst hat, dass doch noch ein Brief von der Polizei kommt. Weil er diese Scheißschulden hat und nicht mehr richtig schläft. Weil O ihn seit Monaten erpresst und er damit zu niemandem gehen kann. Weil er von der Schule geflogen ist. Und weil er an der neuen Schule auch schon wieder Stress hat. Weil er nicht weiß, was er machen soll. Und weil ihm keiner hilft. Nicht Tarek.

Und auch ich nicht.

Ich sehe wieder zu Ali und öffne den Mund.

Vorhin im Auto war der Moment, in dem ich fast draufloserzählt hätte, gleich wieder vorbei. Jetzt dauert es länger, dann sage ich: »Weiß nicht.«

TÄTER / OPFER

Am Dienstag nach den Faschingsferien kam mein Vater früher heim. Meine Mutter machte ihm eine Maultaschensuppe warm, dann sahen wir zu, wie er in der Küche an die Arbeitsfläche gelehnt aß. Meine Mutter redete etwas von einer Veranstaltung und irgendwelchen CDU-Leuten. »Sie stellen niemanden auf«, sagte sie und strahlte. »Sie unterstützen ihn.«

Mein Vater grummelte etwas, das ich nicht verstand, und schlürfte weiter. Ich wusste, dass er bei der letzten Bundestagswahl für Schröder gewesen war, der von der SPD war. Und ich wusste auch, dass er die Grünen nicht so schlimm fand wie mein Onkel. Was er aber über diesen Boris dachte, mit dem meine Mutter seit ein paar Wochen unterwegs war, wusste ich nicht. Als ich ihn gefragt hatte, was ein Realo eigentlich sei, hatte er gemeint: »Ach, das ist nur so eine von Mamas Phasen.«

Dann fuhren wir zu dritt los.

Erst glaubte ich, es würde raus aus der Stadt gehen. Dann bogen wir aber kurz vor dem Stadtrand ab und fuhren wieder flussaufwärts, vorbei an Fußballfeldern und Tennisplätzen, an einem Bowlingcenter. Ich kniff ein Auge zu und versuchte den Kopf so zu halten, dass der Fleck an der Scheibe neben mir nicht ans Ufer stieß. Schließlich hielten wir auf dem Parkplatz vor einem mehrstöckigen Gebäudekomplex.

»Wo gehen wir hin?«, fragte ich, bevor ich mich abschnallte.

Mein Vater sah meine Mutter von der Seite an: »Ich dachte, du hättest mit ihm geredet.«

Meine Mutter drehte sich zu mir um und sagte: »Hör zu, Vincent, das ist etwas, was du versuchen kannst.«

Und mein Vater sagte laut: »Du musst aber nicht.«

»Papas Freund«, sprach meine Mutter weiter, »du weißt schon, der uns auch dazu geraten hat, Anzeige zu erstatten, hat uns das erklärt. Wir müssen das nicht machen. Wir können.«

Mein Vater wiederholte: »Du musst aber nicht.«

»Die Schule ist dafür, dass wir das versuchen«, sagte wieder meine Mutter und lächelte. »Wenn es zu einer Körperverletzung unter Jugendlichen kommt, wird das eben angeboten. Das ist ganz normal, dass man so etwas macht.«

Sie sah meinen Vater an: »Boris zum Beispiel hat auch gemeint –«

»Ich gehe nicht zum Psychologen«, unterbrach ich sie.

»Ich dachte, du hättest mit ihm geredet«, sagte mein Vater noch einmal, mit doppelt so viel Vorwurf in der Stimme. Dann drehte auch er sich zu mir um und lächelte: »Das ist ja gar kein Psychologe. Und wie gesagt, du musst überhaupt nichts.«

WENN DU NICHT WILLST

Im zweiten Stock klingelten wir an einer Glastür. Dahinter war ein Gang zu sehen, von dem Türen abgingen, sonst nichts. Auf unserer Seite der Glastür stand ein Tischkicker, in der Ecke eine ziemlich große Pflanze und an der Wand Stühle. Meine Eltern setzten sich. Der Ball fehlte, ich drehte trotzdem an den Stäben, versuchte besonders rasche Bewegungen aus dem Handgelenk. Dann kam ein Mann auf die Glastür zu: dunkle Cordhose, grüner Pullover und Dreadlocks, die mit einem Tuch zusammengebunden waren. Es sah ein bisschen seltsam aus, weil ihm ähnlich wie bei meinem Vater an den Schläfen das Haar ausging und die Dreads deshalb erst ab der Hälfte des Kopfes so richtig anfingen. In der Hand hielt er eine Mappe.

Die Glastür schwang auf, und der Mann begrüßte uns lächelnd: »Sie sind ja schon da. Herzlich willkommen«, und hielt uns die Glastür auf.

Mein Vater sah ihn einen Augenblick erschrocken an. Dann erhob er sich und gab dem Mann die Hand. Meine Mutter positionierte sich hinter mir.

Der Mann öffnete gleich die erste Tür auf der linken Seite. Während wir eintraten, sagte er: »Und du bist also Vincent?«

Eigentlich wollte ich nur nicken, dann sagte ich: »Ja, genau.«

»Ich heiße Liam«, sagte er. »Das ist die Kurzform von William.«

»Oh«, hörte ich meine Mutter hinter mir.

»Wir sind hier beim Projekt Hand Drauf«, sprach Liam weiter. »Das ist alles bisschen nicht so easy, warum wir hier sind, jedenfalls bin ich von Beruf Sozialarbeiter und werde euren Täter-Opfer-Ausgleich begleiten.«

Ich blieb stehen. Auch wenn Liam mit der Cordhose, diesem Pullover und den Dreadlocks ganz anders aussah, erinnerte er mich plötzlich an Ned Flanders von dem Simpsons. Vielleicht kam das davon, wie er sprach. Alles, was er sagte, wirkte irgendwie übertrieben.

»Natürlich nur, wenn du das willst«, sagte er und deutete auf einen der Sessel, die gleich bei der Tür um einen kleinen Couchtisch standen. »Alles klar?«

Ich nickte rasch und war froh, dass er sich nun an meine Eltern wandte.

Das Zimmer war klein. Am Fenster stand ein Schreibtisch, und an den Wänden standen Regale voller Bücher und Ordner. An die Bretter waren Postkarten gepinnt. Auf manchen standen Sprüche, andere zeigten Urlaubsansichten. Ich ließ den Blick darüberschweifen und fragte mich, ob die alle von Ehemaligen waren – bloß, ehemaligen *was*? Ehemaligen Tätern und ehemaligen Opfern? War ich das auch? Ein Opfer?

Wir setzten uns in die Sessel, dann sahen alle wieder mich an.

»Das ist sehr wichtig«, sagte Liam. »Ein Täter-Opfer-Ausgleich ist ein Angebot. Wenn es nicht dein Style ist, auch okay. The same für deinen Freund.«

Ich nickte.

»Und auch für die beiden anderen. Wenn sie nicht wollen, dann müssen sie nicht.«

»Die wollen bestimmt«, warf mein Vater ein, »macht sich nicht schlecht vor Gericht.«

Das Wort »Gericht« sagte er mit Genugtuung. Dabei klang er, als ob er es immer weniger für eine gute Idee hielt, dass wir hier waren.

»Wie es aussieht, ist der eine von beiden«, Liam klappte die Mappe auf und legte sie sich auf den Schoß, »noch nicht strafmündig. Beim anderen«, er sah meinen Vater an, »beim anderen wird es wohl tatsächlich zu einer Verhandlung kommen.«

Beim Wort »Gericht« hatte ich schon ein seltsames Gefühl bekommen, jetzt hatte Liam auch noch »Verhandlung« gesagt. Und mit einem Mal kam ich mir dumm vor. Was hatte ich denn geglaubt? Dass wir zur Polizei gehen konnten und dann nichts mehr mit der Sache zu tun haben würden? Dass alles meine Eltern regeln würden? Wo ich doch so oft darauf bestanden hatte, alt genug zu sein? Alt genug, um länger aufzubleiben, alt genug für mehr Taschengeld, alt genug für Filme und Computerspiele mit FSK?

»Das Strafrechtliche soll uns hier aber nicht interessieren«, fuhr Liam fort. »Ihr steckt alle noch mitten in der Entwicklung und solltet Konflikte anders als nur vor Gericht aufarbeiten.«

Er sah mich an. »Dein Freund will nicht teilnehmen, das steht schon fest, aber ich sage immer: Jeder muss das tun, was er amazing findet. It doesn't matter, was die anderen sagen. Wenn du mit deinem Style glücklich bist, so what.« Er legte eine Pause ein und sein Blick wurde irgendwie bohrend. »So what«, wiederholte er, und plötzlich erinnerte er mich kein bisschen mehr an Ned, sondern viel mehr an jemanden, den ich in einem Spaßvideo gesehen hatte, auf Youtube oder vielleicht bei *TV total.*

»Was ich meine«, fuhr Liam fort, und der Moment war vorbei, »vielleicht können wir auch zu dritt reden. Ihr geht immerhin alle auf dieselbe Schule.«

Ich sah, wie meine Eltern einen Blick wechselten.

»Und lauft euch also ständig über den Weg«, fügte Liam hinzu.

»Wir überlegen eigentlich ihn ebenfalls von der Schule zu nehmen«, sagte meine Mutter.

Dass er woanders hinwechseln würde, hatte Tobi mir letzte Woche gesagt, als ich bei ihm übernachtete. Keine große Überraschung. Er war schon nach der Grundschule unsicher gewesen, ob es wirklich diese weiterführende Schule werden sollte, an der es neben dem Gymnasium auch noch eine Real- und eine Hauptschule gab und die nicht unten in der Altstadt lag, sondern in einem sogenannten Brennpunkt.

Einem »Problembezirk«

»Sagt meine Mutter.« Tobi klang, als ob er sich entschuldigen wollte.

»Aber nur hier wird Sport als Schwerpunkt angeboten«, sagte ich und gab ihm die Sprühdose wieder.

Die hatten wir von Tobis Vater bekommen, weil wir an der

Mauer hinterm Bolzplatz ausprobieren wollten, wie sich das anfühlte, sprayen.

»Ich weiß«, sagte Tobi. »Meine Mutter findet halt, dass –«

»Wir hätten sechs Stunden in der Woche Sport«, unterbrach
ich ihn und zuckte zusammen.

Direkt vor mir saß eine Eidechse.

Aus Italien kannte ich diese Tiere, die man erst entdeckte,
wenn sie bereits wieder in einem Spalt verschwanden. Oder die
unübersehbar auf den Wegen zum Strand hockten, auf den glü-
hend heißen Steinen. Ich kannte das Zucken unter ihren Kehlen,
kurz bevor sie davonstürmten.

Die Echse, die hier dicht an der Mauer saß, war kein bisschen
staubig. Sie sah eher glitschig aus, schwarz und gelb.

Ich verharrte in meiner Position, während Tobi einen Bogen
machte und sich ihr von links näherte. Seine Schritte wurden
immer behutsamer. Und als er sich bis auf einen Meter an das
Tier herangepirscht hatte, schoss plötzlich sein Arm vor und aus
seiner Hand sprühte eine blaue Wolke.

Die Echse wand sich.

Und dann wurden die Bewegungen langsamer.

Irgendwann hörten sie ganz auf, und zuletzt erstarrte das We-
sen in der Stichflamme, die Tobi hervorzauberte, indem er die
Flamme seines Feuerzeugs vor die Dose hielt.

Doch

Dass Tobi zu feige war, hier mitzumachen, hatte er mir nicht erzählt. Und irgendwie machte das etwas mit mir. Plötzlich war da
nicht mehr nur das Loch in meinem Bauch, sondern auch ein
anderes Gefühl, das mich zittern ließ. Es hatten jetzt doch alle
eintausendmal gesagt, dass es darauf ankommen würde, was
ich wollte. Ich.

Und obwohl ich zitterte, sah ich auf und blickte Liam in die Augen und sagte mit fester Stimme: »Doch.«

Ich will mit beiden reden

Die Farbe der Tücher, mit denen Liam seine Dreads band, wechselte. Sonst blieb alles gleich. Er schien jedes Mal die gleiche Cordhose zu tragen, dazu einen einfarbigen Pullover und am Ende seiner Sätze sagte er manchmal: »You know?«

Bei unserem dritten Treffen standen sowohl die Glastür als auch die Tür zu seinem Büro offen. Ich trat ein und blieb direkt stehen.

Beide saßen bereits da.

Der eine hatte kurz rasiertes Haar, guckte auf die Bauchtasche, die vor ihm auf dem runden Tisch lag, und kratzte an seinen Fingern herum. Um seinen Hals hing ein Kettchen, das goldene Kreuz steckte in einer Falte, die sein schwarzes Shirt über seiner Brust warf.

Der andere hatte die Arme verschränkt und sich in den Sessel zurückgelehnt. Als sich unser Blick traf, nahm er die Arme auseinander. Pickel und Pusteln bedeckten seine Wangen. Dazwischen standen Stoppeln, über der Lippe und unterm Kinn wuchs ein bisschen Bart. Die Löckchen auf seinem Kopf glänzten nass.

Ich schlug den Blick nieder und setzte mich in einen der freien Sessel.

»Tschuldigung«, murmelte ich. »Der Bus –«

»Alles Gut«, rief Liam, wirbelte auf seinem Bürostuhl herum und stand auf: »Wir haben noch nicht angefangen.«

Er zwinkerte mir zu, und ich sah wieder auf meine Knie.

»Sagt doch als Erstes mal, wer ihr seid«, sagte er und setzte sich zu uns. »Your names.«

Aus den Augenwinkeln beobachtete ich, wie er seine Dreads ausschüttelte und zu einem Zopf band.

»Ali«, sagte der eine.

»Tarek«, sagte der andere.

»Vincent«, sagte ich und sah hoch: »Also, mein Spitzname ist Vince.«

»Was geht, Vince«, sagte Ali, worauf Tarek etwas zu ihm zischte, und ich gleich wieder auf den Boden guckte.

Plötzlich war mir warm. Ich glaubte zu spüren, wie Liam jedem von uns ein Lächeln schenkte.

Sollte er nicht etwas sagen? Hatte er mir nicht erklärt, er werde unser Treffen, wie er gesagt hatte, *managen*? Ich betrachtete Tareks weiße Schuhe und die grauen Socken, in die er die Hose gesteckt hatte.

»Also«, sagte plötzlich Ali. »Ich wollte dir sagen, dass es mir leidtut.«

Ich blickte wieder auf und sah ihm zum ersten Mal richtig ins Gesicht. Unterm rechten Auge hatte er eine kleine Narbe, die wie ein Halbmond aussah, in den Mundwinkeln Grübchen.

»Sorry«, sagte dann auch Tarek. »Wallah, sorry. Voll unnötig, das alles.«

»Ist okay«, murmelte ich, dann schwiegen wir.

Ich guckte zwar nicht wieder auf den Boden, traute mich aber auch nicht, einem von den beiden länger ins Gesicht zu schauen, deshalb nagelte ich meinen Blick an einer der Postkarten fest.

Lasst mich durch – ich bin Sozialarbeiter, stand auf einer. *Hilf dir selbst – sonst hilft dir ein Sozialarbeiter*, auf einer anderen. Ich fragte mich gerade, ob die auch jemand geschickt hatte, oder ob Liam sich die selbst aufgehängt hatte, da sagte er: »Nice. Dann können wir ja jetzt nach Hause gehen.«

Ich sah ihn erschrocken an.

»Natürlich nicht«, lachte er und sah in die Runde. »Kennt ihr Glühbirnen-Witze?«

Mein Blick huschte zu Tarek und Ali. Tarek guckte ihn ausdruckslos an, Ali kaute auf seiner Unterlippe.

»Also«, fuhr Liam fort. »Ich erzähle euch einen, der um Leute wie mich geht: Wie viele von uns braucht man, um eine Glühbirne zu wechseln?«

Er machte eine kurze Pause, dann sagte er: »Drei«, und grinste. »Aber die Lampe muss es wollen.«

Er machte wieder eine Pause, diesmal länger.

»You understand?«, sagte er dann. »Wir machen hier nur das, was ihr wollt.«

»Wir sind die Lampe?«, fragte Tarek verwirrt.

»Exactly!«

»Krass«, murmelte Ali und ganz kurz trafen sich unsere Blicke. Wir mussten beide grinsen.

Liam bemerkte es nicht, er zeigte auf die Schale auf dem Tisch. »First, sucht euch einen Stein aus. Das wird euer Redestein.«

WARUM

»Warum hast du mich denn geschlagen?«, fragte ich, und noch während ich Ali den Glasstein hinschob, war es mir peinlich.

Wie dumm das klang. Ich wusste ja selbst nicht, was Ali darauf antworten sollte, außer achselzuckend zu sagen: »Weil du halt ein Opfer bist.«

»Weil«, Ali zögerte, »vor ein paar Wochen hast du ihn ausgelacht.«

Er schob den Stein zu Tarek, und der ergänzte: »In der Schule. Vor den Chemieräumen. Wegen meinem Bart.«

Am liebsten wäre ich im Boden versunken.

Wochenlang hatte ich geglaubt, dass es Zufall gewesen war.

Dass Tobi und ich einfach nur zur falschen Zeit an der falschen Bushaltestelle gewartet hatten. Dass es keinen Grund gab. Und so hatte ich es auch allen erzählt. Tobis Mutter, der Schulleiterin, meinen Eltern, dem Polizisten – und jetzt rollte aus irgendeiner Tiefe in meinem Gedächtnis die kleine Pause vor der Chemiedoppelstunde herauf. Und dann war alles wieder da: Wie wir auf dem Gang vor dem Chemieraum warteten. Wie der Hacky Sack zwischen uns hin und her flog. Und wie er, als ich etwas mit der Ferse versuchte, vor den Füßen eines Schülers aus einer der anderen Klassen landete.

Umständlich schob er das Säckchen auf seinen Schuh und wollte ihn in unseren Kreis zurückfliegen lassen. Beim Treten rutschte es auf den Außenrist und flog schräg an uns vorbei gegen die Wand.

»Wenn man's halt nicht kann«, rief ich, war in drei Sprüngen bei dem Säckchen, und in einer flüssigen Bewegung lag es auf meinem Schuh, flog zu Tobi und landet auf dessen gebeugtem Knie.

Im Vorbeigehen sagte ich zu dem Jungen: »Und mach dir mal deinen Schnauzer ab.«

Du Hitler

»Willst du denn eine Wiedergutmachung?« Liam hatte mir angekündigt, dass das zu dem Täter-Opfer-Ausgleich dazugehörte. »Hast du dir das überlegt? Geld. Oder etwas Symbolisches.«

»Ja«, sagte ich, »also eigentlich nein«, und entschied, nicht das zu sagen, was ich mir in der letzten Woche überlegt hatte. Dass Tarek und Ali ihr Taschengeld bis zum Ende des Schuljahres sammeln und dann spenden sollten. An wen, hatten meine Eltern vorgeschlagen, mit Liam gemeinsam zu überlegen.

»Mir ist irgendwie nichts eingefallen«, sagte ich und sah die beiden an.

Sie erwiderten den Blick, und irgendetwas daran war seltsam.

»Weil ich glaube«, fuhr ich fort, »eigentlich will ich gar nichts.«

Eigentlich will ich, dachte ich, dass ich das nie gesagt habe, das mit Hitler und dem Bart. Und auch nicht die Sachen an der Bushaltestelle. Und schon gar nicht das, was Tobi und ich danach erzählt haben, der Schulleiterin. Und dann seiner Mutter. Und dann meinen Eltern. Und dann der Polizei.

»Ein Handschlag reicht«, fügte ich hinzu, »Und ich würde gern den hier behalten.«

Ich hielt den Glasstein hoch und wollte irgendwie cool dabei klingen, hörte mich aber nur nach dem Typen an, der diesem dummen Säckchen nachgesprungen war.

Eine Pause trat ein.

Dann stand Tarek auf und streckte mir die Hand hin. Er sah mich ernst an. Und dann stand auch Ali. In seinen Mundwinkeln hing ein Lächeln. Und ich hatte noch den Redestein in der Hand und sank, sank vor ihnen immer tiefer in den Sessel.

Und damit waren
Wir versöhnt

Nachdem wir das Gebäude verlassen hatten, steckten sie sich Zigaretten an. Zum Abschied hob Ali noch die Hand – dann gingen sie ein paar Schritte vor mir. Ich konnte nicht hören, worüber sie sprachen, roch nur den Qualm, in den ich hineinging, und sah ihre Rücken. Alis eng anliegende Trainingsjacke, über der schräg die Bauchtasche hing, und Tareks Lederjacke.

Nach ein paar Minuten nahm ich allen Mut zusammen, holte Luft und sagte: »Hey«, aber sie gingen einfach weiter.

Ich rief noch einmal: »Hey!«

Und jetzt blieben sie stehen. Langsam drehten sie sich um. Tarek runzelte die Stirn, Ali hatte auf einmal wieder diese Falte über der Nase wie damals an der Bushaltestelle.

»Darf ich auch?«, fragte ich schnell, bevor mir die Stimme wegblieb.

Ich zeigte auf ihre Hände und war mir sicher, dass sie sich gleich einfach wieder umdrehen und mich stehen lassen würden. Dann aber löste sich Tarek und kam auf mich zu. Er griff in die Innenseite seiner Lederjacke und holte eine Zigarettenschachtel hervor. Die ganze Zeit sah er mich dabei an. Er klappte den Deckel auf und schnippte gegen den Boden. Einige Zigaretten rückten ein Stück weit aus der Schachtel.

Ich nahm die, die am weitesten herausschaute und klemmte das orangene Endstück zwischen die Lippen.

»Musst aufpassen«, sagte Ali, der jetzt auch zu uns trat. »Die sehen aus wie normale Gullis, sind aber aus Syrien.«

Ich war einfach nur froh, dieses Ding zwischen den Lippen zu haben, und sagte nichts.

»Und mit Kamelscheiße gestreckt«, fügte er hinzu und gluckste so, wie ich das schon von ihm kannte.

»Hör nicht auf ihn«, sagte Tarek ganz ruhig und entzündete ein Feuerzeug. »Der redet Scheiße.«

Ich versuchte die Spitze der Zigarette in die Flamme zu halten. Weil meine Lippen zitterten, wackelte die Zigarette. Dann nahm Tarek endlich das Feuer weg, und ich saugte wie an einem Strohhalm. Plötzlich war mein Mund voll, ich schluckte und prustete. Rauch schwappte mir aus dem Mund.

»Du musst schon inhalieren«, sagte Tarek.

Ich atmete tief durch und nahm die Zigarette wieder in den Mund.

»Zieh, akhi«, sagte er.

Ich sog und nahm die Zigarette erst, als ich nicht mehr konnte, aus dem Mund.

»Und jetzt einatmen.«

Ich schnappte nach Luft – und es zerriss mich.

Gleichzeitig begann sich die Welt zu drehen. Ich musste mich auf den Knien abstützen und sah noch, dass ein Spuckefaden vom Filter meiner Zigarette hing. Dann konnte ich das Husten nicht mehr unterdrücken. In meiner Lunge steckte etwas, und mein Hals fühlte sich an, als würde jemand darin mit Schmirgelpapier herumkratzen. Ich versuchte die Luft anzuhalten. Das half noch einmal eine halbe Sekunde, dann brach es aus mir heraus.

»Alles klar?«, fragte Tarek.

Ali lachte und klopfte mir auf den Rücken, die Schläge waren fest.

»Geht schon«, würgte ich hervor und brach schon wieder in Husten aus.

Tränen stiegen mir in die Augen.

GEIL, EIN W9001

»Das hat richtig laute Boxen«, rief Ali. »Mach mal dein Bluetooth an.«

»Bitte«, sagte Tarek. »Bitte, bitte, bitte, schick ihm alles, aber kein Bushido.«

»Alter, natürlich schick ich ihm Bushido.«

Ich hielt mein Handy in der Hand und sah abwechselnd zu ihnen. Ali hatte die Augen zusammengekniffen und öffnete den Mund, um etwas zu sagen. Bevor er aber dazu kam, sagte Tarek ohne die Miene zu verziehen: »Dein Bushido ist eine kleine Muschi.« Er legte eine Pause ein und zog sein Handy hervor. »Ich«, sagte er dann, »ich schicke ihm was.«

Ali antwortete nicht, zückte stattdessen sein Handy und begann darauf herumzuklicken.

»Und zwar von Massiv.« Tarek drehte sich zu mir. »Der ist ein echter Araber.«

»Alter«, mischte sich wieder Ali ein, »der ist aus dem Ruhrpott und jetzt nach Berlin gezogen, um da sein Album rauszubringen. Was für ein Opfer.«

Tarek grinste mit einem Mal.

»Was ist?«, fragte Ali.

»Na ja«, begann Tarek gedehnt.

Ali kniff die Augen zusammen und Tareks Grinsen wurde immer breiter.

»Bushidos Vater ist weg und seine Mutter ist Deutsche«, fuhr Tarek fort. »Eigentlich wie bei dir, nur umgekehrt. Ihr seid beide –«

Ali trat nach ihm. Tarek konnte gerade noch einen Schritt zurückspringen.

»Hey«, rief ich dazwischen, aber bevor ich noch etwas sagen konnte, setzte ein neuer Hustenanfall ein.

Ali wirbelte herum und sah mich an, als würde er auch mir eine klatschen wollen. Dann entspannten sich seine Gesichtszüge.

»Komm«, sagte er in Tareks Richtung, »wir schicken ihm einfach was von Cem.«

Er sah wieder mich an.

»Der ist zwar Türke, aber der Beste, ich schwöre.«

SAG C FÜR DIE COOLNESS
E FÜR DIE ELEGANZ
M FÜR MORUK*

Beim Stauwehr überquerten wir den Fluss. Hier war es so laut, dass ich die Musik abstellte und mein Handy wieder in die Hosentasche steckte. Ich überlegte, was Moruk hieß. Dann rauchten wir eine zweite Zigarette. Unter uns toste das Wasser, und meine Husterei kam mir nicht mehr ganz so schlimm vor. Diesmal schaffte ich es auch, den Filter der Zigarette nicht so vollzusabbern. Ali und Tarek beachteten mich aber sowieso nicht wirklich, sie standen am Geländer und redeten über irgendwelches Geld. Ich verstand nur die Hälfte.

»Es kann nicht mehr viel sein«, sagte Ali. »Das waren höchstens zehn Gramm, dafür kriegt man ein paar Hundert Euro Strafe.«

Und Tarek sagte: »Alter, checkst du das nicht? Wie hoch die Strafe war, ist scheißegal. Die verarschen dich. Sie werden dir nie sagen, jetzt hast du alles gezahlt. Das wird immer weitergehen.«

»Ja, was soll ich denn machen?«, keifte Ali zurück.

Tarek zuckte die Achseln, dann lösten sie sich vom Geländer, und wir gingen weiter. Mir wurde schon nach wenigen Schritten wieder schlecht, ich blieb stehen.

Ich wartete, bis sich mein Magen beruhigt hatte, und folgte ihnen dann vorsichtig. Die Hauptsache war, dass ich mich nicht übergeben musste.

Nachdem wir das Stauwehr überquert hatten, ging es wieder am Ufer entlang. Wir waren jetzt fast in der Altstadt. Neben uns standen fast nur noch alte Häuser mit hohen Mauern, die Studentenverbindungen gehörten.

Als ich die Brücke sehen konnte, hinter der die Fußgängerzone begann, schloss ich zu den beiden auf.

»Warum nur«, sagte Tarek gerade, »warum nur hast du den kelb da mit reinziehen müssen.«

»Ich habe es dir schon hundertmal erklärt«, sagte Ali.

»Dann erklär's mir noch mal.«

»Weil von mir das Gras nicht war, und auf wen hätte ich es denn sonst schieben sollen?«

»Warum hast du es überhaupt auf jemanden geschoben?«

»Ach, scheiß doch drauf«, sagte Ali. »Was rede ich überhaupt noch mit dir.«

Er drehte sich weg und bemerkte mich.

»Komm, Vince, ich schick dir noch was.«

Ich griff in die Hosentasche, um mein Handy rauszuholen, da sagte Tarek: »Bist du dir sicher, dass es nicht doch dein Gras war?«

Ali, der gerade den Reißverschluss seiner Bauchtasche öffnete, hielt mitten in der Bewegung inne.

»Alter«, sagte er und drehte sich langsam wieder zu Tarek, »sagst du da gerade, dass ich lüge?«

»Ich check's halt einfach nicht.«

»Hör zu, ich schwöre«, Ali schloss mit einer schnellen Bewegung den Reißverschluss wieder und machte einen Schritt auf Tarek zu. »Ich schwöre auf meine Mutter, das Gras war nicht von mir. Die Bullen haben das vorn in der ersten Reihe gefunden. Ich und der kelb haben hinten in der letzten Reihe gesessen.« Er schubste Tarek. »In der allerletzten.« Er schubste noch mal.

»Ist ja schon gut«, sagte Tarek und machte einen Schritt zurück.

»Der einzige Grund, warum die überhaupt geglaubt haben, dass das mein Gras sein könnte, war wegen dem verfickten Busfahrer. Ich war ein einziges Mal vorn und habe einfach nur gefragt, ob ich früher aussteigen kann, aber dieser Hurensohn hat das den Cops natürlich sofort erzählt und, ach, keine Ahnung.«

»Und warum musstest du es dann auf den kelb schieben?«, fragte Tarek.

»Die hätten mir das doch niemals geglaubt. Niemals. Das waren alles deutsche Studenten in diesem Bus. Ein paar abgefuckte Familien mit Kindern und so. Und dann wir zwei Kanaken.«

Ich wollte irgendetwas über meinen Onkel sagen, der ja auch für Eurolines Bus fuhr und der immer meinte, dass er selbst niemals einen Bus nehmen würde, um in ein anderes Land zu reisen, weil er seine Passagiere so schlimm fand, aber Ali redete schon weiter: »Die haben mich halt sofort gepackt und komplett durchsucht. Einer von denen hat schon nach meiner Adresse gefunkt. Der war kurz davor meine Mutter anzurufen, und meine · Mutter –«

»Ich hätte lieber ein Problem mit deiner Mutter als mit O«, unterbrach ihn Tarek.

»Halt deine Fresse mit meiner Mutter«, schrie Ali und packte Tarek am Kragen.

Tarek blieb einfach stehen, griff nach Alis Handgelenk und löste die Finger wieder. »Ich mein doch nur. O fickt dich. Schön langsam fickt er dich.«

Als Ali nichts erwiderte, sondern seine Bauchtasche zurechtrückte, fragte ich: »Wer ist das eigentlich?«

Die beiden sahen mich an, als hätten sie völlig vergessen gehabt, dass ich auch noch da war.

»Wer?«, fragten sie wie aus einem Mund.

»Dieses«, ich zögerte, »dieses Kalb.«

»Nicht Kalb«, Ali gluckste plötzlich wieder und klang dann, als ob er an seinen Zähnen saugen würde. »*Kelb*. Das heißt Hund.«

»Das ist einer von den Älteren«, sagte Tarek. »Und alle nennen ihn so, weil er das einfach ist, ein Hund.«

Ich nickte und verstand gar nichts.

»Und wer ist der, der dich«, ich zögerte und fragte mich, ob ich das wirklich so sagen sollte, wie Tarek es eben gesagt hatte. »Der dich fickt?«

»O?«, fragte Ali.

»Der ist so was wie ein Adler.«

»Was für ein Adler?«, sagte Ali. »Alter, was laberst du schon wieder von einem Tier?«

»Ist doch so«, sagte Tarek. »O weiß immer alles, sieht immer alles. Er hat Adleraugen. Außerdem –«

»Er hat doch keine Adleraugen«, unterbrach ihn Ali. »Der trägt Kontaktlinsen, wallah.«

»Adler als Metapher, du Schwachkopf«, sagte Tarek in Alis Richtung. »So wie Liam gesagt hat, dass wir die Lampe sind. Außerdem«, er fixierte wieder mich, »außerdem passiert ihm nie was, weil er über allen anderen fliegt.«

»Die verkackte Lampe«, gluckste Ali vor sich hin.

»Wie, ihm passiert nie was?«, fragte ich.

»Vor ein paar Wochen«, sagte Tarek, »da sind sie zum Beispiel ins Hallenbad eingebrochen.«

»Das an der Schule?«

»Genau das, und alle sind gepackt worden, und O ist einfach nichts passiert.«

»Nichts«, wiederholte Ali und schaute mit einem Mal so ernst drein wie Tarek die ganze Zeit schon. »Alle haben eine Anzeige bekommen, er nicht.«

»Weil alle gesagt haben, er war nicht dabei«, sagte wieder Tarek.

»Was für eine schwachsinnige Aussage«, murmelte Ali. »Wer soll denn das glauben.«

»Wenn das alle behaupten, dann ist das halt so.«

»Ich checke an der ganzen Sache nur nicht«, sagte Ali, »dass auch die Bullen das ausgesagt haben müssen.«

Tarek zuckte die Achseln: »Adler halt.«

»Was haben sie im Hallenbad überhaupt gemacht?«, mischte ich mich ein.

Sie sahen mich an, als ob ich ein Idiot wäre.

»Na, gebadet.«

DIESE WUNDEN

»Weißt du, was das für Brandwunden an seinem Unterarm sind?«, fragt Alis Mutter, als wir im Krankenhaus in den Aufzug steigen.

»Weiß nicht«, sage ich.

Wie gerade eben schon. Wie zu allem, was sie mich fragt – und fühle mich schlecht. Ich weiß ganz genau, wo die Wunden her sind, das kleine und das große O, die aussehen sollen wie diese Abkürzung beim Chatten.

Um irgendetwas zu sagen, sage ich: »Sind mir aber auch aufgefallen.«

»Habt ihr euch denn gesehen?«, fragt sie und sieht mich von der Seite an. Ich blicke weiter auf die matt glänzenden Aufzugstüren.

»Er ist doch die ganze Woche zu Hause gewesen«, fügt sie hinzu.

»Schon, aber«, sage ich und weiß nicht weiter.

Offenbar hat Sami ihr nicht erzählt, dass wir gestern noch kurz da waren – aber auch das kann ich ihr nicht erzählen. Ich kann nicht sagen: Doch, wir haben noch ein bisschen was zu rauchen geholt. Ali wollte, dass wir bleiben, aber wir haben einen Fick auf ihn gegeben.

Mir fällt ein, was Ali letzte Woche gesagt hat, als ich ihn gefragt habe, warum er nicht einfach alles seiner Mutter erzählt.

Er hat im Bett gelegen und leise gesagt: »Sie wirkt nicht so, aber seit wir allein sind, ist es nur noch ein Millimeter.«

»Ein Millimeter?«, fragte ich.

»Ein Millimeter, bevor sie zerbricht«, meinte Ali. »Ich muss das allein schaffen.«

»Ich dachte, er hätte die Grippe«, flüstert Alis Mutter jetzt. »Was war denn los mit ihm? Ich meine, ich hätte doch –«

Sie spricht nicht weiter. Eine Sekunde verstreicht, dann hält der Aufzug, und mir rutscht es heraus: »Was ist eigentlich mit deinem, ich meine mit seinem«, ich ringe um das richtige Wort.

Die Aufzugstüren schieben sich auf.

»Mit seinem Vater«, beende ich den Satz.

»Der«, sagt sie gedehnt und tritt aus dem Aufzug, »ist in Holland.«

»In Holland?«, frage ich viel zu laut, weil mir plötzlich etwas klar wird.

Ein einziges Mal habe ich versucht mit Tarek darüber zu reden, warum Ali überhaupt nach Amsterdam gefahren ist.

»Überleg doch mal«, sagte ich. »Der setzt sich freitags in einen Bus, kommt mitten in der Nacht da an und fährt am Samstagnachmittag wieder zurück?«

»Wahrscheinlich ist er bumsen gegangen«, zuckte Tarek die Achseln.

»Glaube ich nicht«, sagte ich und dachte daran, wie Ali mir stolz erklärt hatte, dass er sich für Tahira aufsparen wollte.

»Ich bleibe Jungfrau für sie«, hatte er gesagt und geguckt, als könnte ihn nichts auf der Welt davon abbringen.

Das konnte ich Tarek natürlich nicht erzählen.

»Und warum hat er den kelb mitgenommen?«, fragte ich stattdessen.

»Das ist Zufall gewesen«, sagte Tarek. »Die haben sich erst im Bus getroffen. Hat mir der kelb selbst erzählt.«

»Aber was hat Ali dann gemacht?«

Tarek zuckte noch einmal mit den Achseln.

Manchmal macht dieser Junge
Einfach richtig dumme Sachen

Als ich wieder den Stationsstützpunkt betrete, spüre ich noch den Kuss, den mir Alis Mutter zum Abschied auf die Stirn gedrückt hat. Als ob es die orangenen Flecken nicht geben würde. Und auch der Pfleger sagt nichts, als ich wieder an dem runden Tisch Platz nehme und die Kapuze abziehe. Nichts zu meinem Gesicht, auch nichts dazu, dass ich mehr als eine halbe Stunde auf dem Klo gewesen bin.

Ich greife nach der Tasse, die ich vorhin zur Seite geschoben habe, und drehe sie, um zu lesen, was darauf geschrieben steht: *Ich bin Gastroenterologe …*

»Ecuador?«, fragt der Pfleger.

»Äh«, sage ich. »Ecuador?«

»Das Spiel heute. Wird das noch mal so ein Krimi wie gegen Polen?«

»Ach so«, sage ich. »Keine Ahnung.«

Ich habe ganz vergessen, dass er hier wegen dieser ganzen Station-Tippgemeinschafts-Sache sitzt.

»Wie haben die denn bisher gespielt?«, frage ich.

»Meinst du das ernst?« Er schaut mich ungläubig an. »Wo lebst du denn?«

Ich hebe entschuldigend die Tasse hoch.

»Haben auch beide Spiele gewonnen«, sagte er, »und sind wie wir weiter. Es geht nur noch um die Platzierung.«

»Dann ist es doch egal«, sage ich.

»Na ja, wenn wir gewinnen, spielen wir gegen den zweiten aus Gruppe B, was wahrscheinlich Schweden sein wird. Wenn wir verlieren, müssen wir gegen England ran. Außer natürlich Schweden gewinnt heute gegen England. Dann wäre es besser, wenn wir gegen Ecuador verlieren.«

»Verstehe«, sage ich, einfach nur damit er aufhört mich vollzulabern.

UND WIE IST DAS JETZT
MIT DIESER TIPPGEMEINSCHAFT?

Geht es nach mir, wird Deutschland zwar im Achtelfinale gegen Schweden gewinnen, dann aber gegen Mexiko verlieren, 5:3 im Elfmeterschießen. Mexiko wird gegen Italien gewinnen, eins zu null, und damit ins Finale einziehen. Dort wird Frankreich warten. Die müssen so weit kommen, weil der goldene Ball an Zinédine Zidane gehen soll.

Während ich seinen Namen hinschreibe, denke ich an Omar und was er über Zidanes Vater gesagt hat. Dann überlege ich, wie hoch ich Mexiko gewinnen lassen will – als mein Vater in den Stationsstützpunkt tritt. Ein Kollege begleitet ihn, und während sie sich unterhalten, kommen sie geradewegs auf mich zu. Erst als sie vor mir stehen bleiben, erkenne ich, dass es der Kollege ist, bei dem wir wegen der Brandwunde auf meiner Wange waren.

»Dann zeig mal her, Vincent«, sagt er und hat schon mein Kinn in der Hand.

Während er meinen Kopf in die eine, dann in die andere Richtung wendet, lehnt er sich zurück und sieht mich über den Rand seiner Brille an: »Das erste Mal, dass du so etwas aufträgst?«

Ich nicke, und er lässt mein Kinn los.

»Halb so wild«, er sieht mich durch die Brille an. »Geht in ein paar Tagen von allein wieder weg.« Während er sich meinem Vater zuwendet, sagt er: »Andersrum wäre es tragischer. Diese Bräunungsmittel sind harmlos im Vergleich zu dem Zeug, was sich die Leute auf die Haut schmieren, um sie zu bleichen.« Er steckt die Hände in seinen Arztkittel. »Vor ein paar Tagen war eine hier, die hatte im Gesicht die Haut einer zwanzig Jahre älteren Frau.«

»Da ist voll oft Quecksilber drin«, wirft der Pfleger ein.

Mein Vater schaut ihn an, dann seinen Kollegen: »Manchen ist einfach nicht zu helfen.«

»Du, in anderen Kulturen ist das ganz normal«, antwortet der Kollege. »In Afrika macht das quasi jede zweite Frau.«

»Das ist nicht nur ein Problem in Afrika«, mischt sich wieder der Pfleger ein, »sondern auch in Asien, in Südamerika, auf der ganzen Welt. Und das hat viel damit zu tun, dass Leute wie wir denken, das hätte irgendetwas mit Afrika zu tun. Genau das ist das Problem.«

Mein Vater und sein Kollege sehen den Pfleger einen Moment an. Dann drehen sie sich gleichzeitig wieder zu mir.

»Hier«, sagt mein Vater, »sind wir jedenfalls in Deutschland.«

... UND WAS SIND DEINE SUPERKRÄFTE?

»Macht das irgendeiner von deinen Klassenkameraden?«, fragt meine Mutter. »Irgendeiner?«

Ich sitze auf dem Rand der Badewanne. Sie sitzt vor mir auf dem türkisfarbenen Badezimmerhocker, und auch wenn ich größer bin als sie, komme ich mir vor, als wäre ich wieder fünf und hätte im Dreck gespielt. Sie greift hinter sich und zieht einen Wattepad aus der Packung, die neben dem Waschbecken hängt.

»Augen zu«, sagt sie, während sie etwas aus einer Tube drückt.

»Was ist das?«, frage ich.

»Gallseife«, sagt sie.

»Und was ist Gallseife?«, ich kneife die Augen zusammen.

»Da ist Rindergalle drin«, sagt meine Mutter, und während

ich auf der Wange eine kühle Masse spüre, die sie mit kleinen Kreisen verreibt, macht sie weiter: »Oder dein Onkel. Wenn der das morgen sieht. Was denkst du, was der da sagt?«

Ich presse die Lippen fest aufeinander – um keine Seife in den Mund zu bekommen, aber auch um nichts sagen zu müssen, und denke, dass ich lieber nicht wissen will, was mein Onkel sagen wird. Dabei muss ich irgendwie daran denken, wie er eines Tages überzeugt war, der Enkel eines Fleischers müsse wissen, wie man ein Tier ausnimmt.

Es war an einem der Weihnachtsfeiertage, und während meine Eltern mit meiner Tante am Esstisch saßen, setzte er mich aufs Sofa, schlug die Samtdecke zurück, die unter dem Weihnachtsbaum lag, und breitete eine Camouflage-Plane aus. Dann verließ er das Zimmer.

Als er wiederkam, baumelte ein Stück Fell in seiner Hand.

»So«, sagte er und ließ es auf die Plane plumpsen, »dann ziehen wir ihm mal das Fell über die Ohren.«

Erst da sah ich den Hasen – und dann staunte ich nur noch, wie doll mein Herz klopfte und wie behutsam mein Onkel den Hasen aufschnitt. Wie fein seine Hände waren, die sonst doch nur Lenkräder hielten. Und wie die Kerzen vom Weihnachtsbaum in den Hasenaugen glänzten. Wie die Sehnen schimmerten. Wie er die Innereien herausschnitt, sie neben sich zu einem kleinen Berg aufhäufte und nur das Herz extra wohin legte.

»Weil, das kriegt der Pfarrer«, sagte er und zwinkerte.

Für seinen Hund

»Achtung«, sagt sie, und ich spüre nassen, rauen Stoff im Gesicht.

Wieder beginnt sie auf der Wange, wieder mit kleinen Kreisen, nur dass sie diesmal fest zudrückt. Als sie die Narbe von der Brandwunde erreicht, brennt es plötzlich, und ich schiebe sie weg.

»Passt schon«, presse ich zwischen den Lippen hervor. »Den Rest mache ich selbst.«

Sie drückt mir den Waschlappen in die Hand, und ich stehe auf, taste mich zum Waschbecken. Als ich höre, wie sie die Badezimmertür schließt, öffne ich die Augen.

Seifenschaum hängt mir am Kinn. Gleichzeitig breitet sich ein scheußlicher Geschmack in meinem Mund aus.

Ich spucke aus und beginne mit dem Flaum über meiner Oberlippe. Ich reibe mit dem Waschlappen vorsichtig hin und her. Dann gehe ich über auf die Wange, die meine Mutter noch nicht bearbeitet hat. Als es in meinen Augen zu beißen beginnt, schließe ich sie wieder. Und während ich immer stärker rubble, stelle ich mir vor, durchsichtig zu werden.

RAUSHOLEN

Am Tag nach unserem letzten gemeinsamen Treffen bei Liam klopfte es, und Ali stand in der Tür, entschuldigte sich bei unserem Geschichtslehrer und erklärte, er sei geschickt worden, um mich zu holen. Dabei nuschelte er den Namen der Schulleiterin. Ich erschrak und packte rasch meine Sachen, es war doch alles geklärt.

Kaum war die Tür hinter mir zu, gluckste Ali dann aber los.

»Alter«, sagte ich, mir war gar nicht zum Lachen.

Er legte mir die Hand in den Nacken und führte mich langsam vom Klassenraum weg. Dabei ließ er seine Hand auf meine Schulter gleiten, und ich fühlte, wie meine Schulter in seiner Hand lag, und sagte irgendwie nichts mehr, sondern fragte mich nur, wieso er das tat. Wieso er mich aus dem Unterricht holte und mit mir durch die Schule marschierte, als ob wir uns schon immer kennen würden. Dann fiel mir ein, dass in Wirklichkeit noch längst nicht alles geklärt war. Das mit Liam war zu Ende, das schon. Die Verhandlung vor Gericht stand aber erst noch bevor. Alis Hand fühlte sich plötzlich gar nicht mehr so gut an, stattdessen bemerkte ich das Loch in meinem Bauch. Es war nicht besonders groß, aber es war da, und es konnte, das spürte ich ganz deutlich, jederzeit zuschlagen und alles verschlingen.

Als wir auf den Schulhof traten, fragte ich: »Wo gehen wir hin?«

»Siehst du gleich.«

Ali schlug einen kleinen gepflasterten Weg ein, der bergauf unter einigen Bäumen und durchs Gebüsch führte. Die Treppen, die hinunter zum Hallenbad führten, waren nach wenigen Schritten nicht mehr zu sehen.

»Aber ich habe nachher noch Mathe«, sagte ich.

»Scheiß auf Mathe«, sagte Ali.

Abrupt endete der Weg, und wir standen am Nordring. Auf der anderen Straßenseite wuchs Gebüsch.

Wir warteten ein Auto ab, dann rannten wir rüber.

»Hier geht es lang«, sagte Ali, bückte sich und schlüpfte unter einem Ast durch.

Ich folgte ihm und versuchte nicht in die feuchte Erde zu treten. Jetzt erkannte ich durch das Buschwerk das Dach des Hallenbads. Wir stiegen über einen Betonblock, aus dem der Rest eines Pfostens ragte. Dann über einen überwucherten Maschendrahtzaun. Und dann war ich durch. Ich sprang über eine Pfütze und stand wieder auf Asphalt. Vor mir lag der Eingang zum Treppenhaus einer Tiefgarage. An die Betonwand daneben war krakelig *Nordstdt* gesprüht. Weiter entfernt gab es einige Sandkästen, ein Gerüst, das aussah, als hätten mal Schaukeln drangehangen. Eine Rutsche. Und über alles ragte der Plattenbau, den man auch von der Vorderseite des Hallenbads aus sehen konnte.

»Ich wohne da oben«, sagte Ali, »lass uns besser da unterstellen.«

Er nickte zur Rutsche.

NORDSTDT

Während wir rauchten und mich der dritte Nikotin-Flash meines Lebens einige Zentimeter über dem Sand schweben ließ, sagte Ali: »Tarek wartet unten auf uns.«

Er deutete mit der Zigarette in die Richtung, in der das Einkaufszentrum liegen musste.

»Schwänzt er auch?«, fragte ich und kam mir auf der Stelle peinlich vor.

Aber Ali stieß ein Lachen aus und klatschte in die Hände: »Alter, sein Schwanz schwänzt vielleicht.« Und einen Moment später sagte er: »Im Ernst jetzt, die denken alle, dass er in Syrien ist. Sollte er auch sein, irgendein Begräbnis, die Tante seiner Mutter oder so. Dann sind sie aber doch nicht geflogen.«

»Und warum nicht?«

»Keine Ahnung, irgendwas mit Politik«, Ali legte den Kopf zur Seite und guckte unter dem Dach der Rutsche hervor nach oben. »Seine Eltern denken jedenfalls, er geht in die Schule.«

Ich fragte nichts mehr. Ich staunte. Ich kannte niemanden, der sich traute, tagelang nicht zur Schule zu gehen. Ich versuchte mir die Ehrfurcht nicht anmerken zu lassen, betrachtete das Stückchen Glut, das Ali beim Klatschen an den Ärmel geflogen war, und hörte zu, wie Ali anfing von dem Shisha-Tabak zu erzählen, den Tarek aus dem letzten Syrienurlaub mitgebracht hatte und der nicht so ekelig trocken war wie der deutsche. Und während er mir die Tabaksorten aufzählte, fielen die ersten Regentropfen.

Plötzlich war es kühl, mir stieg die Hitze in den Kopf.

Ali war fertig und schwieg.

Ich klopfte ihm die Asche vom Ärmel und nuschelte dann: »Das ist der April.«

Um uns wurde der Regen stärker.

»Ja, Mann«, sagte Ali. »Aber bald ist Sommer.«

INSHALLAH

»Gehen wir«, sagte Ali und schnippte seinen Zigarettenstummel fort.

Ich sah dem glimmenden Stück nach, wie es im Regen verschwand, ließ meinen eigenen Stummel fallen, da rief er bereits: »Yallah«, machte einen Schritt unter der Rutsche vor und sprintete los.

Ich stürzte ihm nach, sprang aus dem Sandkasten – und dann war das Wasser überall. Von oben prasselte es, unter meinen Sohlen spritzte es. Ich hörte nichts mehr, spürte nur noch, wie in meinem Rucksack die Bücher herumgeschleudert wurden, und sah einige Meter vor mir Alis Schemen auf einen Weg zuhalten, der unterhalb des großen Hochhauses begann. Der Weg machte zwei Kurven, dann lag das Einkaufszentrum vor uns.

Als Ali den überdachten Bereich erreicht hatte, hielt er ohne Vorwarnung an. Ich konnte gerade noch zur Seite springen. Und dann standen wir einfach nur da, vorgebeugt und die Hände auf den Knien, heftig atmend.

»Und jetzt?«, fragte ich und strich mir das Wasser aus dem Gesicht.

»Tarek ist da drin«, sagte er und nickte zu der Kneipe, in der Tobi mir vor ein paar Wochen das Klopapier geholt hatte. Hier hatte mir der fremde Mann das Kühlpad gegeben. Ali hing ein Tropfen am Kinn. »Aber ich habe keine Zigaretten mehr.«

Wir standen genau da, wo Tobi mich stehen gelassen hatte, unter dieser Videokamera, aber erst jetzt fiel mir auf, dass hier auch ein Zigarettenautomat hing.

»Außerdem habe ich kein Geld mehr«, fügte Ali hinzu, »aber ich schwöre, ich hole raus, und dann kriegst du es wieder.«

»Wie, du holst raus?«, fragte ich.

»Ich drücke durch«, sagte er, als wäre damit alles klar, und ich fragte nicht weiter nach, sondern setzte den Rucksack ab, holte den Geldbeutel aus der Seitentasche und fischte mit meinen nassen Fingern zwei Zweieuromünzen heraus. Wir traten vor den Automaten, und in meinen Augenwinkeln verschwamm die Umgebung.

Ali sagte noch: »Lass Marlboro normal nehmen«, dann hatte ich schon die erste Münze in den Schlitz gesteckt. Ich hörte, wie sie wohin fiel, von wo ich sie nie mehr zurückholen konnte, und warf nach. Es klapperte. Ich drückte auf die Taste, auf die Ali gezeigt hatte. Nichts geschah.

Ich drückte noch mal, nachdrücklicher, und als sich wieder nichts tat, drückte ich mit beiden Händen und aller Kraft gegen das ganze Feld aus Knöpfen.

Endlich hörte ich ein Kratzen und dann einen Schlag.

Ich drehte mich um und wollte Ali einen Blick zuwerfen, der stierte aber auf sein Handy.

Ich wandte mich wieder dem Automaten zu und griff in die Ausgabe. Am linken Ende ertastete ich etwas. Ich zog eine schwarze Schachtel aus dem Automaten, auf der ein violetter Elefant abgebildet war.

»Alter«, sagte Ali. »Ich hab doch Marlboro gesagt.«

»Ich glaub, die waren alle«, sagte ich und sah hilflos die Schachtel an.

»Dann nimm doch Camel. Oder Gullis. Aber doch keine«, er nahm mir die Schachtel aus der Hand, »doch keine Pink Elephant.«

DIE MACHEN GARANTIERT
KOPFSCHMERZEN

Obwohl der Regen noch immer gegen die Überdachung prasselte, hörte man durch die Tür gedämpfte Musik. Wir traten ein. Die Pussycat Dolls wurden laut, es roch wie in dem Vereinsheim, in das wir essen gingen, wenn mein Onkel Geburtstag hatte. Als hinter uns die Tür zufiel, verstummte das

Geprassel, und in die Musik mischte sich ein elektronisches Gedudel. Gleich neben dem Eingang standen zwei Spielautomaten, und an einem saß Tarek.

Er hatte die Füße in die Schale gelegt, in die die Auszahlung fiel, und wippte auf seinem Hocker vor und zurück. Seine Linke ruhte zwischen den Knöpfen, die Rechte hing in die Tiefe und qualmte.

Ich zuckte zusammen, als plötzlich neben mir jemand sprach: »Du sollst nicht auf den Boden aschen!«, hinter der Bar stand eine Frau mit platinblond gefärbtem Haar.

Tarek hob seinen Arm und zog an der Zigarette, dann ließ er den Arm wieder fallen.

Die Frau beugte sich zu uns über den Tresen: »Sagt eurem Freund, wenn er noch mal auf den Boden ascht, könnt ihr gleich wieder verschwinden. Alle zusammen.«

Wir nickten und stellten uns hinter Tarek. Erst jetzt sah ich, wie Tareks Hand nicht einfach nur auf dem Pult lag, sondern im Sekundentakt auf einen Knopf drückte. Jedes Mal, wenn er das tat, begann dieselbe Melodie von vorn. Über das Display rollten Hieroglyphen.

»Und?«, fragte Ali. »Gibt er?«

Der Automat verstummte. Tarek drehte sich zu uns.

Er lehnte sich auf seinem Hocker Alis Gesicht entgegen, und während sie sich die Hand gaben, berührten sich ihre Wangen, erst links, dann rechts.

»Alter, seid ihr nass«, sagte Tarek und schwenkte auf seinem Hocker zu mir herüber.

Bevor ich verstand, was passierte, hatte er meine Hand in seiner und zog mich zu ihm. Um nicht zu stolpern, machte ich einen Schritt auf ihn zu, und mein Gesicht krachte in seine Schulter.

»Was ist bei euch kaputt?«, lachte Ali.

Tarek schob mich weg, zupfte die feuchte Stelle an seinem Shirt zurecht, wischte seine Hände an der Hose trocken, drehte sich wieder dem Display zu – und schon setzte wieder das Gedudel ein.

Nachdem er einige Male gedrückt hatte, brach der Automat in ein lang gezogenes Ahhh aus. Auf dem Display drehten sich drei goldene Bücher, eine plötzliche Kamerafahrt durch einen Schacht folgte, an dessen Ende auf einem Sockel abermals ein Buch lag, das aussah wie eines der drei goldenen, mit denen das Ganze begonnen hatte.

»Alter, Freispiele«, rief Ali begeistert und ließ sich auf den Hocker vor dem zweiten Automaten plumpsen. Ihm klebte sein Shirt am Leib, seine Rippen zeichneten sich deutlich ab.

Tarek sagte nichts, zog nur an der Zigarette. Und mit einem Mal durchflutete mich ein seltsames Gefühl ihm gegenüber, eine Ehrfurcht davor, was er hinter seiner stillen Art zurückhielt.

Wir waren ziemlich genau gleich alt, das wusste ich, weil wir bei Liam herausgefunden hatten, dass wir nicht nur derselbe Jahrgang, sondern auch beide September-Kinder waren. Aber wie er jetzt vor mir saß, an diesem Automaten, wirkte er um Jahre älter. Als ob ihn nichts aus der Ruhe bringen könnte. Als ob er das alles schon tausendmal gemacht hätte und es echt nichts Besonderes mehr für ihn wäre – und in dem Moment wurde mir klar, wie besonders das alles hingegen für mich noch war. Schule schwänzen, Zigaretten kaufen, dann diese Spelunke hier, das alles fühlte sich gut an.

»Vincent, hast du noch mal zwei Euro?«, riss Ali mich aus meinen Gedanken.

Ich nickte und setzte den Rucksack wieder ab.

»Nur zwei Euro«, fügte er hinzu. »Ich schwöre, ich hole raus. Ich habe es dir draußen schon gesagt.«

»Nur spielen geht nicht«, sagte die Frau, sie stand auf einmal hinter uns. »Und wie alt seid ihr eigentlich?«

Sie sah Ali an, der mit dem Finger auf dem Display herumdrückte.

»Das ist mein großer Bruder«, sagte Tarek ohne sich umzudrehen, »der ist einundzwanzig.«

Sie blickte skeptisch, aber als Ali »eine Cola« und »bitte« nuschelte, wandte sie sich mir zu. Ihr Blick wanderte an mir herab.

»Ich«, begann ich. Pitschnass stand ich da und wusste nicht weiter.

Das Gedudel des zweiten Automaten setzte ein.

»Ich bin«, stammelte ich, »ein Cousin aus Russland.«

Die Frau sagte etwas, das sich nach einem Fluch anhörte.

»Also, mein Opa, der«, fügte ich halbherzig hinzu.

»Vincent, rede über nichts, von dem du nichts verstehst«, sagte Ali über die Schulter. »Er nimmt auch eine Cola.«

Die Wirtin schenkte mir einen letzten kritischen Blick und machte kehrt.

»Und gib mir mal eine von den Kippen.«

Es dauerte, bis ich die Plastikfolie abhatte. Dann fingerte ich die Schachtel auf und zog zwei Zigaretten raus, die zu meiner Überraschung rosa waren.

Ali zündete sich eine an und deutete auf sein Display. Zwei Sechser, eine Neun, zwei Dreien. *Two Pair* stand da, und eine einzelne Karte flimmerte auf dem Bildschirm.

»Wenn ich da durchdrücke, sind es nur 76 Euro«, sagte er. »Aber ich habe gesagt, ich drücke durch, also drücke ich auch durch.« Er zog an der Zigarette. »Und zwar mit Rot.«

Tarek hielt inne und sah auf Alis Bildschirm. Ali schlug mit der flachen Hand auf den roten Knopf vor sich. Die flimmernde

Karte wurde zu einer Herzdame. Und sofort begann daneben wieder eine verdeckte Karte zu flimmern. Ali schlug wieder auf den roten Knopf. Karozehn.

»Alter, was sind denn das für Kippen«, sagte Tarek.

»Uskut, ich muss mich konzentrieren.«

Er schlug wieder. Herzneun.

»Was ist das, nach was die riechen?«

»Halt's Maul, habe ich gesagt.«

Herzvier.

»Alter, ich kenn diesen Geruch, wallah.«

Herzkönig.

»Nerv nicht.«

Karosieben.

»Nimm lieber raus.«

Herzass.

»Ich habe gesagt, ich drücke durch.«

Karoass.

»Und dann drücke ich auch durch«, er hielt inne.

Ali ließ die Faust auf den roten Knopf fallen, die Karoneun blinkte auf. Den Bruchteil einer Sekunde geschah nichts, dann begann alles zu leuchten und zu blinken, er wirbelte zu uns herum und grinste: »Vanille.«

LÜGEN

Natürlich hat mein Vater mir mein Handy am Abend *nicht* zurückgegeben, auch nicht, nachdem ich mir das Gesicht gewaschen habe. Er ist zwar in Hochstimmung gewesen, weil Deutschland Ecuador drei zu null vom Platz gefegt hat, entschied dann aber, es auch über Nacht zu behalten und mir erst wiederzugeben, bevor ich am nächsten Tag zur Schule gehen würde. Er stellte mich vor die Wahl: Entweder sollte ich mit den Nachbarn auf der Terrasse das Abendspiel Schweden gegen England schauen oder auf mein Zimmer gehen. Seit Wochen saß ich dann zum ersten Mal wieder am Rechner und zockte eine Partie *Counter-Strike* nach der anderen.

Heute früh hat er das Handy dann wirklich rausgerückt. Und ich habe es nicht glauben können. Ich habe es sogar noch mal aus und wieder an gemacht, aber da ist echt noch immer nichts von Tarek. Und damit sind es ziemlich genau siebenunddreißig Stunden, dass ich nichts von ihm gehört habe, ein voller Tag, plus die Nächte.

Während ich jetzt aufs Hallenbad und die Statue zugehe, sage ich mir zum hundertsten Mal, was ich mir sage, seit ich das Handy in die Hosentasche gesteckt habe: Dass Tarek hier ja herkommen muss. Dass es gar nicht anders geht. Weil wir über Ali reden und überlegen müssen.

Ich merke, dass ich gar nicht wirklich weiß, was wir überlegen müssen. Und plötzlich frage ich mich, ob vielleicht nur ich über Ali reden muss. Ob es für Tarek vielleicht alles gar nicht so ein Ding ist? Was, wenn ihm das mit Ali genauso auf die Nerven geht, wie ihm Ali in letzter Zeit überhaupt andauernd auf die Nerven gegangen ist? Was, wenn ich ihm auch auf die Nerven gehe? Wenn er sich deshalb nicht meldet?

Ich schiebe den Gedanken beiseite und sage es mir zum hundertundxten Mal: Hier muss er einfach herkommen.

Die Statue ist nämlich der Treffpunkt am Morgen – ist es auch für Tarek gewesen, bis ich angefangen habe, ihn zu Hause abzuholen. Ein paar Meter vor dem Eingang zum Hallenbad steht sie, besser gesagt steht *er*, ein junger Mann aus Stein, der aussieht, als ob er gerade aus dem Wasser steigt. Den Kopf hat er zur Seite gelegt. Mit einer Hand greift er sich in den Nacken und zeigt dabei seine Achselhöhle, den anderen Arm hat er um die Brust geschlungen. Gleich neben ihm, in einer schattigen Ecke, steht eine Bank. An der treffen sich alle, um vor der Schule eine zu rauchen. Seit ich Tarek abhole, sind wir nur noch selten dabei, vor allem weil Ali dagegen ist. Der passt meistens unseren Fahrstuhl ab und will dann in irgendeine Tiefgarage, zu dritt. Zu der Statue kommen nämlich auch die Älteren, und vor allem kommt O.

Als ich an den Schiebetüren vorbeigehe, fahren sie auseinander und mir schwappt Chlorgeruch entgegen. Ich lasse meinen Rucksack neben die Bank fallen und setze mich. Kurz betrachte ich meine Hände, an denen aber nichts mehr darauf schließen lässt, wie orange sie gestern noch gewesen sind. Auch in meinem Gesicht sind die Flecken wegen der ganzen Sache mit der Seife so blass, dass sie nicht mehr wirklich auffallen. Ich ziehe mein Handy raus und werfe einen Blick auf die Uhr, es ist zwanzig vor acht.

Ich bin mir nicht sicher, was ich getan hätte, wenn mein Vater mich nicht noch so lange zugetextet und ich den früheren Bus erwischt hätte. Ob ich einfach zu Tarek gegangen wäre. Einfach geklingelt hätte, hochgefahren wäre, wie jeden Morgen. Dann würde ich jetzt seit ein paar Minuten mit Tareks Vater dasitzen. Er wäre gerade von seiner Nachtschicht gekommen, und während sich im Bad Tarek und seine Schwester um den Spiegel streiten, würde er mir eine getoastete Brezel bringen und stöhnen: »Vincent, wallah, diese Nacht war ein Albtraum!«

Vielleicht würde er über die Rückenschmerzen klagen vom ganzen Sitzen, vielleicht über die Kollegen herziehen, die er heute Nacht bei Rot über eine Ampel fahren gesehen hatte. Vielleicht würde er auch auf irgendeinen irren Radfahrer schimpfen, den er jetzt gerade, hier oben auf dem Nordring, beinahe umgenietet hätte.

Meistens beklagt Tareks Vater sich darüber, wie lange er sinnlos am Bahnhof herumsteht. Und jedes Mal zählt er mir die nervigen Gäste auf. Die Unfreundlichen. Die Betrunkenen. Die nicht bezahlen wollen. Die ihn vollquatschen oder ihn aushorchen, wo er herkommt. Die ihn verdächtigen, einen Umweg zu fahren, ihn duzen und über *Taxi Sharia* reden wollen.

Er fragt: »Kennst du das, diese Sendung?«

Ich schmiere mir gerade Nutella auf die Brezel und antworte: »Meine Eltern hören andauernd SWR3, da läuft das halt manchmal.«

»Und«, fragt er, »findest du das auch so lustig?«

Ich zucke die Achseln. Ich finde nichts lustig, was meine Eltern lustig finden, sage das aber nicht und lege Schafskäse auf das Nutella. Tareks Vater murmelt etwas, das ich nicht verstehe, und schimpft noch mal auf diesen Radfahrer und seine, wie er es nennt, »Verletzlichkeit«, und dann flucht er, weil unter der Badezimmertür die Dämpfe von Haarspray und Deo und Parfum und noch mal Haarspray ins Wohnzimmer drücken. Dann murmelt er noch etwas über den Mann seiner ältesten Tochter, Tareks ganz großer Schwester, und schließlich sagt er: »Genug geärgert«, zwinkert mir zu, steht auf und geht zum Schlafzimmer.

An der Tür legt er den Finger an den Mund. Ich beiße aber sowieso nur in die Brezel. Dann verschwindet er, um gleich wieder zu erscheinen, mit einem Buch in der Hand.

Brezel, Nutella, Schafskäse

Einmal hat er mir von einem Mathematiker erzählt, der berühmt geworden war, weil er an einem Abend in den Himmel gezeigt und gesagt hatte: »Schaut da, das ist der Morgenstern.«

»Er hat dabei auf den richtigen Stern gezeigt, Vincent«, sagte Tareks Vater. »Morgenstern und Abendstern sind derselbe Stern, hast du das gewusst?«

Das hatte ich nicht, aber Tareks Vater redete schon weiter: »Eigentlich ist es gar kein Stern, sondern ein Planet, nämlich die Venus, aber das ist egal. Wichtig ist, dass dieser Mann die Wahrheit gesagt hat, als er ihn morgens Abendstern nannte, auch wenn das falsch klingt, findest du nicht?«

»Doch«, sagte ich. »es war ja nicht Abend.«

»Genau«, sagte Tareks Vater. »Und jetzt stell dir mal vor: Man lebt in dieser unbedeutenden Stadt Jena, und dann zeigt man allen, dass man die Wahrheit sagen kann und es trotzdem falsch klingt, und plötzlich fangen alle an, darüber nachzudenken, wie sie seit ein paar tausend Jahren Wissenschaft betreiben, nämlich indem sie«, er strahlte mich an: »sprechen.«

Während er weiterredete, stellte ich mir diesen Mathematiker vor, als einen Mann mit Turban und langem Gewand, der in einer Wüste stand und lange und viel in die Sterne guckte. Ich sah diesen Mann, wie er unter dem Sternenhimmel durch ein Land schritt, das ein wenig so aussah wie das Land, das ich von *Counter-Strike* und aus dem Religionsunterricht kannte, ein Land voller Löwen und Ziegen, voller Feigenbäumen und trockener Erde, in dem heißer Wind durch Städte wehte, die Jerusalem heißen, Jericho oder Jena.

»Vincent«, sagte Tareks Vater und riss mich aus den Gedanken. »Du musst dir die Sprache, sagen wir die deutsche Sprache, vorstellen wie ein Fußballfeld. Und auf diesem Fußballfeld wird gespielt, und es gibt nur einen Ball, das ist die Wahrheit, aber wallah, im Gottlieb-Daimler-Stadion sitzen fünfzigtausend Menschen, und alle haben einen anderen Blick. Verstehst du?«

Ich nickte, Morgenstern, Abendstern, deutsche Sprache, Stadion. Das leuchtete mir alles ein. Es kam darauf an, wo man war, wenn man über etwas redete.

»Aber was hat das mit Mathe zu tun?«, fragte ich.

»Weil das Wort Ball andauernd mit dem Ball verwechselt wird, oder einfacher gesagt, weil A niemals B sein kann«, sagte Tareks Vater. »A ist A und B ist B, khallas.« Er hob den Zeigefinger. »Vielleicht ist das, wofür A und wofür B stehen, gleich. Aber A und B sind Zeichen, die sind niemals gleich«, er schüttelte den Kopf. »Niemals, merk dir das!«

Als ich noch am selben Tag unserem Mathematiklehrer fragte, was das Gleichzeichen eigentlich bedeute, sah er mich verständnislos an.

Ich zeigte nach vorn, wo eine binomische Formel stand, und sagte: »Da stehen verschiedene Sachen rechts und links vom Gleichzeichen. Verschiedene Sachen, nicht gleiche Sachen.«

Um mich herum kicherte es. Der Mathematiklehrer sah mich ratlos an und wurde, als ich meine Frage wiederholte, wütend. Am Ende bekam ich einen Eintrag – was mir zwar ziemlich egal war, ich aber trotzdem meiner Mutter erzählte.

Die allerdings klatschte ganz begeistert in die Hände: »Der

Boris, der hat ja, bevor er in die Politik gegangen ist, auch Mathe studiert.«

Und am nächsten Tag erklärte sie mir, dass ihr Boris keinen Mathematiker kannte, der irgendetwas über die Sterne geschrieben hätte, und dass es ja eigentlich auch keine arabische Philosophie geben würde, weil – da hörte ich ihr schon nicht mehr zu.*

A = B

Die Schiebetüren zum Hallenbad gleiten auf, ein Mann tritt hinaus. Er bleibt neben dem Aschenbecher stehen, stellt seine Sporttasche ab und zündet sich eine Zigarette an.

Ich sehe wieder auf mein Handy, 7:41 Uhr. Dann öffne ich den Musikplayer, klicke ohne hinzusehen durch die Liste und drücke irgendwann auf Play. Anschließend aktiviere ich den Lautsprecher, lege das Gerät neben mich und verschiebe es so lange auf dem Holz, bis die Fuge zwischen zwei Holzlatten den Schall verstärkt.

Während Massiv das Rerelease von *Blut gegen Blut* ankündigt, dreht sich der Mann zu mir um. Ich stecke mir wie er eine Zigarette an und schaue zurück. Er wendet den Blick ab. Ich puste Rauch gegen die Spitze meiner Zigarette.

In diesem Moment schmiert sich Tarek wahrscheinlich noch Wachs in die Haare. Klatscht es sich hinein, bis sein Haar zu vielen kleinen Löckchen zerfällt, von denen er sich noch zwei, drei aus der Stirn streicht. Dann nebelt er sich ein und hält dabei die eine Hand so vor die Stirn, dass der Haarlack nicht in die Augen geht. Er überlässt Tahira den Spiegel und tritt aus dem Bad.

Würde ich am Tisch sitzen, würde er sagen: »Vince, yallah, ta'al.«

Ich würde aufstehen und kurz warten, bis Tahira Lipgloss aufgetragen hätte und mit diesen vollen, glänzenden Lippen aus dem Bad käme. Dann würde ich mir die Hände waschen. Dabei würde ich die Fotografie anschauen, die neben dem Spiegel hängt und eine rötliche Steinplatte zeigt. Ich kann nicht lesen, was auf ihr eingeritzt ist, weiß aber, dass es das erste erhaltene Seifenrezept der Welt ist. Meine Hände würden nach einer Mischung von Olivenöl und irgendeinem Gewürz duften. Und während wir in die Nikes schlüpfen, würde plötzlich wieder Tareks Vater neben uns stehen, und jeder von uns würde eine Karotte und einen Apfel in die Hand gedrückt bekommen.

»Damit ihr hundert Jahre alt werdet«, würde Tareks Vater sagen oder: »A apple a day, makes the doctor away.«

»*Keeps* heißt das, Baba«, würde Tahira sagen und sich an uns vorbeischieben, sie nimmt immer einen anderen Aufzug als wir.

Ich spitze die Lippen, öffne den Mund und lasse den Unterkiefer nach oben schnellen. Kleine Rauchkringel schießen davon. Ich spucke und werfe einen Blick auf das Display, dreiundvierzig.

Tarek zieht die Tür zu, und während er an circa zwanzig Wohnungstüren vorbeigeht, gibt einer von uns Ali einen Mailbox-Direktanruf von Alditalk zu Alditalk.

Warten bis Tahira weg ist, noch einen Aufzug rufen.

Während ich mir vorstelle, wie lange es dauert, bis die Aufzugstür sich aufziehen lässt, schaue ich auf den Boden und beobachte, wie die Schaumkrone auf meiner Spucke verschwindet. Währenddessen kommen in mir wieder Zweifel auf. Vielleicht hat Tarek keine Sekunde daran gedacht, Ali den Mailbox-Direktanruf zu geben – dann verbiete ich mir weiter zu denken und beschließe, erst wieder hochzugucken, wenn Tarek auf mich zukommen wird. Mit sorgenvoller Miene.

»Bruder«, wird er sagen und: »Gut, dich zu sehen.«

Noch aber steht er im Aufzug. Aus dem fünfzehnten Stock braucht es eine Weile bis unten. Ich zähle die Stockwerke. Heute hält er nicht bei vier, und auch im Erdgeschoss wartet kein Ali. Tarek tritt ins Freie, geht an der Wand aus Briefkästen vorbei und biegt auf den Weg, der in einer lang gezogenen Kurve hier-herführt. Vielleicht kann er schon meine Musik hören, vielleicht spielt er aber auch eins von den zehn Liedern ab, die er auf sei-nem Nokia gespeichert hat, alle von Massiv. Weil das so alt ist und die Boxen so leise sind, muss er sich das Handy ans Ohr hal-ten – es sieht krass bescheuert aus, wenn er rumläuft, als würde er telefonieren, in Wirklichkeit aber Musik hört.

JEDES SCHEISS MANAGEMENT
FINDET MEINE TEXTE SCHLECHT
BIN KEIN PHILOSOPH, ALLES UNZENSIERT
M, A, S, DER AUS DEM GHETTO RECHERCHIERT*

Jetzt müsste er um die Ecke kommen – und ich schaue auf.

Der Mann drückt seine Zigarette in den Aschenbecher, wirft dem Handy auf der Bank noch einen verächtlichen Blick zu, greift nach seiner Sporttasche und geht Richtung Parkplatz da-von. Ich schnippe ihm meine Zigarette hinterher und kneife die Augen zusammen. Für einen Moment sieht es so aus, als würde der Stummel gegen seinen Hinterkopf schlagen, aber nur wegen der Perspektive. Dann klicke ich die Musik weg, es ist 7:48 Uhr.

Ich stehe auf und werfe mir den Rucksack über die Schulter. Als ich an der Statue vorbeikomme, schaue ich nach links Rich-tung Einkaufszentrum – und das Loch in meinem Bauch zuckt, ich bleibe stehen.

In dem Durchgang zwischen Bäcker und Oase sind zwei Ju-gendliche aufgetaucht, die geradewegs auf mich zukommen. Der eine beißt gerade von etwas ab, das in einer Bäckertüte steckt, der andere hat mich bereits im Blick. Und spätestens seit vor-gestern weiß ich, was das heißt.

Einen Tag, nachdem Ali durchgedrückt hatte, stand ich O zum ersten Mal gegenüber. Es war ein Freitag. Ali und ich trafen uns nach Schulschluss, nur schlug er diesmal einen anderen Weg ein. Ich fragte wieder, wo wir hingehen würden, und er antwortete wie am Vortag: »Siehst du gleich«, klang aber anders, und er legte auch nicht die Hand in meinen Nacken.

Irgendetwas hielt mich davon ab, ihn zu fragen, was los sei, und so gingen wir schweigend hinein in das Viertel, in das ich seit über drei Jahren jeden Tag mit dem Bus fuhr. Während wir auf kleinen Wegen zwischen den verschiedenen Blocks abbogen, wunderte ich mich, dass ich hier noch nie gewesen war – ich lief seit Jahren immer nur den Weg, der von der Bushaltestelle an Einkaufszentrum und Hallenbad vorbei bis zur Schule führte.

Dann erreichten wir den Platz vor einem Hochhaus, und ich sah Tarek und zwei andere Jugendliche. Sie waren älter, sicher sechzehn oder siebzehn Jahre.

Der eine von ihnen trug einen bis über die Knie reichenden Mantel, darunter ein schwarzes Sweatshirt, von dem sich der weiße Aufdruck löste. Der andere hatte die Hände in die Taschen seiner Lederjacke gesteckt und die Kapuze so aufgezogen, dass seine Frisur zu sehen war. Seine Haare waren zur Seite gegelt, die Seiten rasiert. Am Ohr entlang führte ein feiner Streifen Bart gerade am Ohr hinunter und an der Unterkieferkante entlang bis zum Kinn.

Er gab Ali die Hand, dann steckte er sie wieder in die Jackentasche. Ali wandte sich dem mit dem Mantel zu. Sie begrüßten einander, wie auch Tarek und Ali sich gestern begrüßt hatten, berührten sich aber nicht mit den Wangen, sondern stießen eher ihre Schläfen gegeneinander. Mir nickte nur Tarek zu. Ali holte seine Zigaretten heraus, öffnete die Schachtel und bot sie dem mit der Kapuze an. Der hatte aber auf einmal mich fixiert: »Und du bist hier Tourist, oder was?«

»Das ist«, begann Tarek.

»Hab ich dich gefragt?«

»Ich«, sagte ich und versuchte irgendwie nicht so zu klingen, wie ich wohl aussah, in einem weißen T-Shirt, einer Cargohose, den Copa Mundial und einem Ranzen, der kurz vor dem Platzen war, weil ich meine Jeansjacke hineingestopft hatte.

»Guck weg«, sagte der mit der Kapuze, und ich schlug den Blick nieder.

Ich drehte mich um, zog den Ranzen ab und stellte ihn zwischen die Beine. Gleichzeitig spannte ich meine Rückenmuskulatur an.

»Hast du was für mich?«, hörte ich den mit der Kapuze.

»Siebzig«, antwortete Ali. »Und wieder Rasierklingen, es sind –«

Ein Klatschen war zu hören.

»Rasierklingen? Schon wieder?«

Eine Pause trat ein.

»Sehe ich aus wie ein Affe, der sich andauernd rasieren muss?«

Ich warf einen Blick über die Schulter. Tarek und der andere hatten sich auf den Rand eines Blumenkastens gesetzt, beide rauchten. Ali stand mit gesenktem Kopf da. Vor ihm, mit dem Rücken zu mir, stand der mit der Kapuze. Ich sah wieder weg.

»Ich hab dich nicht verstanden«, sagte der mit der Kapuze.

»Nein«, sagte Ali, »du siehst nicht aus wie ein Affe.«

Ein Lachen war zu hören.

»Ich weiß gar nicht, warum du da jetzt lachst. Das sind eigentlich deine Schulden.«

Das Lachen brach ab. Und ich verstand: Das also waren die, von denen Ali und Tarek gesprochen hatten. Der, den sie kelb nannten und der gerade gelacht hatte, und der mit der Kapuze, das musste O sein. Mir wurde schlagartig kalt.

»Und wenn Ali weiterhin nur Rasierklingen bringt, dann bist irgendwann du an der Reihe.«

Wieder trat eine Pause ein.

Dann sagte O: »Ist doch so?«

Und dann rief er plötzlich: »Ey, Tourist.«

Ich fuhr herum, alle sahen mich an.

»Ist doch so?«, wiederholte er.

»Doch«, sagte ich und sah in Alis Gesicht, »das ist so.«

»Siehst du«, sagte O und wandte sich wieder Ali zu. »Die siebzig ziehe ich ab, die Rasierklingen nehme ich als Zins, und als Pfand nehme ich –«

»Du weißt ganz genau, dass ich«, sagte Ali.

»Das da«, er deutete auf Alis Brust.

»Alter«, Ali fasste sich an die Kehle, »das kann ich nicht hergeben. Das hat meine Oma für mich in Jerusalem gewaschen.«

»Interessiert mich nicht«, sagte O und streckte ihm die offene Hand entgegen.

An dem Brunnen, an dem ihm die Dornenkrone aufgesetzt wurde

Ich selbst bekam ein Problem mit O, als die Vorladungen kamen. Es gab ein beschleunigtes Verfahren. Und auch wenn Ali noch nicht strafmündig war, hatten sie mich doch gemeinsam geschlagen, und Tareks Anklage lautete deshalb »gefährliche Körperverletzung«. In den Schreiben stand außerdem, dass die zivilrechtlichen Ansprüche dem strafrechtlichen Verfahren angeschlossen würden, sprich: Dass das Opfer etwas fordern konnte, Schmerzensgeld und so. Und wie auch immer alles ausgehen würde, dieses Opfer, das war ich.

Tagsüber konnte ich mich rausreden. Tarek und Ali glaubten mir, dass ich mit meiner Mutter zur Polizei hatte gehen müssen, so wie ich jetzt auch bei der Verhandlung vorgeladen war, aber schon damals am liebsten gar nicht hingegangen wäre. Niemand von uns wusste noch, wann was genau passiert war, was danach, was davor und so weiter.

Dann kam aber der Abend, an dem meine Mutter meinen Vater und mich aufs Sofa holte, weil in der *SWR Landesschau* gleich etwas über ihren Boris kommen sollte. Kaum saß ich zwischen meinen Eltern, da setzten die Bass-Schläge und Trompeten-Samples ein, mit denen *Ihr habt uns so gemacht* von Sido und Massiv losging. Ich riss mein Handy aus der Hosentasche, stürzte durch den Wohnbereich in Richtung meines Zimmers und nahm auf halbem Weg das Gespräch an.

»Du musst aufpassen«, sagte Tarek statt einer Begrüßung. »Zumindest in den nächsten Tagen, ich schwöre.«

Und dann erklärte er mir, was passiert war, und ich wurde mit jedem seiner Worte sicherer, nie wieder in die Schule gehen zu können. Ich stand am Fenster, sah hinaus, aber hörte nur ihn und spürte, wie das Loch in meinem Bauch wuchs und wuchs.

Nachdem er aufgelegt hatte, legte ich das Handy vor mich auf das Fensterbrett. Die Sonne war gerade untergegangen. Ich blickte in die dunkle Gartenhecke der Nachbarn. Der Fahnenmast, den sie am Wochenende aufgestellt hatten, glänzte golden, und der Baum dahinter hob sich vor dem Abendhimmel ab. Aus dem Loch in meinem Bauch stieg dabei das Bild auf, wie O auf dem Hof vor den Musikräumen warten würde.

»Irgendwann musst du ja rauskommen«, lächelte er mich an.

»Und wenn ich morgen nicht in die Schule gehe?«, fragte ich.

»Irgendwann musst du wieder in die Schule«, antwortete er und lächelte noch immer. »Und dann wirst du auch wieder aus ihr rauskommen.«

Er hob das untere Ende seines Shirts bis über den Bauchnabel, und ich sah das in der Hose steckende Butterfly.

»Du weißt, wer deine Freunde sind und wer meine Freunde sind«, sagte er und ließ das Shirt wieder fallen.

Und da durchzuckte es mich. Es gab einen Grund, weshalb Ali mit mir abhing, weshalb er mich mit zu sich nach Hause nahm und weshalb wir uns alle morgens trafen und gemeinsam rauchten. Es war derselbe Grund, aus dem Tarek mich eben angerufen hatte. Sie brauchten mich noch. Sobald die Sache vor Gericht vorbei war, würden sie mich fallen lassen, wie eine heiße Kartoffel.

WIR HABEN GELERNT UNS DURCHS LEBEN ZU SCHLAGEN
SCHEISS AUF DIE EWIGEN FRAGEN
VORM RICHTER STEHEN UND NICHTS SAGEN
ICH KANN DAS*

»Lüg nicht«, sagte O zum zweiten Mal. »Ich kann riechen, wenn jemand lügt.«

Und ich sagte: »Alter, als ob ich so etwas tun würde, was denkst du von mir.«

Er saß auf der Bank bei der Statue, dunkle Anzughose, grün-weiß gestreiftes Poloshirt. Ich stand vor ihm.

»Ich hab von Anfang an gesagt, ich will keine Anzeige«, fügte ich hinzu und spannte die Kiefermuskeln an.

»Setz dich«, sagte er.

Er legte den Arm hinter mir auf die Lehne. Mit den Fingerspitzen berührte er meinen Nacken. Ich bekam Gänsehaut, erwartete, dass er zupackte.

»Tobi«, sagte ich plötzlich, »der andere, der war's.«

»Und warum sollte dieser Tobi das machen?«, fragte O. »Ali hat doch dich geboxt.«

»Schon«, sagte ich, »aber –«

»Und Tarek hat dich gestiefelt, oder?«

»Ja, aber –«

»Dich, nicht den anderen.«

Ich schwieg.

»Also laber doch keinen Scheiß.«

»Aber, also, ich glaube, er selbst wollte das auch gar nicht.« Ich machte eine Pause. »Seine Mutter, weißt du, die hat was gegen Ausländer.«

»Und du nicht«, sagte er, und ich war mir nicht sicher, ob es eine Frage oder eine Feststellung war.

»Kein bisschen«, sagte ich.

»Also sagst du, Tarek hat Scheiß geredet?«

»Nein«, sagte ich schnell, »wieso, was hat Tarek –«

»Ist egal«, sagte O. »Wichtig ist, was du gemacht hast.«

Ich schwieg.

Nach einer Weile sagte ich: »Nichts, ich habe dir ja gesagt, dass ich –«

»Und wenn du nichts gemacht hast, dann kannst du Tarek, diesem Schafskopf, einfach Grüße von mir ausrichten. Und jetzt«, sagte er und machte eine Pause: »jetzt geh.«

Seine Hand klatschte in meinen Nacken.

Es kam mir zärtlich vor

Es klopft, und ich weiß, dass sie es ist. Niemand sonst klopft einen so langsamen Takt wie sie.

»Herein«, ruft unser Deutschlehrer, und als nichts geschieht, rufen es ein paar der Strebermädchen noch einmal.

Unser Lehrer geht zur Tür und öffnet sie. Kurz ist ihre randlose Brille und die hochgeföhnte Frisur zu sehen. Dann schließt sich die Tür hinter ihm.

Es ist still im Klassenraum. Hier und da drehen sich Gesichter nach mir um: Schon wieder du? Hast du schon wieder was ausgefressen? Was ist nur los mit dir? Wo ist der Vincent, den wir kennen? Der mit uns in der Pause Hacky Sack spielt? Der uns versucht Gurkenstückchen in den Ausschnitt zu werfen? Der einmal Archäologe werden will und niemals zu rauchen anfangen würde?

Ich sehe es ihnen an, dass sie so etwas in der Art denken, bevor sie schnell wieder nach vorn gucken. Auf ihre mit Lineal unterstrichenen Überschriften. Auf ihre voneinander abgeschriebenen Hausaufgaben und in ihre Scheiß-Panini-WM-Sammelhefte. Ich höre, wie sie schnell wieder über ihre Schüler-VZ-Gruppen tuscheln, über Harry Potter und ihre Theater-AGs, Volleyball-Teams und Bowling-Abende. Wie sie über ihr dummes Schni-Schna-Schnappi kichern und an diesen ekeligen Bionaden nuckeln.

Nadine macht nicht mit. Sie sitzt genau wie ich am Fenster, allerdings ganz vorn.

Eigentlich habe ich immer schräg hinter ihr in der zweiten Reihe neben Tobi gesessen. Als der nach den Faschingsferien aber dann nur noch so lange in den Unterricht gekommen ist, bis er eine neue Schule gefunden hatte, habe ich mich weggesetzt. Hier hinten habe ich niemanden neben mir und niemanden im Rücken, dafür aber alle im Blick. Und jetzt gerade würde ich am liebsten »Fickt euch doch alle« in den Raum rufen. Stattdessen gucke ich aus dem Fenster.

Irgendwie weiß ich, was gleich passieren wird. So wie ich am Takt erkannt habe, wer da klopft, weiß ich auch, dass gleich die Tür wieder aufgehen wird, dass ich mal kurz kommen soll, nur ganz kurz, und dann doch mit runtermuss, ins Rektorat, und dort bis zum Stundenende ein Kreuzverhör mit ihr und dem Vize ertragen werde.

Warum?

Keine Ahnung. Vielleicht hat mich ja heute früh irgendwer beim Rauchen gesehen. Vielleicht ist auch einem von den Abiturienten noch etwas eingefallen. Oder die Schulleiterin vermutet mal wieder, dass Tarek was mit irgendwelchen Terroristen zu tun hätte.

Dass sie das glaubt, hat irgendwie mit einem Shirt zu tun, das ihm Alis Mutter gemacht hat, ein Siebdruck. Es ist gelb, und mit brauner Farbe steht in arabischen Schriftzeichen »al'zarafa« darauf, was *die Giraffe* bedeutet. Er hat es von ihr letztes Jahr bekommen, als sie zu seinem Geburtstag einen Ausflug in die Stuttgarter Wilhelma gemacht haben. Ali und Tarek erzählen manchmal noch davon, wie die Elefanten alle gepisst haben, oder wie Tarek sich vor einer Ziege erschreckt hat – und ich bekomme dann immer ein ganz komisches Gefühl, das ein bisschen damit zu tun hat, dass ich da noch nicht dabei gewesen bin, und ein bisschen damit, dass es ja gar nicht mehr so lange ist, bis Tarek wieder Geburtstag hat. Und in diesem September werde ich dann nicht nur auf jeden Fall mit dabei sein, sondern ein paar Tage davor selbst Geburtstag haben.

Seit Wochen überlege ich, wie ich es anstelle, dass wir zusammen feiern. Wie ich meine Eltern überzeuge – aber noch viel mehr, wie ich Tarek dazu kriege. Wenn ich mir nämlich ausmale, dass ich ihn einfach frage, klingt das nicht wie: Hey, feiern wir doch zusammen, sondern mehr nach: Darf ich bei dir mitfeiern?

Deshalb habe ich ihm bisher nur von der Burgfalknerei Hohenbeilstein erzählt. Und das war zumindest ein guter Anfang.

Erst guckte er mich ausdruckslos an.

»Falknerei, von Falke«, fügte ich deshalb hinzu, »weißt du, wie ein Zoo nur für Vögel, und zwar auf einer Burg, es gibt da Eulen und –«

»Wallah, Bruder«, unterbrach er mich da, nahm mein Gesicht in die Hände und gab mir einen Kuss auf jede Wange. »Das ist eine gute Idee.«

الزرافة

Auf den Teppichböden klingen unsere Schritte dumpf. Ich habe meinen Blick zwischen die Schulterblätter der Schulleiterin ge-heftet. Irgendwie stehen sie hervor, und ich frage mich, ob das daher kommt, dass sie so groß und spindeldürr ist. Gleichzeitig bereite ich mich auf die Sätze vor, die mir gleich um die Ohren fliegen werden. Schon wieder. Wirklich ein Rätsel. Sich in eine solche Lage zu manövrieren. Und dann auch noch so dickköp-fig zu sein.

Wenn ich nicht diskutiere, wird der Fragen-Modus gestartet. Wer war es? Ali oder Tarek? Und wer hatte die Idee? Ali oder Ta-rek? Und warum hast du mitgemacht? Haben sie dich gezwun-gen? Habt ihr was mit der Sache beim Schulbäcker zu tun? Habt ihr die Fenster eingeworfen? Habt ihr auf dem Klo geraucht? Wo warst du letzten Mittwoch in der Mittagspause? Hat Alis Mutter eigentlich einen neuen Mann? Oder mehrere? Wo kommt das Geld her? Arbeitet sie wirklich nur als Dolmetscherin? Wie soll das reichen? Zahlt Alis Vater Unterhalt? Wie oft sieht er ihn? Sieht er ihn überhaupt? Weißt du, wie sein Name ist? Und was steht da auf Tareks T-Shirt? Ist das was mit al-Qaida?

Der Klang unserer Schritte verändert sich, als wir die Aula und den dort verlegten Kunststoff erreichen. Statt in den Gang abzubiegen, der zu ihrem Büro führt, hält die Schulleiterin ge-rade auf den Eingangsbereich zu. Vielleicht schmeißen sie mich einfach raus, denke ich und stelle mir vor, wie sie gleich die Tür aufhalten wird und ich dann gehen soll – da bleibt sie vor dem Hausmeisterraum stehen.

Eigentlich ist es mehr eine Kammer als ein Raum. Gerade groß genug, damit an der Scheibe, durch die der Hausmeister in die Aula der Schule sehen kann, ein kleiner Tisch Platz hat. In der einen Ecke stehen Putzsachen herum, zwei Wagen mit Kübeln und Wischmopps. In der anderen lehnen Besen und eine große Maschine, die so eine Art Staubsauger sein muss.

Die Schulleiterin und ich treten ein, und ich muss einen Schritt zur Seite machen, damit sie die Tür schließen und den Stuhl unter dem Tisch wegziehen kann.

»Setz dich«, sagt sie und fischt eine Bäckertüte von der Tischplatte. Während sie die zerknüllt, sagt sie: »Ich bin gleich wieder da.«

Ich setze mich an den Tisch und sehe durch die Scheibe, wie sie mit schnellen Schritten quer durch die Aula geht. Obwohl es mir gar nicht mehr so vorkommt, als ob sie mich rauswerfen wollte, überlege ich, ob das überhaupt schlimm wäre. Oder besser gesagt, wie schlimm das wäre, auf einer Skala von eins bis zehn. Jedenfalls lange nicht so schlimm, wie es für Ali schlimm gewesen ist. Für den ist das eine glatte Zehn gewesen, bei mir wäre es vielleicht eine Fünf.

Kaum ist die Schulleiterin in dem Gang zu ihrem Büro verschwunden, kommt sie auch schon zurück und hat Papiere in der Hand. Ich stelle mir vor, dass das die Formulare sind, die man ausfüllen muss, wenn man rausgeworfen wird. Als sie den Stapel vor mich auf den Tisch fallen lässt, sehe ich dann aber, dass es leere Blätter sind.

»Handy«, sagt sie und hält mir die geöffnete Hand vors Gesicht.

Zwischen Daumen und Zeigefinger klemmt ihr Schlüsselbund, ums Handgelenk hat sie sich ein feines Kettchen geschlungen. Ich greife in meine Tasche, ziehe mein Handy hervor und schalte es ab. Ihre Finger schließen sich darum, und sie lässt die Hand sinken: »Was ist da mit Ali passiert?«

Ich sehe sie überrascht an. Woher weiß sie das?

»Wirklich, Vincent, was ist da geschehen?«

Ist doch nicht mehr Ihr Problem, will ich sagen.

Ich zucke aber nur mit den Achseln.

Sie zieht eine Braue hoch, sodass sie seltsam über den Rand ihrer Brille ragt. Jetzt sieht sie aus wie eine Gottesanbeterin, diese gruslingen Insekten, die – wenn es stimmt, was Tarek behauptet – ihre Beute durch seltsame Kopfbewegungen hypnotisieren können.

»Du schreibst jetzt alles auf, was geschehen ist«, sagt sie und dreht sich um.

»Wenn etwas ist«, fügt sie hinzu, »bin ich in meinem Büro.«

Damit schließt sie die Tür hinter sich, und ich bin mir ziemlich sicher, dass ich keinen Schlüssel im Schloss höre. Ich könnte nachschauen, ich müsste mich nur zurücklehnen und die Klinke drücken. Aber ich bleibe einfach sitzen und sehe ihr hinterher, wie sie wieder durch die Aula davongeht.

Es ist still. Nur der Geruch nach Zuckergebäck umgibt mich.

WAS IST EIGENTLICH GESCHEHEN?

Ich bin wieder auf der Brücke, wieder trifft mein Blick zuerst den des Mannes, der neben O geht, und erst dann sieht mich O. Wieder mache ich auf der Stelle kehrt und – das Läuten der Schulglocke reißt mich aus der Erinnerung.

Ich schnappe nach Luft. Es ist, als ob Os Blick mich noch einmal erwischt hätte, und gleichzeitig ist mir, als ob da noch etwas anderes gewesen wäre, etwas, das ich bisher übersehen habe. Aber je mehr ich mich darauf konzentriere, desto mehr verschwindet es.

Währenddessen füllt sich die Aula. Es ist große Pause, und es dauert nicht lang, da haben mich ein paar Fünftklässler entdeckt. Sie albern vor der Scheibe herum. Ich versuche sie böse anzusehen. Aber sie lachen und zeigen mir Grimassen. Als einer seine Nase gegen die Scheibe drückt, schlage ich mit der flachen Hand gegen die Stelle. Das Glas erzittert, er zuckt zurück. Dann schleicht sich wieder ein Grinsen in sein Gesicht.

Im selben Moment sehe ich in seinem Rücken, am anderen Ende der Aula, Tahira die Treppe herunterkommen. Sie trägt eine schwarze Jeans, ein schwarzes Top und eine dunkelviolette Tasche, die von Weitem glänzt und aussieht, als würde Plüsch herausquellen. Während sie und ihre Freundinnen sich in meine Richtung wenden, kramt sie darin herum und zieht dann einen Apfel und eine Karotte heraus. Plötzlich fühlt sich alles warm in meinem Bauch an. Das Loch ist zwar da, aber es ist warm und sanft. Und als Tahira den Bruchteil einer Sekunde später in meine Richtung schaut und unsere Blicke sich treffen, ist es, als würde sie innehalten.

Dann ist sie vorbei und stellt sich mit ihren Freundinnen an der Schlange zum Schulbäcker an. Das Loch in meinem Bauch schnurrt und raunt: Sie gibt dir die Schuld. Weil auch Tarek dir die Schuld gibt. Weil alle dir die Schuld geben. Weil du schuld bist, schuld.

SCHWEIGEN

Dass ich an dem Tag mit Ali einfach den Unterricht verlassen hatte und nicht wiedergekommen war, wurde eingetragen, mehr nicht. Meine Klassenlehrerin fragte mich am nächsten Tag, was los gewesen sei, und ich behauptete, mir sei nicht gut gewesen. Sie bat mich, eine Entschuldigung von meinen Eltern zu bringen. Nach der fragte sie dann aber nicht noch einmal, und damit war die Sache erledigt.

Ich fühlte mich mit einem Mal mächtiger als alle anderen in der Klasse. Ich brauchte keine Ausrede. Ich brauchte keine Unterschrift zu fälschen. Ich brauchte nicht gerade noch rechtzeitig wiederzukommen, um keinen Eintrag zu kassieren. Ich machte einfach, was mir gefiel. Und wenn das wem nicht passte, war das nicht mein Problem.

Bei Tarek dagegen war die Hölle los. Einer aus seiner Klasse hatte sich verplappert, und so hatte die Schule herausgefunden, dass er nicht bei der Familie in Syrien war. Auf diesem Weg hatten dann seine Eltern mitbekommen, dass er nicht in die Schule ging. Er bekam zwei Tage Schulausschluss und – was schlimmer war – durfte die ganze Woche nicht aus der Wohnung.

Also trafen Ali und ich uns nach der Schule zu zweit, rauchten bei der Statue ein paar Zigaretten, hörten Musik, und fuhren dann in die Altstadt, um Drogeriemärkte abzuklappern.

Während Ali die Rasierklingen in seinen Rucksack packte,

stand ich am Ende des Gangs und beobachtete, was an der Kasse geschah und was die anderen Kunden machten. Ich kam mir vor wie ein richtiger Gangster. Und ein richtiger Gangster zu sein fühlte sich gut an. Und randvoll mit diesem guten Gefühl startete ich durch, als wir hinter den Schiebetüren waren und jemand etwas rief, sprintete neben Ali davon, eine Gasse hinauf, über den Marktplatz, am Stift vorbei, wieder eine Gasse hinunter, schräg durch den Stadtpark und in den nächstbesten Bus.

Heftig atmend folgte ich Ali bis in die letzte Reihe, er warf sich in die Ecke. Ich blieb stehen.

»Kommst du noch mit?«, fragte er.

»Ich kann nicht, ich muss heim«, sagte ich.

»Alter, komm schon, wir gehen zu mir und essen was. Meine Mutter hat gekocht.«

Bevor ich antworten konnte, wandte er den Blick ab und sah aus dem Fenster: »Wenn du nicht willst, ist das kein Problem, du bist ja ein freier Mensch.«

Wenn ich ihn damals schon besser gekannt hätte, wäre mir klar gewesen, dass er das alles nicht so ernst meinte. Dass das alles nur so eine Art Spiel von ihm war. In diesem Moment aber war ich nicht nur überzeugt, dass er mich auch heute wieder bloß mitgenommen hatte, weil er sich mit mir bis zur Gerichtsverhandlung gut stellen wollte, sondern ich bekam auch irgendwie Schiss, dass er wirklich böse auf mich war.

Es raschelte, dann holte Ali ein paar Sonnenblumenkerne aus der Tasche. Ich stand immer noch. Der Stadtfriedhof zog vorbei. Gleich würden wir an der Haltestelle halten, an der jeden Morgen Nadine einstieg.

Das Problem war: Ich musste wirklich heim. Ich musste heim, weil ich einen Termin bei einem Allergologen hatte, einem Arzt für Allergien. Dass ich nach dem letzten Termin bei Liam mit

Reizhusten heimgekommen, aber nicht krank gewesen war, hatte meine Mutter alarmiert.

»Wir wollten ja ohnehin längst einen Test machen«, hatte sie entschieden und, um nicht wochenlang warten zu müssen, einen Studienkollegen meines Vaters angerufen.

Jetzt lag die Haltestelle verlassen da, und ich sagte: »Ich habe einen Arzttermin, meine Mutter wartet auf mich.«

Ali stemmte die Knie gegen die Lehne des Sitzplatzes vor ihm und pustete die Hülse eines Sonnenblumenkerns über die Sitzlehne.

»Wann hast du?«

»Um drei.«

»Da hast du ja noch zwei Stunden, ruf an und sag, du kommst direkt zum Arzt, ihr trefft euch einfach da.«

Ich zögerte.

Er sah mich an und sagte: »Bruder, komm schon.«

Bruder.

Das hatte er bisher noch nie zu mir gesagt, nur zu Tarek. Ich sank auf den Platz neben ihm, meine Hand glitt in die Hosentasche.

Bis wir ausstiegen, hielt ich mein Handy in der Hand. Als ich es schließlich rausholte, glänzten die Schweißabdrücke meiner Finger auf der schwarzen Plastikhülle. Während der Bus neben uns anfuhr, wischte ich es mit dem Stoff meines T-Shirts trocken. Dann wählte ich die Nummer unseres Festnetzanschlusses.

Ali, der schon einige Schritte gegangen war, drehte sich um und kam auf mich zu.

In der Leitung knackte es, und meine Mutter meldete sich. Ich fixierte Ali und hielt mir den Zeigefinger der freien Hand vor den Mund.

»Hallo, Mama, ich bin's«, sagte ich.

Ali machte mit Zeigefinger und Mittelfinger das Peace-Zeichen.

»Ich«, sagte ich, »ich wollte nur sagen, dass ich –«

Ali griff nach mir, ich machte einen Schritt zurück, hörte aber nicht, was meine Mutter sagte. Ich schob Ali von mir weg, er verdrehte die Augen.

Ich sagte: »Also, dass ich den Bus verpasst habe.«

Ali kam wieder auf mich zu. Diesmal hielt auch er sich den Zeigefinger an den Mund.

»Ist doch egal, warum«, antwortete ich meiner Mutter und schüttelte den Kopf und drehte mich von Ali weg. Aber während meine Mutter anfing, das mit dem Gefallen zu erklären, den der Allergologe mir, also meinem Vater, auch ihr, uns allen tat, spürte ich plötzlich an meinem anderen Ohr seinen Atem.

»Zigarette«, flüsterte er.

»Ja, gut«, beendete ich das Telefonat. »Ich bin pünktlich da.«

Ich sah Ali wütend an, während ich die Zigarettenschachtel aus der Hosentasche zog und ihm eine gab.

»Hast du keine halbe Minute warten können?«, fragte ich.

Er tat beleidigt: »Wenn du gehen willst, geh. Kein Problem.«

»Schon gut«, sagte ich und zündete mir auch eine an.

Ich habe einen Freund mitgebracht

Ali streifte die Schuhe von den Füßen und legte die beiden Briefe und den Werbeprospekt auf den Tisch, der gleich neben der Wohnungstür stand. Dann trat er zwischen Sofa und Sessel, der Fernseher lief.

»Hallo«, rief eine Frau aus einem anderen Zimmer.

Ich beeilte mich meine Schuhe ebenfalls auszuziehen und stellte sie zwischen Wohnungstür und Tisch. Währenddessen blieb mein Blick an einem Bild hängen, auf dem ich den Hölderlinturm erkannte. In dünnen Wasserfarben war die Fassade der Altstadt gemalt. Davor der Turm, inmitten der Trauerweiden. Und dazwischen, direkt am Ufer stand ein Elefant.

»Das ist Sami, mein kleiner Bruder«, sagte Ali.

Ich fuhr herum. Erst jetzt sah ich, dass in dem Sessel ein Junge kauerte, der einen Controller in den Händen hielt. Im selben Moment erkannte ich auch das Spiel. *Need for Speed Most Wanted* hatten Tobi und ich in den Weihnachtsferien nächtelang gezockt, allerdings am Computer. Gerade jagte ein Wagen auf der Flucht vor der Polizei über einen Highway. Während er auf eine Polizeisperre zusteuerte und die Lücke zwischen zwei Polizeiautos anvisierte, starrte ich die Haare von Alis kleinem Bruder an. Während Alis Haare millimeterkurz rasiert waren, hatte sein Bruder eine wilde Mähne. In alle Richtungen standen die fein gelockten Haare ab.

»Du hast einen Freund mitgebracht?«

Die Stimme war direkt hinter mir. Ich drehte mich um und sah ins Gesicht einer Frau, die viel jünger war, als ich erwartet hatte. Ein paar Locken fielen ihr in die Stirn, der Rest war hochgesteckt, die Haarnadeln ragten aus ihrer Frisur.

»Wie schön«, sagte sie und streckte mir die Hand hin: »Ich bin Alex' Mutter.«

»Vince«, sagte ich und nahm verwirrt ihre Hand.

»Und in welche Klasse gehst du?«

»8b«, ich hielt noch immer ihre Hand. Hatte sie wirklich »Alex« gesagt?

»Und woher kennt ihr euch?«

»Ähm«, sagte ich und sah zu Ali, »also ich habe –«

»Vincent«, rief Ali. »Weißt du nicht? Der, mit dem wir Stress hatten.«

»Oh«, sagte sie und ließ meine Hand los. »Das bist du.«

Plötzlich bekam ich Angst, dass sie mich gleich wegschicken würde. Dann klatschte sie aber in die Hände: »Die Pizza«, rief sie und eilte aus dem Zimmer.

Ali löste sich vom Fernseher und setzte sich an den Tisch. Ich setzte mich neben ihn und sah ihn von der Seite an. Plötzlich verstand ich, warum Tarek ihn wegen seines Namens aufzog. Ich hatte geglaubt, dass es darum ging, dass er Christ war, kein Muslim. Aber es ging um den Namen selbst. Ich öffnete den Mund, um ihn zu fragen, wie das genau war, da rief Alis Mutter: »Wie war's in der Schule?«

Als sie wieder ins Zimmer kam, hatte sie die Hände in Geschirrhandtücher gewickelt und trug ein dampfendes Blech vor sich her.

»Gut«, sagte Ali.

»Und bei dir?«, fragte seine Mutter in Richtung Sofa, während sie das Blech auf den Tisch stellte.

Ali stand auf und ging zu einer Kommode, aus der er Teller holte. Und während seine Mutter aus einer Schublade Besteck auf den Tisch räumte, sah ich mich in dem Raum um. Irgendwie war er Flur, Esszimmer und Wohnzimmer auf einmal. Es gab keine Fenster, dafür waren alle Wände voller Bilder. Ich blieb wieder an dem Elefanten hängen.

Alis Mutter bemerkte meinen Blick.

»Den hat Alex gezeichnet, als er noch«, sie stockte und ich folgte ihrem Blick zu Ali, der angestrengt zur Seite sah. »Als er noch etwas anderes als Graffiti gezeichnet hat«, fügte sie hinzu. »Ich habe damals viel zu Elefanten gearbeitet, musst du wissen.« Und sie zeigte auf eine Fotografie, die neben der Kommode hing. Jetzt erkannte ich, dass dort ein Elefant aus Ziegelsteinen zwischen Bäumen stand.

»Das ist ein Denkmal, das in Bremen steht«, sagte sie und schaufelte mir ein Stück Pizza auf den Teller. »Hat mit den deutschen Kolonien zu tun«, fuhr sie fort.

Ich nickte so, wie ich in der Schule nickte, wenn ich so tun wollte, als ob mir etwas wieder eingefallen wäre. Dabei verstand ich rein gar nichts und war froh, als Alis Mutter plötzlich den Tonfall wechselte und in Richtung Sofa rief: »Kommst du auch?«

»Gleich«, rief Sami.

»Gleich muss ich ins Gericht. Wir essen jetzt.«

»Eine Minute.«

»Jetzt, yallah!«

ALEXANDER

Es war die leckerste Pizza, die ich je gegessen hatte: Viel Salami, viel Käse und der Teig dick und saftig. Ich biss, ich kaute, ich schluckte und hörte dabei zu, wie Alis Mutter ihre Söhne über den Schultag aushorchte.

»Wie war's in Biologie?«, fragte sie. »Wie war's in Französisch?«

Kaum hatte sie eine Frage gestellt und Ali irgendetwas genuschelt, stellte sie die nächste Frage: »Und in Gemeinschaftskunde?«

»Ich soll meine GFS über den Irak halten«, sagte Sami mit vollem Mund.

Alis Mutter runzelte die Stirn: »Wieso denn über den Irak?«

»Also«, Sami schluckte, »über die Kriege.«

»Wird ja immer besser.«

»Sie sagt, weil wir dann über den Prozess gegen Saddam Hussein reden können.«

»Aber ihr seid alle elf«, sagte sie. »Reicht es denn nicht, dass ihr überhaupt schon dieses Referat vorbereiten müsst, obwohl ihr erst in der sechsten Klasse seid?«

»Wird ja bei uns nicht benotet«, sagte Sami, aber Alis Mutter hatte mich fixiert.

»Was hältst du für eine GFS?«, fragte sie.

Ich würgte den Bissen herunter: »Über so einen Text, der bei uns auf dem Klo hängt.«

Ali prustete los: »Alter, was laberst du von einem Klo.«

Alis Mutter sah mich verwirrt an, und ich setzte zu einer Erklärung an. Ich hatte meine GFS schon im Herbst gehalten, über die *Desiderata*, von der alle dachten, sie sei uralt, die in Wahrheit aber im zwanzigsten Jahrhundert aufgeschrieben worden war. Alis Mutter hatte sich aber schon wieder Sami zugewandt: »Was machen die anderen in deiner Klasse?«

Sami zuckte die Achseln: »Jana macht über Sterbehilfe.«

»Und wer hat sich das überlegt?«

»Keine Ahnung.«

»Also nicht deine Lehrerin?«

»Mann, Mama, ich weiß es nicht.«

»Und wieso tut sie das dann bei dir?«

»Weil er ein Arab ist«, rief Ali und hob die Faust.

»Alex«, sagte Alis Mutter, »ich rede gerade mit deinem Bruder.«

Ali ließ die Faust wieder sinken und zwinkerte mir zu.

»Ich rufe später deine Lehrerin an«, sagte Alis Mutter. »Und dann reden wir am Abend noch mal darüber.«

»Muss das sein?«

»Das muss sein.«

Mit diesen Worten stand sie auf und verschwand in einem Zimmer.

»Mach doch über Jana«, feixte Ali.

Sami trat unterm Tisch nach seinem Bruder. Der lachte aber nur auf.

»Vielleicht«, fuhr er fort, »macht sie ja dann auch über dich?«

Sami trat noch einmal, fester diesmal, sodass der Tisch verrückte.

»Schluss jetzt, khallas.« Alis Mutter stand wieder im Raum. Sie trug jetzt eine Bluse mit Kragen und eine weiße Handtasche.

»Vertragt euch«, sagte sie und hauchte beiden einen Kuss auf die Wange. Dann sagte sie etwas, das ich nicht verstand. Und während sie in ihre Absatzschuhe schlüpfte, sagte sie: »Es hat mich gefreut, Vincent.«

»Mich auch«, sagte ich, als die Tür ins Schloss fiel, und dann fragte ich: »Wieso muss sie ins Gericht?«

»Sie übersetzt«, sagte Ali und klang gelangweilt. »Asylangelegenheiten«, fügte er hinzu. »So Aufenthaltssachen.«

Ich stellte mir Papiere vor, Dokumente, Pässe, Formulare. Und gleichzeitig musste ich daran denken, wie Tobi »Asylanten« gesagt hatte. Mir wurde heiß im Gesicht.

Sami hatte sich inzwischen noch ein Stück Pizza genommen, war aufgestanden und im Sessel abgetaucht. Die Motorengeräusche setzten ein, und auf dem Fernseher ging die Verfolgungsjagd weiter.

»Das macht sie aber nur nebenher«, sagte Ali dann. »Eigentlich ist sie an der Uni.«

»Echt«, sagte ich. »Was macht sie da?«

»Kunstgeschichte.«

»Krass.«

Wir schwiegen.

»Ich bin ja eigentlich aus Köln«, fuhr Ali dann fort. »Da hat meine Mutter Kunst studiert. Davor aber, da hat sie in Italien Bildhauerei studiert.«

»Wo genau?«, fragte ich, mit Italien kannte ich mich aus.

»Keine Ahnung,« sagte er. »Irgendwo, wo es viel Marmor gibt und deshalb schon immer viele Bildhauer gelebt haben.«

Er dachte kurz nach, sagte dann auf einmal in Richtung seines Bruders: »Wie weit bist du?«

Vom Sessel kam keine Antwort.

»Ey, Sami, ich rede mit dir.«

»Weit«, war aus dem Sessel zu hören.

Ali verdrehte die Augen und stand auf: »Komm, wir gehen in mein Zimmer.«

Ich nahm mir das letzte Stück Pizza.

ICH HÖRE JEDEN TAG, DASS IRGENDJEMAND IRGENDWAS HAT
IRGENDJEMAND IRGENDETWAS AUS IRGENDNER STADT
IRGENDWANN WUSSTE ICH
SCHEISS AUF DIE, DIE IRGENDWAS HABEN
IRGENDWO ÜBER MICH REDEN
DAMIT SIE IRGENDWAS SAGEN
ICH BIN NICHT IRGENDJEMAND AUS IRGENDWOHER*

Als ich das Zimmer betrat, stand Ali an der Anlage. Das Sample aus *American History X* war zu hören, mit dem *Gemein wie zehn* von Bushido begann, und Ali drehte sich um, griff hinter sich ans Fensterbrett und stützte sich ab. Er schob das Kinn vor und fixierte mich. Der Beat setzte ein, und als es „ich bin nicht irgendjemand aus irgendwoher" hieß, rappte Ali mit. In seinem Rücken waren Wolken und die Fassaden von zwei anderen Blocks zu sehen.

Neben ihm stand ein Schreibtisch, der bis auf einen Collegeblock und ein paar Filzstifte leer war. Ein Stuhl mit Rollen darunter. Daneben standen das Bett und ein Schrank, der so gar nicht zum Rest des Zimmers passte, weiß mit einem Stich ins Rosafarbene. Auf den zwei Seitentüren war ein Blumenstrauß geschnitzt, und in die mittlere Tür war ein ovaler Spiegel eingearbeitet.

Auf dem Schrank stand ein Tierkäfig, ich deutete auf ihn.

»Da hatte ich mal ein Kaninchen«, sagte Ali. »Aber wir mussten es schlachten.«

Dann lachte er: »Vince, war nur ein Spaß. Es ist gestorben, irgendwann. Wir haben es beerdigt.«

»Wo denn?«, ich blickte zum Fenster.

»Irgendwo im Schönbuch.«

»Ah«, sagte ich und musste an Tobis Mutter denken. Sie hatte so eine Gruppe, mit der sie einmal die Woche zum Joggen in den Wald fuhr. Tobi und ich waren einmal mitgekommen. Alle in dieser Gruppe trugen eng anliegende Hosen, Fleecejacken, Stirnbänder mit Reflektor-Streifen und sahen irgendwie ungelenkig aus, fast so, als würden sie das erste Mal in ihrem Leben laufen.

Ich setzte mich aufs Bett und entdeckte auf dem Nachttisch eine Papierserviette, auf der ein paar Schalen von Sonnenblumenkernen lagen.

»Sag mal, isst du die sogar hier.« Ich versuchte den Tonfall, den ich von Tarek kannte, der sich ebenfalls wegen der Sonnenblumenkerne über Ali lustig machte.

»Ach, halt's Maul«, murmelte Ali, der zu seinem Rucksack gegangen war und sich daran zu schaffen machte.

»Und was ist das?«, fragte ich und griff nach einem Stein, der neben der Serviette lag, keiner aus Glas wie unser Redestein, sondern ein kleiner, schwarzer Kiesel.

»Den habe ich geklaut«, sagte Ali und stand auf einmal vor mir. »Bei diesem Gedenktag.«

Ich legte den Stein rasch zurück: »Alter, das kannst du nicht machen.«

Ich erinnerte mich noch: Anfang des Jahres hatten wir in einer Deutschstunde alle die Klassenzimmer verlassen, die ganze Schule, und uns dann an den Händen anfassen sollen. Steine waren durch die Gänge gereicht worden, und jeder Stein hatte für eine in unserer Stadt von den Nazis ermordete Jüdin oder einen ermordeten Juden gestanden. Ich wusste noch, dass das bei uns nicht so richtig geklappt hatte. Nicht wegen der Steine, sondern weil in unserer Klasse die Jungs keiner den anderen an die Hand nehmen wollte. Also hatten wir uns die Steine zugeworfen. Irgendwann hatte unsere Lehrerin sie einkassiert und der Lehrerin der Nachbarklasse übergeben.

»Findest du?«, fragte Ali und nahm den Stein. »Ich bin mir nicht sicher, ob das reicht, dass die sich einmal im Jahr so was ausdenken und dann tun, als ob es ihnen voll heilig wäre. Und dann fackelt irgendwer das Einkaufszentrum ab und sie denken nur drüber nach, ob irgendein Scheißfriseur die Versicherung betrügen will?« Er machte eine Pause. »Ich sage dir, bei mir ist dieser Stein besser aufgehoben.«

»Weil er hier neben den Schalen liegt, die du im Mund hattest?« Ich versuchte witzig zu klingen.

Ali aber sah mich ernst an und hob den Stein vor mein Gesicht: »Er ist eine Erinnerung für mich, die Erinnerung, dass ich Diplomat werde.«

»Sollte der nicht irgendwo hingebracht werden?«, fragte ich.

»Dass die nicht mal gemerkt haben, dass ein Stein fehlt, sagt doch alles.«

Ich wusste nicht, was ich darauf antworten sollte. Also fragte ich: »Du willst echt Diplomat werden?«

Ali legte den Stein zurück auf den Nachttisch und nickte: »Schau, ich spreche Arabisch, Französisch, Englisch, Deutsch und kann mich außerdem benehmen.« Er grinste. »Wenn ich will.«

Er ging wieder zu seinem Rucksack.

»Alter, da musst du doch studieren und so was.«

»Kein Problem«, sagte er und begann die Rasierklingen aus seinem Rucksack zu räumen. »Aber ich werde Diplomat, und dann bekommt auch Palästina seinen eigenen Staat, und alle sind zufrieden.«

Ich wusste nichts über Palästina und sagte: »Du weißt doch gar nichts über Palästina.«

»Niemand weiß genug über Palästina«, sagte er. »Aber ich kann zumindest auch ein bisschen Hebräisch.«

Dann sah er mich eindringlich an. »Wenn du das Tarek sagst, töte ich dich.«

»Ich kann nur Englisch«, sagte ich und überlegte, ob ich noch Latein sagen sollte, aber Latein redete ja niemand. Also sagte ich: »Und Schwäbisch.«

Wir prusteten beide los.

»Stimmt«, gluckste Ali. »Des ko i au no.«

Aber ich glaube kaum
Dass wir damit die Welt retten

»Was ist eigentlich mit deinem Vater?«, fragte ich, und Alis Lachen erstarb.

»Scheiß auf den«, Ali ließ die Rasierklingen liegen und stand auf. »Der ist weg, als ich drei war. Meine Mutter ist dann mit uns hierhergezogen.«

Er ging zur Anlage, wechselte die CD, und ein Song begann, den ich noch nicht kannte.

»Der kommt erst im Herbst raus«, murmelte Ali. Dann sagte er in normaler Lautstärke: »Meine Mutter ist ursprünglich nur wegen ihm nach Köln gezogen, weißt du, der ist von da. Aber ohne ihn, was hätte sie da noch gesollt. Und nach Palästina zurück wollte sie mit uns auch nicht.«

Er ging zum Schrank und blieb davor stehen. Eine Sekunde verstrich, bevor er sich wieder umdrehte.

»Die hier«, sagte er und deutete auf die Narbe unter seinem Auge, »die habe ich von ihm. Ich erinnere mich nicht mehr daran, und meine Mutter will mir nicht erzählen, wie es genau passiert ist, aber«, er machte eine Pause. »Aber er ist einfach ein Opfer. Einmal hat er das halbe Wohnzimmer abgefackelt, weil er was ausprobieren wollte.«

»Was denn ausprobieren?«, fragte ich.

»Keine Ahnung, für irgendein Kunstwerk. Ein richtiger Schwachkopf. Sami war gerade auf der Welt.« Ali öffnete den Schrank und kniete sich hin.

Er nahm einen Stapel Comics heraus und hatte plötzlich einen Umschlag in der Hand.

»Abgesehen von der Narbe und meinem beschissenen Namen ist das hier das Einzige, was ich von ihm habe.«

Er stand auf, zog ein Foto aus dem Umschlag und kam zu mir.

»Mein Erbe«, lachte er, klang dabei aber kein bisschen wie sonst.

Ich nahm das Foto. Auf ihm waren zwei Menschen zu sehen, die aussahen, als ob jemand einen Sack Mehl über ihnen ausgeleert hätte.

»Warum ist denn da alles so weiß?«, fragte ich.

»Das ist Staub vom Marmor«, sagte Ali. »Sie haben sich da kennengelernt, wo meine Mutter studiert hat.«

Jetzt erkannte ich Alis Mutter. Sie sah noch jünger aus, nicht sehr anders als die ältesten Mädchen an unserer Schule. Der Mann neben ihr war allerdings eindeutig älter. Er hatte einen Bart, der grau aussah, was vielleicht auch nur so wirkte wegen dem ganzen Staub. Sie standen Arm in Arm vor verschiedenen Skulpturen, halben Gesichtern und Säulen, Steinblöcken und einem Pferd, das sich aufbäumte.

»Das ist perfekt an diesem Schrank hier«, sagte Ali, und ich sah auf.

Er kniete wieder vor dem Schrank, und sein halber Arm war in dessen Boden verschwunden. »Da gibt es so einen Hohlraum.«

Als er seinen Arm wieder hervorzog, hatte er einen Schuhkarton in der Hand. Er stellte ihn neben sich, klappte ihn auf, und ich sah so viele Rasierklingen auf einem Haufen wie noch nie. Er nahm die beiden Gillette Fünfzigerpackungen von heute, legte sie zu den anderen und zog dann zwischen den Stapeln einen Beutel hervor, der voller Aluminium-Klumpen war.

»Hast du doch was aus Amsterdam mitgebracht?«, fragte ich.

Ali antwortete nicht. Er holte einen von den Klumpen heraus, stand auf und setzte sich an den Schreibtisch. Er schob den Block und die Filzstifte zur Seite. Erst dann murmelte er: »Wenn ich Gras haben will, muss ich nicht nach Amsterdam fahren.« Dabei klang er irgendwie so verächtlich, dass ich mir wie ein richtiger Volltrottel vorkam. Klar fuhr Ali nicht nach Amsterdam, um Gras zu kaufen. Er war aus einem anderen Grund hingefahren.

Ich stand auf.

»Wir sind immer im Urlaub in Italien«, sagte ich, trat neben ihn und legte das Foto neben den Collegeblock. Jetzt sah ich, dass auf dem obersten Papier etwas mit Bleistift gezeichnet war, das ich nicht erkannte. Bevor ich es mir genauer anschauen konnte, klappte Ali den Block zu.

»Cool«, sagte er und begann ein Stück Karton zwischen den Fingern zu drehen. »Immer?«

»Solange ich denken kann, jedes Jahr.«

Ali sagte nichts, also fuhr ich fort: »Irgendwann sind wir mal nach Dänemark gefahren. Einmal auch nach Rom, aber sonst jedes Jahr Toskana.«

»Kann sein, dass das auch in der Toskana ist«, sagte Ali und nickte zu dem Foto. »Wie ist es da?«

Er strich das Paper glatt, legte das runde Stück Karton ans eine Ende und begann dann Tabak aus einer Zigarette auf das Paper zu bröseln.

»Also, wir sind immer in derselben Wohnung, die eigentlich ein kleines Haus ist«, sagte ich. »Ich glaube, mein Vater hat mit denen so einen Deal, dass wir da die nächsten zehn Jahre reinkönnen. Immer an Pfingsten und dann noch mal in den Sommerferien. Der Pool ist cool, und es ist eigentlich viel zu groß für uns drei, einmal ist Tobi mit«, ich brach ab.

Was sollte ich erzählen? Wie Tobi und ich uns tagelang im Tauchen gebattelt hatten? Oder dass meine Eltern nichts taten, als ins Dorf zu marschieren, eine deutsche Zeitung zu suchen und sich dann zurückzuschleppen, um sich mit Mortadella vollzustopfen? Oder sollte ich vielleicht erzählen, wie mir jedes Jahr, kaum dass wir angekommen waren, meine Mutter Sonnenmilch auf den Rücken klatschte und ich mich dann hinsetzen musste, in den Schatten, fünfzehn Minuten lang?

Ali schien gar nicht bemerkt zu haben, dass ich nicht mehr redete. Er hatte angefangen Gras auf dem Teppich aus Tabak zu verteilen und nahm schließlich das Paper vorsichtig in die Hände.

»Und wie ist es in Israel?«, fragte ich.

»In Palästina.«

»Ja, meine ich ja.«

»Bruder, ich bin Deutscher.«

Ali klappte das Paper ein und strich es mit dem Daumen langsam zu.

»Ich war nur ein paarmal dort«, fügte er hinzu und leckte das Paper ab.

»Öfter, als ich noch klein war, und davon weiß ich fast nichts mehr.«

Er drehte den Joint zu, strich ihn glatt. Dann nahm er den Filter der Zigarette und drückte ihn oben in den Joint.

»Zur Beerdigung von meiner Oma das letzte Mal. Das war vor zwei Jahren.«

Er ließ den Joint mit der Spitze voran auf die Tischplatte fallen.

»Alter, schau. Was ich für Dinger drehen kann.«

Der Joint stand auf dem Tisch.

DER SONNENBANK FLAVOUR, DIE KÜNSTLICHE BRÄUNE
DU KANNST SIE ALLE HOLEN, KOMM ICH FICK DEINE FREUNDE
JUNGS GEBT EUCH KEINE MÜHE, FÜR MICH SEID IHR ALLE RAVER
DAS IST DER SONNENBANK FLAVOUR*

Das Loch in meinem Bauch hatte sich in einen ganzen Schwarm kleiner Löcher aufgespalten, als ich Richtung Bushaltestelle trabte. Im Ohr hallte Bushido nach, wie er straighter auf Raver reimte, Raver auf Flavour. In den Knien fühlte es sich so an, als ob ich jeden Moment losrennen müsste, bis ans Ende der Welt. Gleichzeitig war mir, als könnten sie jeden Moment wegbrechen – die Knie oder auch gleich die ganze Welt, ich wusste nicht so genau – und ich war froh, als ich mich auf die Bank im Wartehäuschen fallen lassen konnte.

Ich lehnte mich an die Scheibe und starrte nach links, den Nordring hinunter, wo jeden Moment der Bus auftauchen musste. Als stattdessen ein Streifenwagen auf die Straße bog, stellte ich mir vor, wie es wäre, wenn gerade nach mir gefahndet würde.

Ich grinste.

Wahrscheinlich würde ich dann hier sitzen und am liebsten in dem Spalt zwischen Bank und Scheibe versinken. Als der Wagen vorbeirollte, stellte ich mir vor, wie es wäre, wenn er jetzt plötzlich auf die Busspur wechseln würde, und versuchte das Grinsen aus dem Gesicht zu bekommen. Plötzlich spürte ich die Blicke über den Rückspiegel, sah, wie sich ein Polizist umdrehte, und guckte schnell weg, wieder nach links, dahin, wo jeden Moment der Bus auftauchen musste, in den ich hineinspringen und mich auf den Boden legen könnte – aber da stand der kelb.

Er hielt einen Kebab in der Hand. Soße war ihm auf den Schuh getropft. Neben ihm stand ein anderer der Älteren.

»Was geht?«, fragte der kelb.

»Nichts«, sagte ich und spürte, wie etwas in meinem Inneren in sich zusammenstürzte. »Ich fahre heim«, fügte ich besonders laut hinzu.

Erst vor ein paar Tagen hatte mir Ali erzählt, dass der kelb noch ein kleines Kind gewesen war, als eine Granate neben seinem Ohr explodierte.

»Eine richtige Granate?«, hatte ich gefragt.

Und Tarek hatte abgewunken: »Der hat einfach mal von irgendwem eine so heftige Schelle bekommen, dass ihm das Trommelfell geplatzt ist.«

»Gib ihm die Karte«, sagte der kelb jetzt.

Ohne die Miene zu verziehen, hielt mir der andere Jugendliche eine Visitenkarte hin. Ich nahm sie und erkannte erst dann, dass es eine Stempelkarte der Oase war. Alle Kreise waren abgestempelt.

»Hör zu«, sagte der kelb. »Du gehst jetzt und holst uns noch einen.«

»Ich kann nicht, ich habe einen Arzttermin.«

»Halt mal.« Der kelb reichte seinen Kebab dem anderen.

»Ich schwöre«, fügte ich hinzu.

Aber der kelb packte mich einfach im Nacken und drückte mich vornüber. Ich starrte auf die Knoblauchsoße zwischen seinen Schnürsenkeln.

»Du schwörst?«

Er drückte kurz zu, dann ließ er mich wieder los, ich wollte mir in den Nacken greifen, aber da klatschte er mir schon seine Hand ins Gesicht.

»Glaubst du, das juckt mich?«
Backpfeife.
»Glaubst du?«
Backpfeife.

JUNGE, MACH JETZT

Ich war schon einige Meter Richtung Einkaufszentrum gegangen, da hörte ich in meinem Rücken den Bus halten. Meine Wange glühte, und meine Gedanken wurden nicht klar: Ich hatte meine Mutter doch vorhin schon angerufen, ich konnte den Bus ja nicht noch einmal verpassen. Gleichzeitig überlegte ich, was ich wegen dem Döner tun konnte. Geld hatte ich keines mehr. Und in der Oase war ich zwar noch nie gewesen, aber ich wusste das, was mir Tarek und Ali erzählt hatten: Dass sie einem Mann gehörte, der auch im Viertel aufgewachsen war und sich über beide Ohren verschuldet hatte, um eine kleine Dönerbude aufzumachen, drei Meter breit, zwischen der Gärtnerei und der Kneipe. Und dass dann, ausgerechnet, als er gerade eröffnet hatte, das ganze Einkaufszentrum abgebrannt war. Monate waren verstrichen, bis er alles renoviert hatte. Er hatte keine Angestellten, war jeden Tag selbst da, ohne Ruhetag, immer.

Ein solcher Mann, dachte ich, während ich die Treppen zum Einkaufszentrum erreichte, würde doch wissen, wer eine Stempelkarte von ihm besaß, und ich versuchte mich wenigstens an seinen Namen zu erinnern, auch irgendetwas mit O, kam aber nicht drauf.

Die Tür der Oase stand offen, und an einem der beiden Bistrotische vor dem Laden saß ein Mann mit Glatze und Lederjacke über sein Handy gebeugt.

Ich ging an ihm vorbei, trat ein und blieb stehen. Über mir

hing ein Fernseher, vor einem Gebüsch sang Rihanna gerade
SOS. Und hinter der Theke stand – mit Afro, Brille und einem
Lachen im Gesicht – der Mann, der mir vor ein paar Wochen
ein Kühlpad in die Hand gedrückt hatte.

»Bitte schön«, sagte er. »Was kann ich für dich tun?«

Ich war so perplex, dass ich ihn einige Sekunden anstarrte,
einen Blick auf die Stempelkarte in meiner Hand warf und ihn
dann wieder ansah. Kein Zweifel, er war es ganz bestimmt.

Und in dem Moment erkannte auch er mich: »Du bist das«, er
zwinkerte, »wie geht's der Nase? Bringst du mir mein Kühlpad?«

Er hielt mir über die Theke die Hand entgegen.

Ich griff danach und hielt ihm mit der anderen Hand einfach
die Stempelkarte hin.

Einen Moment lang sah er sie an, dann wieder mich.

»Willst du mich verarschen?«, fragte er dann. »Für die Karte
habe ich den beiden doch gerade eben schon einen Kebab gegeben.«

Ich hob nur die Schultern und schwieg.

SOS

PLEASE SOMEONE HELP ME

IT'S NOT HEALTHY FOR ME

TO FEEL THIS*

Die ganze Busfahrt über hatte ich immer wieder im Ohr, was
Omar gesagt hatte, als er mir den Döner über die Theke reichte:
»Es ist mir egal, es ist nur ein Kühlpad. Ich frage mich nur, wieso
du es mir nie zurückgebracht hast.«

Ich wusste es nicht, ich wusste nur noch, wie angeekelt Tobis Mutter das Kühlpad in den Kofferraum gelegt hatte. Also
schwieg ich weiter. Schwieg, als der kelb mir den Döner ab-
nahm, und schwieg, als meine Mutter mich vor dem Haus, in

dem der Allergologe seine Praxis hatte, zur Schnecke machte. Ich schwieg, als der Arzt mir eine Tabelle auf den Unterarm malte und Späße darüber machte. Ich schwieg, während er die Pipette nahm und in jedes freie Feld eine andere Flüssigkeit tupfte. Ich schwieg, als er mir mit einem winzigen Skalpell die Haut anritzte. Ich schwieg, als er mir erklärte, dass die eine Stelle sich röten würde, weil er da was aufgetragen hätte, was immer eine Allergie auslöste. Ich schwieg, als meine Mutter erleichtert war. Ich schwieg und sah auf meine Haut, den einen rötlichen Fleck, und schwieg, als hätte ich mir diese Haut abstreifen können, wenn ich nur noch tiefer schwieg.

DER FÄNGER

Ich drücke der Schulleiterin das Blatt in die Hand und hoffe, dass sie nicht zu lesen anfängt, solange ich noch da bin. Eigentlich steht da nämlich nur, dass das alles nicht passiert wäre, wenn Ali nicht von der Schule geflogen wäre. Ich habe einfach geschrieben, dass er Diplomat werden will, dass das aber schwierig ist, wenn man keinen guten Abschluss macht. Dass es eine komplette Ungerechtigkeit ist, dass er geflogen ist, aber nicht Tarek und ich – das habe ich nicht geschrieben. Auch nicht, dass ja wohl sie allein, die Schulleiterin, schuld ist.

»Du beeilst dich besser«, sagt sie, lächelt dünn und hält mir mein Handy hin.

Und als ob sie das durch Telepathie oder so machen könnte, erschallt im gleichen Moment die Schulglocke. Das war's dann also mit einer Zigarette.

Ich stecke das Handy ein, ohne es anzuschalten, packe meinen Rucksack und schiebe mich an ihr vorbei aus dem Hausmeisterraum.

Sie hat mich bestimmt mit voller Absicht bis jetzt in dieser Kammer hocken lasse, weil sie ganz genau weiß, wie mein Sportlehrer so drauf ist.

Es gibt niemanden, der einem so oft Vorträge über Pünktlichkeit hält, niemanden, der so oft Wörter verwendet wie Disziplin oder Pflicht. Bei ihm kassiert man keinen Eintrag, wenn man zu spät kommt. Er schließt einfach die Tür zur Sporthalle ab. Und dann steht man an der Glastür, sieht der Klasse zu und wird erst in der Pause zwischen den beiden Stunden reingelassen.

Ich glaube, das kommt alles daher, dass er kurz vor der Pension steht, wahrscheinlich aber sein halbes Leben lang darauf gewartet hat, diese Schule zu leiten, und es für ihn nun mit dem Stellvertreterposten endet. Das ist er nämlich, der Vize. Und jetzt auf die letzten Jahre dreht – das ist zumindest meine Theorie – sein Hunger nach Macht voll durch. Er gehört zum Beispiel zu denjenigen, die die Pausenaufsicht ein bisschen ernster nehmen und sogar im Viertel patrouillieren, statt nur zu gucken, dass man sich nicht vom Schulgelände schleicht. Wir verziehen uns zum Rauchen inzwischen in die Tiefgaragen. Und selbst da ist der Vize schon aufgetaucht.

Ich beeile mich

Als ich fünf Minuten später die Sporthalle betrete, steht die ganze Klasse an der gegenüberliegenden Hallenwand, und der Vize feixt mich von unterm Basketballkorb an.

»Du kommst genau richtig«, ruft er, »ab an die Mittellinie. Du machst den Fänger.«

Ich schnalle, dass er von Anfang an gewusst hat, dass ich zu spät kommen würde.

Während ich in die Mitte der Halle gehe, stelle ich mir vor, dass er in seiner eigenen Schulzeit nie mitmachen durfte. Dass er das Opfer war und nur Lehrer geworden ist, um es leichter zu machen für seine eigenen Schüler – dann aber alles vergessen hat.

Während die anderen Jungs in der Klasse nichts lieber tun würden, als die Rolle des ersten Fängers zu übernehmen, hasse ich es. Das liegt vor allem daran, dass das Fitnessprogramm nicht anschlägt, zu dem mich Tarek motiviert hat. Ich schätze, Tarek hätte auch kein Problem damit, den Fänger zu machen. Er würde seine Brust aufpumpen, sich dann an der Mittellinie aufbauen, die Haltung eines Türstehers einnehmen, und an den Oberarmen würden die Nähte seines Shirts spannen. Ich dagegen, ich stehe als Strich auf der Mittellinie und hole Luft. Alle Blicke sind auf mich gerichtet, zwanzig Augenpaare in Deutschlandtrikots, die meine dünnen Beinchen anstarren, auf denen sich weißer Flaum bildet.

Tarek würde drauf scheißen, Tarek würde wie ein Löwe brüllen. Ich hingegen murmle den Spruch vor mich hin. Ein paar der Jungs setzen sich in Bewegung, trippeln vor, dann wieder zurück.

»Komm schon, man kann dich nicht hören«, höre ich den Vize im Rücken.

Ich sage es noch mal.

»Lauter, Vincent!«

Und dann rufe ich: »Wer!«

Und unser Sportlehrer stimmt mit ein: »Hat Angst!«

Und durch die Klasse läuft eine Bewegung: »Vorm Schwarzen Mann!«

NIE
MAND

Mein Blick huscht zwischen den Außenwänden der Halle hin und her. Die meisten haben sich dort zusammengerottet und drücken sich jetzt an der Wand entlang. Andere sind ein paar Schritte auf mich zugekommen und warten darauf, dass ich mich für eine Seite entscheide. Dann läuft durch ein Grüppchen rechts von mir ein Ruck, und sie stürmen vor. Ich sprinte in ihre Richtung, da ist der Erste bereits vorbei, dann der Zweite, dann der Rest. Sie rennen noch ein paar Schritte, werden dann langsamer. Ich drehe mich um. An der anderen Wand rennt der Rest der Klasse über die Mittellinie, nur Nadine ist noch in meiner Hallenhälfte.

Kaum habe ich ihr den Weg abgeschnitten, reiße ich die Arme auseinander, wie ein Torwart. Im letzten Augenblick ändert sie die Richtung. Ich werfe mich vor, greife aber ins Leere, wirble herum, hechte ihr hinterher und bekomme ihr Shirt zu fassen. Es klingt, als würde etwas brechen, dann bleibt sie stehen.

Ein Teil ihres Rückens, das linke Schulterblatt und der Bund ihres weißen Sport-BHs sind zu sehen. Ich gucke an mir herunter und erwarte irgendeinen Fetzen Stoff in der Hand zu halten, doch da ist nichts. Nur die Knie werden mir weich. Ich blicke wieder hoch, Nadine hat sich zu mir umgedreht. Auch die Vorderseite ihres Shirts ist eingerissen. Ich starre ihre Rippen an, ihren Hüftknochen und will den Blick niederschlagen, kann aber nicht.

Dann holt sie aus und schlägt mit dem letzten Schritt, den sie auf mich zugeht, zu. Nicht wie O, der ausgeholt hat, als wäre mein Gesicht das Ding an so einem Boxautomat. Ihr Arm macht einen Halbkreis. Es knallt. Dann ruft der Vize: »Es reicht.«

Es reicht nicht

Ich fische Handy und Geldbeutel aus der Kiste für die Wertsachen und stopfe alles in die Hosentasche. Dann stoße ich die Glastür so heftig auf, dass sie gegen den Stopper schlägt und mir gleich wieder entgegenkommt, ich kann gerade noch zur Seite springen. Als die Tür ins Schloss gefallen ist, verstummt die Stimme unseres Sportlehrers, das unterdrückte Gelächter und Geraune. Auf der Treppe zu den Umkleiden nehme ich zwei Stufen auf einmal, dann drei, dann bin ich in der Umkleide.

Ich setze mich.

Scheißsportunterricht.

Ich sehe Nadine vor mir. Die Risse im Shirt, ihre Haut.

Scheißsportunterricht, Scheißvize.

Ich rutsche vorwärts von der Bank, gehe auf die Knie und parallel zu den Spinden in den Liegestütz. Ich gehe so tief, bis meine Nasenspitze die gräulich verfärbten Fliesen berührt und halte die Position.

Eine Sekunde, zwei Sekunden. Dann drücke ich mich wieder hoch. So hat es mir Tarek gezeigt, saubere Liegestützen.

Wieder runter, so dicht ich kann an das Grau.

Scheißsportunterricht, Scheißfangspiel.

Und wieder rauf.

Scheißklasse.

Und wieder runter.

Scheißhurensöhne.

Ich werde schneller.

Scheißfotzen.

Mein Handy rutscht aus der Hosentasche und fällt auf den Boden der Umkleidekabine, die Schutzhülle kracht weg, der Akku fliegt raus.

Scheißdummeopfer, die da wahrscheinlich jetzt gerade das Volleyballnetz aufbauen, für ihren dummen Opfersport.

Ich gehe runter und zähle auf zwanzig.

Und sehe aber wieder Nadine. Jetzt aber nicht die Nadine, die da gerade eben mit den Armen vor der Brust dagestanden hat, sondern eine andere Nadine. Eine, auf die Tobi zugeht. Ich sehe, wie er sich aus der Gruppe löst und auf sie zugeht und die Arme um sie schließt.

Ich habe längst aufgehört zu zählen und werfe mich auf die Knie.

Warum stelle ich mir das vor? Tobi ist auf einer anderen Schule.

Plötzlich dreht sich alles um mich, und ich muss nach der Bank neben mir greifen.

Ich gebe mir eine Ohrfeige. Warum stelle ich mir das vor?

Noch eine Ohrfeige.

Warum?

DIE VERHANDLUNG

Und dann kam dieser Tag doch, von dem ich so oft beim Einschlafen gehofft hatte, er werde nie kommen – und ich ging zwischen meinen Eltern die Straße zum Landgericht hinauf. Es lag auf einem Hügel, die Steigung war so steil, dass wir alle aus der Puste gerieten. Trotzdem hielt meine Mutter einen Monolog über ihren Boris, besser gesagt über dessen Vater.

»Ihr wisst ja gar nicht, was der Boris als Kind durchgemacht hat«, beendete sie ihn, »wenn er seinen Vater im Gefängnis besuchen musste.«

Aber es geht doch heute nicht ums Gefängnis, wollte ich sagen, hatte aber ein so flaues Gefühl im Magen, dass ich lieber den Mund hielt. Die ganze Woche war das Loch in meinem Bauch gewachsen, eigentlich seit Tobi bei uns zum Abendessen gewesen war.

»Einfach so mal wieder vorbeikommen«, hatte er am Telefon gesagt und dann aber doch nur die Aussage absprechen wollen. Bei der Zigarette, die ich geraucht hatte, nachdem er gegangen war, hatte ich mich fast in einen Gulli übergeben. Gestern Abend und auch vorhin hatte ich keinen Bissen hinunterbekommen.

»Das erklärt einiges«, murmelte mein Vater.

»Wie meinst du das?«, fragte meine Mutter.

»Ach, vergiss es.«

»Er ist anders als sein Vater.«

»Ich sage auch gar nicht, dass er so ist.«

»So hat es aber geklungen.«

»Ich meine nur, dass man ihm das anmerkt.«

»Was anmerkt?«

»Dass er das alles wegen seinem Vater macht.«

Während meine Eltern weiter über Boris stritten, tauchte ein Gebäude vor uns auf, das an eine Kaserne erinnerte. Ein bisschen sah es auch aus wie die Universitätsgebäude unten in der Altstadt. Treppen mit steinernen Geländern führten zu einem Tor, die Türflügel waren aus dunklem Holz.

Drinnen ging es eine Treppe hinauf, von der nach rechts und links Gänge und andere Treppen wegführten. Am oberen Ende befand sich wieder eine verzierte Doppeltür, vor der Liam, aber auch über zwanzig Frauen und Männer herumstanden, die ich alle noch nie gesehen hatte. Sie unterhielten sich leise, ihre Worte hallten von den hohen Decken, und ich erschrak. Irgendwie hatte ich geglaubt, ich würde von einem alten Mann befragt werden. In meiner Vorstellung sah er aus wie der ältere der beiden Polizisten, die meine Anzeige aufgenommen hatten. Sonst würden nur noch Tarek und Ali hier sein. Selbst dass Liam dabei sein würde, hatte ich nicht erwartet.

Als er uns bemerkte, winkte er und löste sich aus der Gruppe. Er sah aus wie immer, nur trug er heute einen Rucksack, an dem ein dunkelblauer Fahrradhelm baumelte.

Während er mich und meine Eltern begrüßte, sagte er: »Ja, in den öffentlichen Verhandlungen, da hocken dann die ganzen Studis.«

»Und das ist also der berühmte Schwurgerichtssaal«, sagte mein Vater und sah hinauf zu der steinernen Büste, die über der Doppeltür hing.

Da sagte jemand hinter uns: »Guten Tag.«

Wir drehten uns um. Ein Mann in einem Dreiteiler stand vor

uns, der vielleicht so alt war wie mein Vater, aber kleiner, und noch weniger Haar besaß.

Liam gab ihm die Hand und machte dann einen Schritt zurück.

»Ich bin Tareks Vater«, sagte der Mann und hielt meinem Vater die Hand hin.

Mein Vater sagte nichts, nahm die Hand und sah dabei meine Mutter an.

Tareks Vater hielt auch ihr die Hand hin.

»Ich habe Sie telefonisch nicht erreicht«, sagte er. »Mir ging es auch nur darum, mich bei Ihnen zu entschuldigen.«

Meine Mutter nahm seine Hand.

»Und ich möchte Ihnen versprechen, dass mein Sohn das nicht wieder tun wird«, fuhr Tareks Vater fort. »Genauso auch dir noch einmal.« Er drehte sich zu mir.

Ich nahm seine Hand und sah in seine Augen, um die er viele Fältchen hatte.

»Hallo«, würgte ich hervor.

»Tarek erzählt viel von dir. Ich finde es ganz wunderbar, dass ihr einander kennenlernt. Und du sollst wissen, dass du jederzeit bei uns willkommen bist.«

Da schnaubte mein Vater. Leise zwar, aber ich hörte es genau und sah zu ihm, der mit seinem Blick an Tareks Vater hinabwanderte.

Tareks Vater schien das Schnauben nicht gehört zu haben. Er drehte sich um und rief: »Tarek.«

Und erst jetzt sah ich, wer auf einer Steinbank in der Ecke hockte, ein Hemd trug und zu uns rüberguckte.

Als Tarek zu uns trat, fragte sein Vater: »Willst du Vincents Eltern etwas sagen?«

»Ich«, begann Tarek, wurde aber von einem »Was geht ab« unterbrochen, fast gleichzeitig spürte ich eine Hand in meinen Nacken klatschen.

Ich fuhr herum, und da stand Ali, in einer grün-weißen Trainingsjacke, und grinste: »Alles Marmor hier, voll krass.«

»Uskut«, murmelte Tarek, der die andere Hand in den Nacken bekommen hatte.

Im selben Moment bemerkte Ali die anderen und sagte: »Oh.«

SORRY

»Und was ist dann passiert, als du zu Boden gegangen bist?«, fragte die Jugendrichterin und lehnte sich zurück. *Sie hatte einen schwarzen Poncho an, und rechts von ihr saß eine Frau und surfte die ganze Zeit im Internet, jedenfalls sah sie so aus. Ab und zu tippte sie ein bisschen, aber seit ich hereingerufen worden war, hatte sie nicht einmal vom Computer aufgeschaut.* *

»Ich weiß nicht mehr«, sagte ich.

Ich wagte einen Blick zu Tarek, der auf die Tischplatte vor sich sah. Neben ihm saß sein Anwalt und blickte mich an.

»Weil«, fuhr ich fort, »es ist ja so schnell gegangen.«

Ich sah wieder zur Richterin.

»So richtig zu Boden gegangen bin ich auch gar nicht. Vielleicht habe ich mich eher so zusammengekrümmt.«

Die Richterin sah auf ihre Unterlagen.

»Mir war ein bisschen übel.«

Sie begann zu blättern.

»Und da habe ich schon was gespürt, aber ob das ein Tritt war.«

Ich schwieg und hörte Sido, wie er mit Massiv rappte: *Vorm Richter stehen und nichts sagen, ich kann das.*

»Das kann ich mir auch nur eingebildet haben«, fügte ich hinzu und spürte mit einem Mal die vielen Blicke in meinem Rücken. Die von Ali und Tobi, die beide schon ausgesagt hatten. Die meiner Eltern und auch die von Tareks Vater und Alis Mutter. Der

Blick von Sami und die Blicke von diesen ganzen Studentinnen und Studenten. Ich spürte, wie rechts von mir vor den Fenstern der Staatsanwalt sich aufrichtete, wie Liam daneben die Arme verschränkte. Sogar die Frau neben der Richterin sah mich an.

»In deiner Aussage bei der Polizei«, sagte die Richterin jetzt, ohne von den Unterlagen aufzusehen, »hast du Folgendes angegeben. Ich zitiere. Dann hat er mich getreten. Ich lag am Boden und konnte die Tritte spüren und seine weißen Schuhe sehen.«

Nachdem wir meinen Namen, meine Adresse und so weiter durchgegangen waren, hatte sie mich gefragt, ob ich ihre Fragen überhaupt beantworten wollen würde oder ob sie einfach das vorlesen sollte, was ich bei der Polizei ausgesagt hatte. Jetzt klang sie plötzlich nur noch halb so freundlich.

»Ja, also«, sagte ich und zögerte. »Wie gesagt, vielleicht habe ich mir das nur eingebildet.«

»Auch die weißen Schuhe?«

»Ja, irgendwie schon.«

»Warum hast du es denn dann aber bei der Polizei behauptet?«

»Ich weiß nicht. Da ist es mir noch so vorgekommen. Und«, ich zögerte wieder, »irgendwie hatte ich das Gefühl, dass es von mir erwartet wird.«

»Und du hast nicht jetzt gerade ebenfalls das Gefühl, dass von dir erwartet wird, dass du hier aussagst, dass du dir das alles nur eingebildet hast?«

*IHR HABT KEINE KNARREN, IHR SCHIESST MIT AMORS BOGEN SIKTIR, IN MEINEM HAUS IST ALLES MARMORBODEN**

Ali rappte, während er mit Sami die Marmortreppe hinunterlief. Ich ging mit meinen Eltern einige Schritte hinter ihnen. Draußen blieben wir bei Tobi und seinem Vater stehen.

Die Studentinnen und Studenten hatten Grüppchen gebildet, ein paar saßen auf der Mauer und rauchten. Ich war mir sicher, dass sie über uns sprachen, über mich und das Urteil, was streng genommen gar kein echtes Urteil war. Als alle alles ausgesagt hatten und auch Liam noch geredet hatte, war die Richterin rausgegangen, zur Beratung, wie sie gesagt hatte, war aber gleich wiedergekommen und hatte den Staatsanwalt gefragt, ob er mit einer Diversion einverstanden wäre. Solange die Dinge so lägen – und dabei hatte sie zu mir genickt – würde sie ungern ein Urteil sprechen. Der Staatsanwalt hatte erklärt, er könne sich das vorstellen, und fast gleichzeitig hatte Tareks Anwalt »Machen wir!« gerufen. Tarek musste fünfzig Sozialstunden leisten, die Gerichtskosten trug das Gericht, das war's.

Ich drehte mich zu Tobi, der mit seinem Vater so knapp vor der Verhandlung gekommen war, dass wir noch kein Wort gewechselt hatten. Irgendwie wusste ich auch gar nicht, was ich sagen sollte. Als er zum Abendessen bei uns gewesen war, hatten wir ziemlich schnell über die WM geredet, das heißt, vor allem er hatte geredet. In nicht einmal einem Monat würde sie losgehen, aber anders als noch im Winter war es mir ziemlich egal, wer laut Tobi Chancen hatte und wer sein Geheimtipp war. Als er davon anfing, wie schwer, aber auch wie machbar es wäre, dass wir Weltmeister würden, fragte ich: »Warum wir?«

»Weil wir«, sagte er und dehnte den Rücken, »noch besser aufgestellt sind als 2002.«

»Nein, ich meine, warum *wir*. *Wir* hängen doch nur vor der Glotze.«

»Na ja, das deutsche Team, das –«

»Mit dem hast du ja wohl nicht viel zu tun«, unterbrach ich ihn.

Er sah mich verdattert an.

»Vincent, wir«, sagte er dann, »wir sind doch Deutsche.«

»Aber wir sind doch deshalb kein Teil von der deutschen Nationalmannschaft.«

»Das habe ich doch auch nie behauptet.«

»Du hast Wir gesagt. So als ob es deine Leistung wäre, wenn die Nationalmannschaft gewinnt.«

»Natürlich nicht. Aber ich bin halt ein Fan. Kein Spieler, ich unterstütze sie.«

»Du«, sagte ich. »Ich nicht.«

»Seit wann denn das?«

Wir sahen uns an, und ich sagte schließlich: »Ach, egal.«

Scheiss drauf

»Tja, wir müssen dann«, sagte Tobis Vater jetzt und legte die Hand auf Tobis Schulter.

»Ciao«, sagte Tobi.

»Ciao«, sagte auch ich.

»Tschüss, Tobi«, sagte meine Mutter.

Mein Vater und Tobis Vater gaben sich die Hand. Dann drehten sich die beiden um und gingen die Straße hinunter.

»Wollen wir auch los?«, fragte mein Vater.

»Ich sage noch kurz Tschüss«, sagte ich.

Meine Eltern sahen mich beide an. Dann machte mein Vater eine wegwerfende Handbewegung und zog sein Handy aus der Brusttasche.

»Also, Vincent, ich finde«, begann meine Mutter, aber ich ließ sie stehen.

Ich ging einfach auf Ali und Sami zu.

»Das ist«, sagte Ali, nahm mein Kopf in die Hände und gab mir auf beide Wangen einen Kuss, »voll gut gegangen, ich schwöre.«

Ich nickte und sah zu Boden.

»Das hätte Tareks ganze Familie ficken können, auch wegen Aufenthalt und so.«

»Ich weiß«, nuschelte ich. »Wo ist er?«

»Noch drinnen«, sagte Ali. »Regelt mit Liam das mit den Stunden.«

»Und eure Mutter?«

»Hat einen Freund getroffen«, sagte Sami.

»Einen Freund?«

»Keine Ahnung«, sagte Ali. »Die ist doch ständig hier.«

»Ich weiß«, sagte ich, dabei hatte ich kein einziges Mal daran gedacht, dass Alis Mutter wahrscheinlich die war, die sich hier am besten auskannte.

Plötzlich griff Ali in meinen Nacken und führte mein Ohr an seinen Mund.

»Alter, ich würde so gern eine rauchen«, raunte er.

Sami sagte: »Mama kommt bestimmt gleich raus.«

»Du hast nichts gehört«, fuhr Ali ihn an. »Verstanden?«

Sami murmelte etwas, und ich warf einen Blick zu meinen Eltern. Mein Vater hatte angefangen zu telefonieren, wahrscheinlich mit seinem Anwalt-Freund. Meine Mutter hatte die Arme verschränkt und stakste vor dem Gerichtstor herum.

Genau in diesem Augenblick öffnete sich einer der beiden Türflügel, sie machte einen Schritt zurück, und aus dem Gebäude traten der Staatsanwalt und Alis Mutter, vertieft in ein Gespräch. Als Alis Mutter meine Mutter sah, blieb sie stehen. Eine Sekunde sahen sich beide an – und ich musste daran denken, was meine Mutter mich vorhin gefragt hatte, nachdem Ali in den Saal gerufen worden war.

»Wieso begleitet ihn seine große Schwester?«

Sie hatte es zwar geflüstert, aber jedes Wort hatte gehallt.

Jetzt hielt sie dem Blick nicht lange stand und drehte sich weg. Mit raschen Schritten kam sie auf uns zu.

»Also, wir müssen dann jetzt wirklich«, sagte sie.

»Wir könnten noch etwas essen gehen«, sagte Ali.

Er sagte es und wurde dabei leiser.

Meine Mutter überging ihn und sah mich an.

»Oder ein Eis essen«, murmelte Sami.

Auch das überging sie, und ich sah erst zu Sami, dann zu Ali und schüttelte den Kopf.

Ein Augenblick verstrich, dann sagte Ali: »Verstehe.«

Und nahm mich in den Arm, vor meiner Mutter.

»Wir sind die Lampe«, hauchte er mir ins Ohr.

Dann löste er sich und zwinkerte. Und in dem Augenblick war ich mir sicher: Unsere Freundschaft endete nicht hier. Sie begann.

EMPFANG

Die ganze Klasse steht mit in den Nacken gelegten Köpfen da, pritschen üben beim Volleyball. Nach den Liegestützen bin ich aus der Umkleidekabine zurück bis ans untere Ende der Treppe geschlichen und spähe nun um die Ecke. Ich suche nach Nadine, kann sie aber nirgends entdecken. Als der Vize mir den Rücken zukehrt, husche ich an der Glastür vorbei und sprinte, kaum bin ich aus dem Gebäude, los. Ich werde erst langsamer, nachdem ich über die Abflussrinne gesprungen bin, die die Grenze des Schulgeländes markiert. Jetzt kann mir keiner mehr was. Ich gehe trotzdem noch ein Stück weiter und stelle mich zwischen die Autos auf den Parkplatz vom Hallenbad.

Ich zünde mir eine Zigarette an, und wieder blitzt das Bild vor mir auf, wie Nadine dasteht. Da bemerke ich, dass auf dem Mäuerchen am Rand des Parkplatzes ein paar Abiturienten hocken. Sie tragen alle dasselbe schwarze T-Shirt, auf dem in weißer Schrift *Abinson Crusoe* steht und über das Tahira sich so aufgeregt hat. Wo bei einem Fußballtrikot das Vereinsemblem aufgenäht wäre, ist das Bild einer kleinen runden, Schwarzen Figur aufgebügelt – Freitag, Robinson Crusoes Gefährte, auf den sie dreizehn Schuljahre lang jede Woche gewartet haben. Das finden sie krass witzig und tragen das T-Shirt jeden Tag, wenn sie noch immer zur Schule kommen. Obwohl sie doch eigentlich mit allem fertig sind, lungern sie den Vormittag hier herum und trinken Mischbier, bis ihre Köpfe vom Zucker und der Sonne ganz rot sind. Zwei von denen, mit denen wir uns geschlagen haben, sind auch dabei.

Ich ziehe an der Zigarette und gehe langsam zwischen den Autos auf das Grüppchen zu. Dabei wird ihre Musik lauter. Aus dem Rekorder, der zwischen ihnen steht, schallt Sportfreunde Stiller.

Dann bleibe ich stehen, ein paar Meter entfernt, nehme die Zigarette zwischen Daumen und Zeigefinger und starre sie an.

Sie ignorieren mich.

Ich ziehe ein letztes Mal, schnippe die Zigarette in ihre Richtung und ziehe mein Handy aus der Hosentasche. Ich schalte es an, und während das Sony-Ericsson-Logo aufleuchtet, gucke ich wieder zu ihnen und stelle mir vor, wie sie gerade Schiss bekommen, Schiss, dass ich jetzt Leute anrufe. In diesem Augenblick vibriert das Handy in meiner Hand.

Ich sehe gleich, dass es nicht Tarek gewesen ist. Ich habe einen Anruf in Abwesenheit und auch zwei SMS von derselben Nummer, die ich nicht kenne. Ich öffne den Posteingang, die beiden Nachrichten sind so kurz, dass ich sie gar nicht öffnen muss.

Ich lese die Worte immer wieder.

In der ersten heißt es: *Alex ist aufgewacht.*

Und in der zweiten: *Hier ist Alex Mutter.*

Mit Fingerspitzen, die plötzlich kribbeln, klicke ich die Nachrichten weg und öffne die Anrufliste. Scheißegal, dass da neben Tareks Namen das Symbol für nicht angenommene Anrufe und in Klammern die Zahl neun steht, scheißegal. Scheißegal, dass ich mir heute früh geschworen habe nicht mehr anzurufen, bis er sich gemeldet hat. Scheißegal.

Ich drücke die grüne Taste und stecke mir die nächste Zigarette in den Mund. Ich glaube schon zu hören, wie wieder die Mailboxansage einsetzt, dann aber ertönt das Freizeichen.

»Hallo«, sagt nicht Tarek, sondern sein Vater.

Ich sage nichts.

»Vincent?«

»Ich«, sage ich, »also ich –«

»Ich glaube der Empfang ist schlecht«, sagt er. »Warte kurz.«

»Okay«, haspe ich, einfach nur froh, dass ich kurz Zeit habe, mich zu sammeln.

Ich versuche die Frage, warum er rangegangen ist, wegzuschieben. Das wird er mir gleich erklären, sage ich mir, und es wird nichts Schlimmes sein. Er hat gar nicht so geklungen, sage ich mir. Stattdessen versuche ich mir klarzumachen, was es bedeutet, dass Ali aufgewacht ist – aber irgendwie geht es nicht. Ich höre nur das Rascheln und Knistern am Ohr und sehe vor mir, wie Tareks Vater eben seine E-Klasse vor der Taxizentrale in der Altstadt geparkt hat und jetzt, während er das Telefon mit mir in der Leitung unters Ohr geklemmt hat, in diesem kleinen Häuschen zwischen Kaffeeautomaten, Schreibtisch und Klo herumhirscht.

BEIM ERSTEN MAL WAR'S EIN WUNDER
BEIM ZWEITEN MAL WAR'S GLÜCK
BEIM DRITTEN MAL DER VERDIENTE LOHN
UND DIESMAL WIRD'S 'NE SENSATION*

Tareks Zimmer war das Eckzimmer. Von den zwei Fenstern, die es gab, ließ sich das kleinere mit Aussicht über die Stadt nicht öffnen. Das andere zeigte in die Richtung, in der auch unsere Schule lag. Und an dem standen immer zwei von uns und rauchten.

Als Ali fertig war und auf das metallene Hochbett kletterte, nahm ich seinen Platz ein. Die Zigarette hielt ich genau wie Tarek neben mir hinaus in den Wind. Die Luft fegte die zwanzig

Stockwerke hinauf. Ich rauchte nach draußen und drehte mich dann wieder um.

Ali saß inzwischen auf dem Hochbett und fragte: »Sagt mal, wo würdet ihr am liebsten wohnen?«

»New York«, sagte Tarek über die Schulter.

Ich beugte mich hinaus, nahm einen Zug und drehte mich wieder zurück: »Jena.«

»Alter, wo ist Jena?«, prustete Ali los.

Ich nickte, so gut, wie das mit einem halb am Fenster verdrehten Körper ging, zu der Karte, die über der Tür hing.

Es war eine Karte von Syrien. Alis Blick wanderte darüber. Nach ein paar Sekunden sagte er: »Finde ich nicht.«

»Gibt es auch nicht«, sagte Tarek, der ebenfalls an seiner Zigarette gezogen hatte und sich jetzt wieder zu uns drehte. »Zumindest nicht da, Jena ist eine Stadt in –«

»Von der hat mir dein Vater erzählt«, unterbrach ich ihn.

»Was weiß ich, was der dir erzählt hat«, sagte Tarek. »Aber ich kenne nur ein Jena, und das ist in Deutschland.«

Ali begann zu kichern. Ich drehte mich wieder um und lehnte mich aus dem Fenster.

»New York«, hörte ich Tarek. »Ich schwöre auf alles, ich mache Geld, und dann werde ich dort hinziehen und in einem langen verfickten Urlaub leben. Vielleicht arbeite ich ein bisschen. Im Central Park gibt's einen Zoo, der von *Madagascar*, ihr wisst schon. Und ich mach da dann was mit den Tieren, so was halt.«

Während Tarek redete, sah ich übers Viertel. Unten lag der Wendehammer. Die ganze Straße entlang waren Ausfahrten aus den Tiefgaragen zu sehen, die jeweils zu einer der kleineren Platten gehörten. Links davon schimmerte das gewellte Flachdach des Hallenbads. Oberhalb lagen die Sandkästen und mittendrin das Gerüst mit den fehlenden Schaukeln und die

Rutsche, unter der Ali und ich uns vor gefühlt Monaten untergestellt hatten.

»Das ist eine Stadt für große Menschen, da sind zwei Sachen wichtig«, hörte ich Tarek. »Dass man aufrecht geht und –«

Auf einmal schrie er: »Leg das zurück, sofort.«

Ich drehte mich ins Zimmer.

»Aber was ist das«, sagte Ali und betrachtete einen Stofflöwen.

»Junge«, rief Tarek, wandte sich dann zu mir und sagte: »Halt mal die Zigarette.«

»Schon gut, schon gut«, sagte Ali und schob das Tier wieder in den Spalt zwischen Matratze und Wand.

Tarek nahm mir die Zigarette aus der Hand und lehnte sich wieder aus dem Fenster.

Auch ich drehte mich um und inhalierte, einige Sekunden sahen wir schweigend über das Viertel.

»Was ist das andere Wichtige?«, fragte ich.

»Ein Mercedes«, sagte Tarek, »um es denen allen zu zeigen.«

Er deutete in Richtung unserer Schule. Da hörten wir, wie an der Tür gerüttelt wurde. Wir ließen die Zigaretten los und fuhren herum.

»Was ist«, rief Tarek.

»Yallah, mach auf«, war die Stimme seines Vaters zu hören, »in deinem Zimmer ist besserer Empfang.«

Tarek löste sich vom Fensterbrett und schloss das Fenster. Ich machte ihm Platz und stellte mich neben den Schreibtisch, nahm die Hände hinter den Rücken und berührte mit dem Zeh eine der Hanteln, die darunter lagen. Kaum hatte Tarek den Schlüssel im Schloss umgedreht, drängte sich sein Vater an ihm vorbei in den Raum und redete dabei in ein schnurloses Telefon. Tarek, der noch immer neben der Tür stand, verdrehte die Augen.

»Er ist so nervig«, sagte Tarek und ließ sich aufs Sofa fallen, »ich schwöre, immer«, er schlug mit der flachen Hand auf ein Kissen, »immer kommt er hin, wo ich bin, weil er glaubt, dass da der Empfang am besten ist. Als ob ich seine Antenne wäre.«

Ich grinste und sah zu Ali. Der hatte aber kein Wort gehört und starrte stattdessen auf die halb offene Tür zu Tahiras Zimmer.

Auch Tarek schien Alis Blick bemerkt zu haben und rief: »Tahira, bring uns Tee.«

Ali zuckte zusammen und drehte sich zu uns. Er öffnete den Mund, schloss ihn aber gleich wieder.

»Tahira«, rief Tarek lauter.

»Mach ihn dir doch selbst«, war sie zu hören.

Ali öffnete wieder den Mund. Aber da polterte Tareks Vater zurück ins Wohnzimmer: »Geh da weg, bitte«, sagte er und schob Tarek, der aufgestanden und auf halbem Weg zu Tahiras Zimmer war, zur Seite.

Tahiras Gesicht erschien neben dem Türrahmen. Ihr Nasenpiercing blitzte.

»Papa, ich muss lernen«, sagte sie und hielt ihrem Vater irgendein aufgeschlagenes Schulbuch hin. »Und Tarek geht mir mit seinem Macho-Film auf die Nerven.«

Tareks Vater nahm das Telefon vom Gesicht weg und sah uns an: »Tarek, lass deine Schwester in Frieden.«

Er sagte etwas ins Telefon und sah dann wieder uns an: »Und außerdem, ich telefoniere mit deiner anderen Schwester. Was wollt ihr überhaupt hier? Geh mit deinen Freunden auf dein Zimmer, mach schon.«

Ali und ich wechselten einen raschen Blick. Tarek machte mit seiner Hand eine wütende Geste, aber sein Vater hatte sich schon weggedreht.

»Komm, lasst uns raus«, sagte Tarek.

»Aber«, sagte Ali ein bisschen zu schnell. »Wollten wir nicht hier was essen?«

Tarek sah ihn einen Augenblick misstrauisch an, schüttelte dann den Kopf. »Scheiß drauf, lass zu Omar gehen«, sagte er.

Wir folgten ihm an der Küche vorbei, er verschwand im Bad. Wir schlüpften in die Schuhe, und gerade, als Ali nach der Türklinke der Wohnungstür greifen wollte, schwang die Tür auf.

Vor uns stand Tareks Mutter.

Sie arbeitete morgens bei einem Bäcker in der Altstadt, nachmittags gab sie Arabischkurse an der Volkshochschule in der nächsten Kreisstadt. Es war nicht weit, aber man brauchte eine halbe Stunde. Wahrscheinlich kam sie gerade von dort. Ihre Lippen waren dunkel geschminkt, und auf der Nase saß eine goldene Brille, die an einer Kette hing. Sie sah uns skeptisch an. Mir schoss die Hitze ins Gesicht.

»Salam, Ali, hallo, Vincent«, sagte sie und zuckte mit der Nase, sodass ihre Brille herunterrutschte. Dann rief sie: »Tarek«, ließ uns aber nicht aus den Augen.

»Ja«, rief er aus dem Bad zurück.

»Hat dein Vater das Essen gemacht?«

»Ja.«

»Dann machen wir das gleich warm, ich dusche nur kurz«, sagte sie und zwängte sich an uns vorbei in die Wohnung.

Aus dem Bad war nichts zu hören. Ali trat einen Schritt auf den Flur. Ich trat dahin, wo er gestanden hatte. Tareks Mutter bückte sich, um die Schuhe auszuziehen. Sie sagte etwas, was mir zu schnell ging.

Tarek erschien, die Haare nass vor Wachs.

Er sagte auch etwas.

»Draußen, draußen«, echote Tareks Mutter.

»Was macht ihr denn den ganzen Tag da draußen? Ihr könntet ein Instrument lernen. Musik begleitet euch das ganze Leben. Ich hätte gern damals –«

»Ich werde Rapper, Mama, ich verspreche es«, unterbrach Tarek sie und schob mich in den Gang.

»Eine halbe Stunde nur«, sagte er über die Schulter.

»Eine halbe Stunde«, wiederholte seine Mutter.

EINE HALBE STUNDE

»Ich will mit Tarek zuerst noch mal reden, bevor ihr euch sehen könnt«, sagt Tareks Vater am Telefon.

Langsam gehe ich an den Abiturienten vorbei.

»Also, ich wollte nur fragen, ob ich«, sage ich. »Also, ich meine, ob wir Ali besuchen gehen dürfen.«

Tareks Vater antwortet nicht. Stattdessen ist bei ihm plötzlich Straßenlärm zu hören, und ich muss mir vorstellen, wie er vor die Taxizentrale getreten ist und jetzt dasteht, in der einen Hand das Handy, in der anderen den Autoschlüssel.

»Seine Mutter hat mir geschrieben, dass er aufgewacht ist«, füge ich hinzu.

»Ja, ich weiß. Sie hat mich vorhin auch angerufen. Alhamdulillah.«

Dann schweigt er wieder.

Plötzlich höre ich schnell näher kommende Schritte in meinem Rücken. Mein Körper spannt an, bereit zu sprinten, bereit das Handy vom Ohr zu reißen und die andere Hand aus der Tasche. Ich habe die Faust schon geballt und bleibe stehen. Mich überholen zwei von den Abiturienten, und jetzt kann ich zweimal nebeneinander lesen: *Dreizehn Jahre warten auf Freitag.*

»Ihr stellt einfach zu viel Blödsinn an«, fährt Tareks Vater fort. »Und Tarek muss aufpassen, verstehst du. Letzte Woche hat die

Jugendgerichtshilfe wieder angerufen. Was habt ihr da an dieser anderen Schule zu suchen gehabt?«

»Das ist die neue Schule von Ali, die machen ihn da fertig«, sage ich und gehe langsam weiter.

»Ihr seid gute Jungs, das weiß ich. Und ihr sollt eure Jugend ausleben, aber ihr sollt euch nicht eure Zukunft verbauen.«

Ich sage nichts und überlege, ob ich ihm erzählen soll, wie sie Ali fertigmachen, wie sie ihn nennen und was für Witze sie über seine Mutter erzählen. Witze, die sich nur dumme, schwäbische Bauernkinder ausdenken können. Aber auch Witze, über die ich vor ein paar Monaten noch gelacht hätte – und dass ich ganz genau weiß, ich hätte mitgemacht, das lähmt mich.

»Ist es nicht so?«, fragt Tareks Vater.

»Ja«, stoße ich hervor.

»Und wenn es Ali so schlecht geht wie gerade, dann bringt es auch nichts, wenn ihr an seine Schule fahrt und Stress macht.« Er macht eine Pause. »Ich mache mir Sorgen um euch, das verstehst du bestimmt.«

»Ja«, sage ich wieder.

»Geh nach Hause, Vincent, und wir schauen morgen weiter. Ich überlege mir die Sache, und Tarek meldet sich dann bei dir.« Er legt auf.

Und ich höre dem Piepen in der Leitung zu

Ich steige hinter den beiden Abiturienten in den Bus und setze mich zu ihnen in den Vierer. Direkt beginne ich den einen von beiden anzustarren. Ich gucke ihm nicht ins Gesicht, sondern starre seine Brust an, das Shirt, das kleine Männchen mit seinen Blättern, das einen Bleistift umklammert – und warte nur darauf, dass er etwas sagt, dass er fragt: »Was guckst du?«

Oder von mir aus: »Was ist, willst du auch so ein Shirt?«

Weil dann werde ich hochgucken und sagen: »Mir reicht deine Schwester.«

Wir werden gleichzeitig aufstehen, im wackelnden Bus – und dann werde ich ihm, bäm, die Stirn in die Brust rammen.

Kopfnuss, Alter.

Als hätte er meine Gedanken gelesen, stellt er die Schuhe etwas weiter auseinander. Dann steckt er sich Stöpsel ins Ohr, schiebt das Kinn vor und sieht aus dem Fenster. Der neben ihm macht das Gleiche, nur sieht er in die andere Richtung.

WIR

In meiner Klasse hatten alle einen eigenen PC und waren auf *Age of Empires* oder so hängen geblieben. Ein paar spielten wegen der WM nur noch *FIFA*. Und auch wir waren manchmal bei Ali und zockten mit Sami auf der Playstation *Need for Speed* oder, wenn ihre Mutter nicht da war, auf der Xbox *GTA San Andreas*. Meistens aber waren wir draußen, hingen im Einkaufszentrum ab, trafen irgendwen in irgendeiner Tiefgarage, oder wir schlugen uns zu dritt ins Gebüsch. Hier verschimmelten ganze Berge an nicht ausgetragenen Zeitungen und Werbeprospekten, verrotteten Matratzen und rostete ein alter Kaugummiautomat vor sich hin. Wir hatten unsere Ruhe, konnten rauchen und, wie wir es nannten, »philosophieren« – man konnte immer noch einmal mehr überlegen, warum etwas so war, wie es war.

Währenddessen rückten die Pfingstferien näher, und das hieß, bald würde ich um halb vier in der Früh aufstehen und mir beim Weiterschlafen die Rückbank mit einer riesigen Kühlbox teilen. Nach dem Aufwachen würde ich gleich als Erstes fragen: »Wo sind wir?«

»Nicht mehr in Deutschland«, würde ich zur Antwort bekommen, wie jedes Jahr.

Und dann würde ich für zwei Wochen raus sein, raus aus allem, was wir gemeinsam erlebten, raus aus der Freundschaft, die doch eben erst begonnen hatte.

Noch aber hingen wir in den Büschen hinter der Grundschule. Trotz der dicht stehenden Sträucher gab es hier eine sonnige Stelle. Auf einem Baumstumpf zwischen uns stand Alis Shisha. Und ich sollte den zweiten Kopf bauen.

Als ich aufstand, um das alte Wasser wegzukippen, bemerkte ich, wie schummerig mir war. Ich atmete einige Male tief durch, und es wurde besser. Als ich dann aber den Tabak aus der Plastiktüte kratzte und in den Tonkopf strich, wurde mir vom Geruch schlecht. Es war irgendwie, als ob ich den Geschmack von viel zu süßem Pfirsicheistee einatmen würde. Vielleicht war ich auch einfach ein bisschen high. Vielleicht hatte ich nebenher zu viele Zigaretten geraucht. Ich träufelte Glycerin auf den Tabak, dann packte ich Alufolie darüber.

Während ich mit einem Zahnstocher Löcher in die Folie stach, sagte Ali: »Ich schwöre, dieser deutsche Tabak ist voll ekelig. Warum, Tarek, warum wart ihr nicht in Syrien?«

Tarek hatte mit der Zange die Kohle in der Hand und hielt sein Feuerzeug darunter. »Halt's Maul«, sagte er.

»Ernsthaft«, sagte ich. »Sag mal ehrlich.«

»Weiß nicht, hat mit dem syrischen Geheimdienst zu tun.« Er fluchte, und die Flamme erlosch. »Haben wir noch ein Feuer?«

Ich holte meines raus.

»Mach du weiter«, sagte er.

Ich entzündete mein Feuerzeug und biss die Zähne zusammen, als es an meinem Daumen heiß wurde.

»Wir haben immer einreisen können«, sagte Tarek. »Diesmal hätten wir Probleme bekommen. Vielleicht. Keine Ahnung. Das hat irgendwas damit zu tun, dass mein Vater hier studiert hat, aber nicht für die Regierung arbeiten will, nicht für diesen Präsidenten.«

Er machte eine Pause.

»In Syrien geht ohne den die Sonne nicht auf«, fuhr er dann fort. »Du musst dir vorstellen, du kommst in Damaskus am Flughafen an, und sofort siehst du ein Bild von ihm, und ich schwöre dir, er sieht dich auch.«

»Wie O«, sagte ich, und in diesem Augenblick begann die Kohle zu knistern. Funken stoben. Ich zuckte zusammen.

»O ist nix gegen den«, sagte Tarek und nahm mir die Zange aus der Hand. Er blies einige Male gegen die Kohle. Sie glühte auf. Dann legte er sie auf die Alufolie.

»Du kannst anziehen«, sagte er und reichte mir den Schlauch.

»Als ob da was passiert wäre«, sagte Ali.

Ich nahm das Mundstück zwischen die Zähne und zog. Im Glas der Shisha begann es zu blubbern.

Als ich Lichtpunkte sah, atmete ich aus.

»Hätte aber«, sagte Tarek.

Ich zog wieder.

»Deiner kompletten Familie geht's gut«, sagte Ali.

Ich atmete aus.

»Ja, aber die sind ja alle auch nicht mein Vater«, sagte Tarek. »Einer von seinen Brüdern hat zum Beispiel auch hier studiert. Und ist dann zurück, arbeitet seither für die, und sein ältester Sohn, mein Cousin, ist jetzt zum Militär. Brauchst du Hilfe Vincent?«

Ich schüttelte den Kopf, zog weiter an dem Mundstück.

»Mit dem bin ich das letzte Mal noch in die Wüste gefahren, auf Quads.«

»Laber doch kein Scheiß«, lachte Ali. »Was für Quads, in Syrien ist alles aus Plastik.«

Ich musste daran denken, wie mein Onkel sich immer über diese Fahrzeuge lustig machte. »Die Nachteile von einem Motorrad«, sagte er, »mit den Nachteilen von einem Auto vereint.«

»Ich schwöre, Quads«, sagte Tarek. »Alle haben da eins.«

»Einen.«

»Was einen?«, Tarek warf das Feuer nach Ali.

Und dann kam endlich Rauch.

Und wegen dem Glycerin doppelt so viel und doppelt so dicht.

Mit dem Handy schossen wir Fotos von uns, wie uns der Rauch aus dem Mund waberte. Wie wir ihn gleichzeitig wieder durch die Nase einatmeten. Wie wir Ringe schossen. Die Mitte der Oberlippe dabei runterdrückten, sodass es Rauchherzen wurden.

Später bearbeitete ich ein Foto, auf dem wir alle drei waren, am Computer. Mit Paint zeichnete ich Einschusslöcher zwischen uns und schrieb darunter in fetten weinroten Buchstaben:

BROTHERS 4 LIFE

Eine Weile döste ich im Schatten des Schweinchens, das neben mir an der Scheibe klebte. Dann kämpfte ich mich aus der unbequemen Liegeposition hoch. Wir waren irgendwo in den Alpen. Meine Mutter reichte die Sonnenmilch an der Nackenstütze vorbei nach hinten. Und in diesem Moment beschloss ich, dass ich muskelbepackt zurückkommen würde.

Also trainierte ich.

Dreimal täglich machte ich auf den blau-weißen Fliesen im Badezimmer, dem kühlsten Ort in dem Ferienhäuschen, Liegestütze.

Und weil Tarek andauernd sagte: »Das eine ist die Kraft, das andere ist die Ausdauer«, rannte ich, in der Mittagshitze und mit Lady Bitch Ray im Ohr, am linken Fahrbahnrand, ein Fuß im verbrannten Bankett, den anderen auf dem Asphalt einer niemals geraden toskanischen Straße. Und dann in die Felder, die Landstraße in meinem Rücken, neben mir aufgebrochene Erde, Olivenbäume. Ich lief und lief.

Nach einer Weile tauchte ein Gehöft auf. Der Weg führte geradewegs darauf zu, besser gesagt mitten hindurch. Links lag das Haus, rechts die Scheune, vom Weg durch einen Maschendrahtzaun getrennt, hinter dem Büsche und Sträucher standen.

Als sich neben mir etwas bewegte, blieb ich stehen und nahm den Stöpsel aus dem Ohr. Auf der anderen Zaunseite stand ein Terrier und kläffte.

Langsam lief ich weiter.

Der Hund hielt Schritt, dann rannte er plötzlich voraus. Und im selben Moment löste sich etwas aus dem Schatten. Den Bruchteil einer Sekunde brauchte ich, dann erkannte ich die beiden großen Hunde, Dobermänner, mit dunklem Fell und braunen Flecken in den Gesichtern. Sie trabten dem Kleinen hinterher.

Ich lief noch immer, dachte, der Zaun, Gott sei Dank ist da ja der Zaun – da hörte der Zaun auf, einfach so.

Im selben Moment wischte der Kleine um das Zaunende herum und stand einen Steinwurf vor mir auf dem Weg. Er begann zu bellen.

Ich blieb stehen.

Die beiden Großen umrundeten ebenfalls das Zaunende, positionierten sich neben dem Kleinen.

Man sollte nicht wegrennen, dachte ich noch.

Jetzt habe ich angehalten, dachte ich, jetzt sollte ich hier stehen bleiben. Und während ich noch nachdachte, hatte ich mich bereits umgedreht und war losgesprintet, und in meinem Rücken brach das Gebell los.

Deutsche Rapper, riesen Brecher
Dicke Fresse, aber Amateurstecher
Ihr macht auf Porno und schiebt 'nen ganz Dicken
*Aber könnt nur elfjährige Groupies ficken**

Und schon standen wir wieder auf der Brücke, die vom Ein-kaufszentrum über den Nordring führte, die Fußgängerbrücke aus dem hellgrauen Beton, mit den Rissen im Teer und den ab-gefackelten Moosen in den Kanten, und alles war wie immer.

Wenn ein Lkw oder ein Bus unter uns durchfuhr, spürten wir die Vibration. Tarek hatte zuerst nicht auf der Brücke blei-ben wollen. Aber weder Ali noch ich gaben einen Fick auf seine, wie wir es nannten, Vater-Paranoia. Dass der eine Tour hier ins Viertel bekam, war mehr als unwahrscheinlich. Trotzdem hielt Tarek seine Zigarette nach jedem Zug gleich wieder hinter die Brüstung. Ali war schon fertig, holte gerade seine Sonnenblu-menkerne heraus und wollte auch uns welche anbieten, da sah ich sie.

Und einfach so sagte ich: »Guckt, die drei.«

Eigentlich nur so.

Und schon trieb es uns die Treppe hinunter.

Nur so.

Sie waren älter, Abiturjahrgang. Die Skaterhosen hingen ih-nen unterm Arsch, man sah die karierten Boxershorts. Und das reichte mir, dass ich rief: »He!«

Und noch einmal: »Ihr Opfer!«

Worauf einer von ihnen sich kurz umdrehte und dann etwas zu den beiden anderen sagte.

Sie blieben stehen.

Wir blieben auch stehen. Links ging es hinunter zu einer Un-terführung. Rechts war am Ende des Weges schon die Bushalte-stelle zu sehen. Und auf einmal spürte ich das Loch in meinem

Bauch. Als hätte ich nicht damit gerechnet, dass sie jemals stehen bleiben könnten. Als wäre ich davon ausgegangen, dass sie immer weitergehen würden.

Ich warf die Brust raus, machte einen Schritt vor, wollte etwas sagen, wurde aber von einem von ihnen unterbrochen: »Was ist?«

»Wieso?«, fragte Ali: »Was ist mit dir?«

»Ihr lauft uns hinterher.«

»Und?«, fragte Tarek. »Hast du damit ein Problem?«

»Vielleicht schon ein bisschen.«

»Hör zu, ich ficke deine Mutter, du Kartoffel.«

»Pass lieber auf, wie du mit uns redest.«

»Ich rede mit euch, wie ich will.«

»Schön, dann ficke ich deine Mutter eben auch. Und deine auch. Und deine auch.«

»Was hast du gesagt?«, rief Ali. »Was ist mit meiner Mutter?« Die drei lachten.

»Okay«, unterbrach ich sie. »Ihr wollt wirklich auf die Fresse, was.«

Ich glaubte zu spüren, wie Ali und Tarek mich von der Seite ansahen, und während mein Mundwinkel zu zittern anfing, fühlte sich das kurz seltsam an.

Dann trat Ali neben mich und sagte: »Wir regeln das unten in der Unterführung.«

Und während sie dann, wieder ein paar Meter vor uns, den Weg nach links hinuntergingen, leerten wir unsere Taschen: Handy, MP3-Player, Zigaretten, Geldbeutel, Schlüssel, alles in meinen Rucksack.

An der Ecke der Unterführung legte ich ihn ab und blieb stehen. Tarek baute sich in der Mitte der Unterführung auf, streckte den Rücken durch und verschränkte seine Hände vor dem Schritt. Und Ali hockte sich neben meinen Rucksack, zog

dabei seine Trainingsjacke aus und murmelte: »Wenn sie mich
ficken, Vince –«

»Gehen wir mit drauf«, ergänzte ich und zwinkerte: »Bruder,
wir sind Arab Power.«

UND ICH
SCHLUG

Abwechselnd. Rechts, links, rechts, links, meine Hände waren so klein und der Boxsack war so groß. Mit jedem Schlag
stellte ich mir einen der drei vor und wie meine Faust in sein
Gesicht krachte. Ich schlug ein letztes Mal so fest, ich konnte.
Der Boxsack schwang zurück, dann kam er wieder auf mich
zu.

»Hat wenigstens noch einer Kippen?«, hörte ich Ali fragen.

Ich sah auf meine offenen Fingerknöchel, dann blickte ich
mich im Jugendclub um. Es war niemand mehr hier. Der Sozialarbeiter war schon, als wir gekommen waren, im Computer-
raum gewesen, um da irgendwelchen jüngeren Jungs zu helfen.
Und die beiden Fünftklässler, die gekickert hatten, waren inzwischen auch verschwunden.

»Ich habe alles Vince gegeben«, sagte Tarek, »außer den Long-
papers.«

Die beiden hatten sich aufs Sofa geworfen. Tarek, der den
Kopf in den Nacken gelegt hatte, hingen Klopapierfetzen aus der
Nase. Er atmete durch den Mund. Aus den Augenwinkeln sah er
Ali zu, der sich ein nasses Tuch unters Auge hielt.

»Mach Kreise, dann sammelt sich kein Blut«, sagte er.

Ali ging nicht darauf ein. »Vince, hast du noch welche?«

»Nee«, sagte ich und wandte mich wieder dem Boxsack zu.

Alis Zigaretten, auch meine und sowieso alles andere steckte
in meinem Rucksack. Und der war weg.

Ich ballte die Hände zu Fäusten und ließ meine Knöchel wieder ins rote Leder krachen, hörte mich dabei denken: *Ich werde sie ficken* – links – *ich schwöre* – rechts – *ich schwöre auf meine Mutter* – links – »Vince«, riss es mich vom Boxsack weg.

Ali stand plötzlich neben mir, in seinem linken Auge war das Weiße so rot wie der Boxsack.

»Ich schwöre, Vince, warum bist du gerannt?«

Ich sagte nichts, neben mir schwang der Boxsack.

»Alter, wir hätten denen gegeben.«

Ich sagte noch immer nichts, mir war heiß.

»Bist du denn kein Mann, Vince?«

Plötzlich hatte er ein Longpaper in der Hand und nahm es zur Hälfte in den Mund. Er griff nach meiner linken Hand und drückte dann das abgeleckte Stück auf meinen Handrücken. Das Paper klebte an der Haut, die trockene Hälfte stand ab.

»Ich schwöre, Vince«, sagte er, »wenn du ein Mann bist, lässt du es abbrennen.«

Ich nickte, er zückte ein Feuerzeug.

Während das Paper dann auf meinem Handrücken auf-flammte, dachte ich fest daran, wie Ali das Branding auf seinem Unterarm ertragen hatte. Wie er einfach nur zugeschaut hatte. Dann durchzuckte mich ein Schmerz und war auch schon vor-bei, war verschwunden, und es blieb nur ein bisschen Asche zurück, die auf dem Handrücken klebte. Ich rieb sie ab. Die darunterliegende Haut war gerötet. Meine Fingerknöchel sa-hen übler aus.

Während ich meine Hand betrachtete, sagte Ali zu Tarek: »Die Spucke gleicht das Feuer aus, verstehst du.«

Dann sagte er zu mir: »Wallah, Vince, du bist nicht nur ein Mann, du bist Herkules«, er machte eine Pause, »wenn du es dir im Gesicht abbrennen lässt.«

Am nächsten Morgen wusste ich einen Moment lang nicht, was mich geweckt hatte. Ich ließ die Augen geschlossen und wartete.

Was auch immer es gewesen war, es wiederholte sich nicht.

Ich öffnete die Augen, Licht flutete mir entgegen.

Der Handrücken meiner Linken fühlte sich seltsam an, ich ballte die Hand, öffnete die Faust. Es zog. Dann setzte das Pochen in meiner Wange wieder ein.

Das hatte mich geweckt.

War das mein Herzschlag?

Ich fasste hin, fühlte Nässe und einen brennenden Stich, der durch mein Gesicht fuhr. Und mit dem Stechen kam die Erinnerung: Auf dem Heimweg hatte ich mir in der Kneipe, wo wir an den Automaten spielen konnten, die Wunde auf der Wange ausgewaschen.

KEIN GUTER ORT DAFÜR

Das Klo dort war in eine kleine Kammer gebaut, es gab eine Kabine, das Pissoir befand sich neben dem Waschbecken. In der Ecke hinter der Tür stand Tarek und schwieg. Ich hielt meine Hand unter den Wasserstrahl, es kühlte angenehm.

»Dabei hat es im ersten Moment gar nicht wehgetan«, sagte ich.

Ich zog meine Hand aus dem Wasserstrahl und tat so, als ob ich sie betrachten würde. Tatsächlich beobachtete ich im Spiegel, wie Tarek in die Kabine trat. Er begann Klopapier abzuwickeln.

Als er sich mir wieder zuwandte, schlug ich die Augen nieder und beugte mich übers Waschbecken, schöpfte mit beiden Händen Wasser und schüttete es mir ins Gesicht, immer wieder.

»Du solltest die Wunde desinfizieren«, hörte ich ihn.

»Tu ich doch«, sagte ich, schöpfte wieder, dann richtete ich mich auf, drehte den Hahn ab.

Der Abfluss gurgelte.

Hinter mir stand Tarek mit dem Klopapier in der Hand. Das Wasser tropfte mir von Nase und Kinn. In dem Neonlicht war ich so weiß wie die Fliesen um mich herum. Und auf der Wange hatte ich einen roten Fleck, an dessen Rändern die versengte Haut zu erkennen war. Als das Licht flackerte, war ich für einen Moment verschwunden.

Tarek fixierte im Spiegel meinen Blick.

Er hielt mir das Klopapier hin: »Mit dem Wasser aus dem Drecksloch hier kannst du gar nichts desinfizieren.«

»Das wird schon gehen, mein Vater ist Arzt«, sagte ich und drehte mich um. »Und außerdem«, ich drückte mein Gesicht in den Haufen aus Klopapier, »kennt Herkules keinen Schmerz, ich schwöre.«

Und Tarek murmelte: »Alter, du bist ein richtiges Opfer.«

EIN RICHTIG
KRASSES
OPFER

Das Wochenende über war nichts geschehen, einmal davon abgesehen, dass mein Vater mit mir schnurstracks ins Badezimmer marschiert war, um die Wunde auf meiner Wange ins grelle Licht der Leuchtstoffröhre über dem Waschbecken zu halten.

»Streptokokken, schätze ich«, hatte er dann gesagt. »Da müssen wir wohl in die Klinik.«

Dort schabte ein Kollege den gelben Belag von der Wunde, und ich bekam eine Salbe, die selbst aussah wie eine Mischung aus Blut und Eiter.

Jetzt aber war Montagvormittag, und ich hockte der Schulleiterin gegenüber. Neben ihr saß mein Sportlehrer, der Vize. Und zwischen uns auf dem Tisch lag mein Rucksack, die Reißverschlüsse geöffnet, unsere Handys, drei Zigarettenschachteln, Tareks pinke Ohrstöpsel, sein Mp3-Player, Alis Bauchtasche, eine ziemlich leere Packung Sonnenblumenkerne sowie sein prall gefüllter Geldbeutel. Ganz am Rand lagen auf einer blauen Mappe die Schülerausweise von Tarek und mir, daneben Alis Reisepass. Ich hatte keine Ahnung, weshalb Ali immer mit ihm herumrannte. Im Gegensatz zu Tarek, der überhaupt erst mit achtzehn die deutsche Staatsbürgerschaft bekommen würde, besaß ich natürlich auch einen Reisepass, aber den verwahrte meine Mutter irgendwo für mich auf.

Nachdem sie mich einige Sekunden angelächelt hatte, fragte die Schulleiterin: »Warum?«

Ich sah sie verständnislos an.

»Wir reden mit dir, bevor wir mit den beiden anderen sprechen«, fuhr sie fort und nickte in Richtung der Tür, vor der Ali und Tarek hockten. »Weil wir glauben, dass du eigentlich nichts mit der Sache zu tun hast.«

»Ich weiß nicht, um was es geht«, sagte ich, was im Angesicht meines Rucksacks ein bisschen bescheuert war, aber etwas Besseres fiel mir nicht ein.

»Das weißt du genau«, sagte der Vize. »Vergangenen Freitag, nach der Schule, unten bei der Bushaltestelle.«

»Da war ich nicht«, sagte ich.

»Wir wissen, dass du dort warst«, jetzt sprach wieder die Schulleiterin. »Wir wollen von dir auch nur hören, wer von beiden damit angefangen hat, Ali oder Tarek.«

»Die waren das auch nicht«, sagte ich.

Das Lächeln verschwand aus ihrem Gesicht, sie zog eine Augenbraue hoch, bis sie über den oberen Rand ihrer Brille ragte.

»Ich meine, wir haben eigentlich nichts gemacht«, fügte ich hinzu. »Es gab ein bisschen Streit, und dann«, ich zögerte, »dann haben die eigentlich uns verprügelt, verstehen Sie.«

Ich hielt ihnen die Wange hin, auf der ich die Brandwunde hatte.

»Das führt so zu nichts«, sagte der Vize zur Schulleiterin und wandte sich dann wieder an mich.

»Wessen Idee war das?«

Ich schwieg und starrte auf Alis Geldbeutel, der vor Kupfergeld fast zu platzen schien. Weil er jeden Euro, den er in die Finger bekam, an O abdrückte, hatte er angefangen Centmünzen zu sammeln. Ich hatte keinen blassen Schimmer, was er damit vorhatte. Wahrscheinlich wusste er es selbst nicht so genau. Vielleicht gaben ihm die Münzen das Gefühl, doch noch Geld zu haben.

»Junge, nun sag uns schon, wer und warum.«

»Es war meine Idee«, sagte ich.

»Vincent, bitte. Wir wissen, dass es Ali war«, sagte die Schulleiterin.

Sie hatte die blaue Mappe aufgeschlagen, zog jetzt ein paar Blätter heraus und las uns vor: »Der kleinere von den beiden Ausländern hat mich zu einem Duell herausgefordert. Wir sind in die Unterführung gegangen, und da sind dann alle drei auf mich losgegangen. Meine Freunde haben mir geholfen. Dann ist als Erstes der Deutsche weggerannt, dann die anderen auch, Richtung Einkaufszentrum.«

Sie blätterte um und sagte: »Oder hier: Sie sind plötzlich hinter uns hergegangen und haben uns beschimpft. Erst auf Deutsch, dann auf Türkisch.«

»Das war kein Türkisch, das war Arabisch«, sagte ich.

Für den Bruchteil einer Sekunde schwiegen wir, dann sagte die Schulleiterin: »Meine Güte, Vincent, das ist doch jetzt egal.«

Sie ließ eine Pause.

»Warum machst du denn da mit?«

Mit einem Stoß auf den Tisch ordnete sie die Papiere in ihrer Hand zu einem Stapel und schob sie dann in die Mappe zurück.

Währenddessen sagte der Vize: »Wirklich fein von dir, dass du die beiden schützen willst, Junge, aber spar dir die großen Gesten für später.«

»Was ist denn los bei dir?«, fragte die Schulleiterin. »Wir machen uns doch nur Sorgen um dich.«

Da ich nichts entgegnete, fügte sie mit einer noch freundlicheren Stimme hinzu: »Du hast doch das alles gar nicht nötig.«

»Wer hat den Streit angezettelt?«, fragte nun wieder der Vize. »Ali oder Tarek?«

»Ich«, sagte ich und schluckte.

Ich wusste nicht, wo ich anfangen sollte. Die Brücke, die karierten Boxershorts. Ich hatte Stress gemacht, als Erster etwas gerufen, Ali und Tarek überhaupt erst auf die Idee gebracht – aber bevor ich den Mund aufbekam, redete schon wieder die Schulleiterin: »Es hilft Ali ohnehin nichts, wenn du nichts sagst. Er wird verwiesen.«

Ich sah sie ungläubig an.

»Wir glauben, dass es das Beste ist, wenn er ein wenig Abstand zu seinem Umfeld bekommt.«

»Ich war's aber«, sagte ich. »Sie müssen mir glauben, ich habe angefangen mit allem.«

»Natürlich«, sagte sie lächelnd und wechselte mit dem Vize einen Blick.

Der stand auf und kam um den Tisch zu mir herum.

Langsam stand auch ich auf. Ich wollte noch etwas sagen. Ich musste etwas sagen.

Er führte mich zur Tür.

Bevor er die Klinke drückte, sah er mich an und sagte: »Wenn was ist, kannst du immer kommen.«

Ich schob die Tür auf, wechselte mit Tarek und Ali, die auf den Stühlen hingen, einen alarmierenden Blick und ging, ging einfach weiter, nur weg von dort.

U<small>ND DANN GAB ES AUCH NOCH</small>
D<small>AS</small> N<small>ACHSPIEL MIT</small> T<small>AHIRA</small>

Die Garage, die Tareks Familie gehörte, war die vorletzte im Schacht. Wir standen im Verbindungsgang zu den anderen Schächten und rauchten. Inzwischen war das Licht ausgegangen, und weil wir uns kaum bewegten, sprang auch kein Bewegungsmelder an. Alle paar Sekunden spähte einer von uns um die Ecke und checkte, ob in der Einfahrt des Schachtes Tareks Mutter aufgetaucht war. Nachdem sie mitbekommen hatte, was in der Schule heute los gewesen war, hatte sie entschieden, dass Tarek sie zum Erdbeerpflücken begleiten würde. Mir hatte sie verboten, mit dem Bus heimzufahren. Sie würde das tun.

Während wir warteten, redeten wir über Ali, der mit seiner Mutter noch mal in die Schule gegangen war, und dann über eine Tierdoku, die Tarek am Wochenende gesehen hatte, als plötzlich das gelbe Licht der Neonröhre aufflammte. Wir fuhren herum. Durch den Verbindungsgang fegte Tahira auf uns zu.

»Du Vollidiot«, schrie sie und schlug Tarek die Zigarette aus der Hand. »Die sind in Larissas Klasse.«

Sie packte sein Kinn.

»Wer die?«, Tarek versuchte seinen Kopf aus ihrem Griff zu kriegen, ohne die Hände zu verwenden.

»Die, die ihr geschlagen habt.«

»Ach die«, sagte Tarek und wehrte sich nicht mehr. »Und wer ist Larissa?«

»Meine«, zischte sie ihm ins Gesicht, »beste Freundin.«

Sie hob ihre freie Hand, als ob sie ihn gleich ohrfeigen würde.

»Das war ich«, sagte ich.

Ihr Kopf fuhr herum, sie sah angeekelt die Brandwunde auf meiner Wange an. Dann ließ sie die Hand sinken und Tareks Kinn los.

»Richtige Vollidioten seid ihr.«

Wir schwiegen, und in mir hallte nach, was Tahira gleich als Erstes gesagt hatte.

Die ihr geschlagen habt.

Auch wenn alles, was seither passiert war, richtig scheiße war, hatte es doch irgendwie auch sein Gutes. Hier im Viertel hatten alle andauernd Stress, Stress untereinander, Stress mit irgendwelchen Jungs aus anderen Vierteln, Stress mit der nächsten Stadt, mit irgendwelchen Leuten aus Stuttgart. Jetzt hatte endlich auch ich Stress.

»Gib mir auch eine Zigarette«, sagte Tahira schließlich, ruhiger.

Tarek schnippte seine Schachtel auf und ließ sie eine Zigarette ziehen.

»Papa nimmt Schlaftabletten«, sagte sie. »Weißt du das eigentlich?«

»Ja«, erwiderte er, »wegen seiner ganzen Taxifahrerei.«

»Nein, wegen dir.«

Er gab ihr Feuer.

»Weil du so ein kleines Egokind bist und sich immer alles um dich drehen muss.«

Was sie sagte, schien mit Tarek etwas zu machen. Kurz huschte ein Ausdruck über sein Gesicht, den ich nicht von ihm kannte. Als ob er ein schlechtes Gewissen hätte. Er steckte das Feuer weg, und als er aufsah, schaute er drein wie immer. Mit beiläufigem Tonfall fragte er: »Was ist jetzt mit deiner Larissa?«

»Die«, Tahira inhalierte tief, »kriegt sich schon wieder ein. Die steht auf den einen, der ist aber eh ein Spast.«

»Richtig krass«, murmelte Tarek, und auch ich beeilte mich »Voll!« zu sagen.

»Alle drei«, sagte Tahira. »Die ganze Stufe. Habt ihr gesehen, was ihr Abimotto sein wird?«

Ich schüttelte den Kopf, Tarek sah sie einfach nur an.

»Ich hab's nicht glauben können«, fuhr sie fort. »Diese Schule nennt sich *Schule gegen Rassismus*, und dann lässt sie so etwas zu.«

SCHULE GEGEN RASSISMUS
SCHULE FÜR ALLE

Unser Klassenlehrer legte zwei Folien auf dem Diaprojektor auf. Eine war das Foto von einer Demo, bei der ein Haufen vermummter Neonazis schwarz-weiß-rote Fahnen schwenkten. Das andere war eine Kopie aus einem Buch. Ich erkannte gleich, dass die Seite aus *Jim Knopf* stammen musste, und zwar ganz vom Anfang. Auf die untere Hälfte war gemalt, wie Frau Waas und die anderen Bewohner von Lummerland sich über das Paket beugten, das sie eben geöffnet hatten und in dem ihnen jetzt ein Baby den Hintern entgegenstreckte. Im Text darüber hatte unser Lehrer das, was sie über die Hautfarbe des Babys sagten, unterstrichen.

Während die Mädchen in der Klasse diskutierten, spielten Tobi und ich auf einem Stuhl zwischen uns eine Partie *Schwimmen*. Am Ende der Stunde mussten wir abstimmen, ob unsere Schule eine *Schule gegen Rassismus* werden sollte. Wir bekamen Zettel, auf dem man Ja oder Nein ankreuzen und dann in einen Umschlag stecken und in eine Urne werfen konnte.

JA / NEIN

Während Tahira über die Abiturienten schimpfte, musste ich an meine Mutter und ihren Boris denken. Es war doch seltsam, dass man solche Dinge mit einem Kreuz bei einer Wahl zu klären versuchte. Kam es denn nicht viel mehr darauf an, wie man war und was man machte?

»Aber ich schwöre«, plötzlich war Tahira wieder lauter, »warum gebt ihr denen nicht wenigstens richtig aufs Maul? Das ist so peinlich.«

Keiner von uns sagte etwas. Wir zogen an den Zigaretten, und ich dachte, dass das natürlich nur noch halb so gut klang. Nicht *die ihr geschlagen habt*, sondern *die ihr versucht habt zu schlagen*. Bevor Tahira das noch ausbreiten konnte, sagte ich: »Vielleicht hat euer Papa einfach Burn-out.«

»Vergiss es«, winkte Tahira ab. »Solange der nicht ins Krankenhaus muss, geht der arbeiten.«

»Wieso«, ich wusste nicht, wie ich weiterfragen sollte. »Wieso fährt er überhaupt Taxi? Er hat doch Mathematik studiert.«

Die beiden sahen mich an, es verstrich eine Sekunde. Dann drehte sich Tahira weg, aschte ab, und Tarek sagte: »Syrien hat ihm das Studium finanziert, aber er hat abgebrochen, als unsere Mutter nachgekommen ist, weil er da wusste, dass er nicht mehr zurückgehen würde.«

»Da hat er angefangen bei Bosch zu arbeiten«, verbesserte ihn Tahira. »Das Studium hat er schon davor abgebrochen.«

»Hätte ruhig zu Ende studieren können, ich schwöre«, sagte Tarek.

»Bist du blöd?«

»Ich mach doch nur Spaß.«

»Und warum arbeitet euer Papa nicht mehr bei Bosch?«

»Weil er die Nachtschichten nicht mehr gepackt hat«, sagte Tahira.

»Hä?«, rief Tarek. »Und jetzt fährt er nachts Taxi? Das macht doch gar keinen Sinn.«

»Keine Ahnung, frag ihn selbst.«

»War doch viel besser bei Bosch. Weißt du nicht mehr, wie

wir da am Tag der offenen Tür waren? Da hatte er so ein Anzug an, in dem er aussah wie ein Astronaut, und er hat was mit Gold gearbeitet.«

»Du bist wirklich blöd«, sagte Tahira, »ich fasse es nicht. Am Tag der offenen Tür hat der vielleicht was mit Gold gemacht. Sonst hat er da Waschmaschinen zusammengeschraubt, den ganzen langen –«

»Mama«, zischte Tarek, und wir ließen alle die Zigaretten fallen. In dem hellen Rechteck am Anfang des Schachtes war eine Silhouette aufgetaucht.

BOSCH

Während Tareks Mutter die Garage öffnete und dann den silbernen Opel ausparkte, standen wir schweigend da, und ich musste an die Waschmaschine denken, die bei uns in der Waschküche stand. Dann stiegen wir ein. Ich nahm hinten neben Tahira Platz, sie war auf der Stelle mit ihrem Handy beschäftigt. Die Polster waren hart und statt mit Leder mit Kunststoff überzogen. Es roch nach den Zigarillos, die Tareks Mutter manchmal paffte.

»Mama«, sagte Tarek, als sie den Wagen aus der Tiefgarage auf die Straße lenkte. »Ich habe mir überlegt, dass es das Beste wäre, wenn Vincent mitkommt.«

»Ich glaube nicht, dass er heute mitkommen kann«, sagte sie und warf mir über den Rückspiegel einen Blick zu.

»Ich«, sagte ich.

»Nein, ich mein nur theoretisch«, redete Tarek weiter. »Wenn er mitkommt, werden wir bestimmt nicht wieder angeguckt, als würden wir die ganze Zeit Erdbeeren klauen.«

»Theoretisch?«, wiederholte sie und ließ den Klang des Wortes nachhallen. Dann sagte sie: »Führ dich nicht immer so auf, dann wirst du auch nicht angeguckt, inshallah.«

Tarek drehte sich auf dem Beifahrersitz zu mir um und zwinkerte mir zu. Solange seine Mutter noch mit ihm sprach, war alles halb so wild, das hatte er mir vorhin erklärt.

»Und setz dich ordentlich hin, wenn ich fahre.«

»Jawoll«, rief er, drehte sich wieder nach vorn und begann das Fenster runterzukurbeln – und dann flatterte mir für die restliche Fahrt warme Luft ins Gesicht. Sie schmeckte nach Sommer.

Ich stieg mit einem seltsamen Gefühl aus. Liebend gern wäre ich einfach sitzen geblieben. Vor Jahren war es normal gewesen, dass meine Mutter mit mir in die Felder fuhr, wo es Streifen gab, auf denen man selbst Erdbeeren pflücken durfte. Nur eine alte Bäuerin stand bucklig am Feldrand, an einem aus Bierbänken und einem rot-weiß gestreiften Sonnenschirm improvisierten Stand. Und einige Strähnen von ihrem weißen dünnen Haar hingen unter ihrem geblümten Kopftuch hervor.

NOCH AM SELBEN TAG

SAGTE ICH ES MEINEN ELTERN

Mein Vater war früh heimgekommen, und wir aßen zu dritt. Es gab Pfannkuchen mit Blumenkohlsuppe. Die Brandwunde auf meiner Wange zwickte bei jedem Biss. Ich legte die Gabel weg, dann sagte ich: »Mama, Papa, ich muss euch was sagen.«

Sie sahen mich an.

Ich sah zu ihnen zurück: »Ich will Arabisch lernen.« Dann fügte ich hinzu: »Bei Tareks Mutter.«

»Bei Tareks Mutter«, wiederholte mein Vater und fischte mit der Gabel einen Pfannkuchen vom Stapel.

»Ja, sie unterrichtet das.«

»Sie unterrichtet das? Die Mutter von dem, der dich geschlagen hat, ist Lehrerin?«

»Er hat mich nicht geschlagen.«

»Du hast vor Gericht gesagt, dass er dich nicht geschlagen hat, aber«, mein Vater sah mich an. »Er hat dich geschlagen.«

Er begann den Pfannkuchen kleinzuschneiden. Dabei drehte er den Teller immer wieder um neunzig Grad und zog mit dem Messer gerade Striche.

»Und vielleicht gehe ich nach der Schule nach Israel«, sagte ich. »Und Palästina.«

»Was um Gottes willen willst du denn dort?«, mischte sich jetzt meine Mutter ein.

»Studieren«, sagte ich.

»Was willst du denn da studieren?«, fragte mein Vater und griff nach der Blumenkohl-Suppe.

»Ihr wisst doch, dass ich Archäologe werden will.«

NICHT NUR VERSTAND ICH NICHTS
ICH VERHÖRTE MICH AUCH ANDAUERND

Als wir uns das erste Mal nach den Pfingstferien wiedergesehen hatten, war ich aus dem Bus ausgestiegen, und Ali zog mich, nachdem ich ihm die Hand gegeben hatte, zu sich und nahm mich in den Arm. Dann sagte er leise: »Ya kelb!«

»Fick dich«, rief ich, stieß ihn weg und gab ihm eine Schelle, die klatschte.

Er drehte das Gesicht zur Seite, sagte: »Junge«, und sah mich mit schräg gelegtem Kopf an.

Dann ging die Musik seines Handys aus, nur noch der Lärm der neben uns vorbeifahrenden Autos war zu hören.

Er steckte das Handy in seine Jackentasche. Dann traf mich sein Schuh in der Taille, er packte mich, hatte mich im Schwitzkasten, drückte mich runter.

Ich ging auf die Knie, da ließ er los und rief: »Wir machen doch nur Spaß, nur Spaß, bisschen raufen und so.«

Ein älterer Mann auf der anderen Straßenseite war stehen geblieben und äugte zu uns herüber.

»Nur Spaß«, rief auch ich und rappelte mich hoch.

Der Mann ging weiter.

»Was nennst du mich Hund«, sagte ich, während ich mir den Dreck von den Händen klopfte.

Ali gluckste vor sich hin.

»Ach, Vince«, sagte er. »Ich habe dich nicht Hund genannt.«

Sondern qalbi
Mein Herz

»Du könntest nach Australien«, sagte meine Mutter. »Boris war zum Beispiel in Sydney für ein Semester und –«

»Wenn du gleich wieder von deinem Boris anfängst«, unterbrach ich sie und stand auf.

»Vincent, komm«, sagte sie. »So war das doch nicht gemeint.«

Mein Vater goss Suppe auf seine Pfannkuchenstücke.

»Ich habe keinen Hunger mehr«, sagte ich. »Außerdem werde ich mit Ali so einen Kurs zu Kalligrafie machen.«

Das stimmte zwar nicht, aber es tat gut, die Gesichter meiner Eltern zu sehen.

Und dann ging ich einfach aus dem Wohnbereich, ging die Treppe rauf, in das Bad, das meine Eltern benutzten, verriegelte die Tür und nahm die Schachtel mit dem Blumenmuster von der Kommode.

Ich öffnete sie und war erstaunt, wie viel Schminksachen meine Mutter besaß, die sie nie benutzte. Da waren Döschen zerbrochen, und die Pulver und Cremes hatten andere Döschen, Kämme, Pinsel, Tuben und Haarklammern verschmiert. Dazwischen waren überall Haare, lange Haare und Haargummis, in denen sich Strähnen verknotet hatten.

Wonach ich suchte, wusste ich nicht. Und ich wusste auch nicht, warum mir dabei das Herz bis zum Hals schlug. Vielleicht ja, weil es die Tuben und Klammern waren, mit denen meine Mutter sich schön machte. Es kam mir verboten vor, darin herumzuwühlen. Und dann bekam ich etwas zwischen die Finger und wusste sofort, dass ich genau danach gesucht hatte.

Das Etikett hatte sich halb abgelöst, aber ich erkannte den Farbton, und dieser Farbton kam mir dunkler vor als der meiner Haut. Ich zog den Deckel ab und drehte den Schaft auf. Die Spitze schob sich heraus. Ich sah sie an, blickte in den Spiegel, setzte in der Mitte meiner Sommersprossen an und malte mir einen breiten Streifen über die gesunde Wange.

Ich kam mir vor wie in dem Camp, in dem Tobi und ich im vergangenen Sommer gewesen waren. Lager bauen, Stecken schnitzen, Feuer und Würste und natürlich Räuber und Gendarm. Wir beide hatten genug Geschichten von Karl May auf Kassette angehört, stundenlang beim Lego spielen, um zu wissen, wie man lauerte. Dass man die Augen zusammenkniff, nicht weil man dann besser sah, sondern weil man das verräterische Weiß in den Augen wegbekam. Und dass man sich Dreck ins Gesicht schmierte, um dunkler zu sein.

Ich hielt inne und betrachtete den Streifen auf meiner Wange. Er machte mich grimmig, zu einem Krieger.

Vorsichtig zog ich einen Kreis um die Brandwunde. Dann zerrieb ich die braune Paste, trug mehr auf, massierte sie ein. Meine Sommersprossen verschwanden, die Pusteln verblassten – die Hautfarbe aber blieb.

Vielleicht ist das ja nur das Licht, dachte ich, das Licht oder die Zeit, vielleicht dauert es ein paar Minuten, bis es wirkt.

Also wartete ich.

Und betrachtete mich.

Nickte mir zu und fragte mein Spiegelbild: »Kifak?«

Es versuchte ein Lächeln und antwortete: »Hamdulillah.«
Dann stellte es mir die Gegenfrage: »Inta kifak?«

Ich zog eine Augenbraue hoch und fragte: »Andak duchan?«

Und so barsch, wie es Tarek immer zu Ali sagte, wenn er Zigaretten haben wollte, so barsch sagte ich: »Adtini!«

Aber mein Spiegelbild tat nichts, gab mir keine Zigarette, sah nur zurück und war einfach ein weißes Opfer. Tarek hatte recht.

DER HAMMER

Eben sind die beiden Abiturienten ausgestiegen. Statt ihnen noch einmal einen bösen Blick zuzuwerfen, habe ich im entscheidenden Moment weggeguckt. Seither starre ich den Nothammer an, der über der Scheibe befestigt ist, und je länger ich das Plastikteil anschaue, das zwischen Kopf und Stiel des Hammers angebracht und mit dem er an die Decke geschraubt ist, desto krasser ärgert mich das: Kein einziges Mal während der ganzen Fahrt hat einer der beiden gewagt herüberzusehen. Und ich habe sie die ganze Zeit nicht aus den Augen gelassen. Und ausgerechnet dann, wenn sie aussteigen und gar nicht anders können, als auch mal zu gucken, habe ich keine Eier.

Wir biegen in die Straße ein, in der meine Haltestelle liegt, und während ich aufstehe, werfe ich einen Blick durch den Bus nach vorn. Im Spiegel über der Frontscheibe kann ich das Gesicht des Busfahrers sehen, er trägt eine Sonnenbrille.

Dann sehe ich wieder den Hammer an, das Plastikteil. Und als am Ende der Straße das Bushaltestellenschild auftaucht, greife ich den Hammer am Stil und ziehe, das Plastikteil kracht sofort weg.

Der Bus hält, die Türen klappen auf.

Ich halte den Hammer in der Hand. Dort allerdings, wo das Plastikteil gewesen ist, führt jetzt ein Drahtseil bis in die Aufhängung.

Etwas in mir will den Hammer einfach loslassen, aussteigen

und wegrennen, aber dann schießt mir wieder durch den Kopf, wie Ali gesagt hat: »Wäre schon geil, so einen zu haben«, und ich schließe meine Finger fester um das rote Plastik, packe mit der freien Hand das Drahtseil und reiße mit aller Kraft.

Heißer Schmerz durchzuckt meine Hand, es gibt ein brechendes Geräusch, dann ist das Drahtseil frei. Ich stürze den Gang vor bis zur Tür, springe aus dem Bus und gehe mit schnellen Schritten entgegen der Fahrtrichtung davon. Um besser rennen zu können, falls der Busfahrer mir nachkommt, knülle ich dabei das Drahtseil, so gut ich kann, zusammen. Dann höre ich in meinem Rücken, wie der Bus anfährt. Rasch wird er leiser.

Ich werde langsamer.

Dann ist nur noch entfernter Verkehr zu hören und ein zwitschernder Vogel. Irgendwo in der Nähe mäht jemand den Rasen.

An der Ecke zu der Straße, in der wir wohnen, bleibe ich stehen und setze meinen Rucksack ab. Ich schiebe den Hammer hinein und stopfe das Drahtseil zwischen meine Schulhefte.

Während ich weitergehe, streiche ich mit den Handinnenflächen über die Hecken, die Blumen, die über die Gartenzäune hängen. Ich spüre, wie die kleinen Äste und Blätter, die Blüten und Stängel meine Hände beruhigen.

Diese feinen Berührungen und das Kitzeln und Kribbeln an den Fingern habe ich schon als kleines Kind gemocht. Den ganzen Schulweg bin ich mit der einen Hand an den Gartenzäunen und Hecken gegangen. Was da unter ihr entlangfloss und sich dabei so verschieden anfühlte, machte den Weg zu so etwas wie einer Reise, als ob ich mir selbst ein Märchen erzählen würde.

Heute bleibe ich an den Lavendelsträuchern vor unserem Haus stehen und streife eine Hand voll Blüten ab. Als wären sie Seife, reibe ich damit meine Hände ein. Während ich auf den Hauseingang zugehe, rieche ich an meinen Fingern und schiebe einen Kaugummi zwischen die Zähne.

BIG RED
ZIMT

Ich betrete das Haus, und mir schlägt der Geruch nach Kuchen entgegen. Als ich an dem Durchgang zu Küche und Wohnbereich vorbeikomme, sehe ich meine Mutter. Sie hat einen der beiden Designerklappstühle aufgeklappt und sitzt neben dem Ofen.

»Vincent, kommst du dann gleich mal bitte«, ruft sie.

»Was ist denn jetzt schon wieder?«, platzt es aus mir heraus.

Ich stampfe in mein Zimmer, lasse den Rucksack neben den Schreibtisch fallen und werfe meine Jacke aufs Bett. Wie immer drücke ich mit der Schuhspitze gegen den Power-Knopf des Computers und schalte gleichzeitig den Bildschirm an. Als ich mich über die Tastatur beuge, um das Passwort einzugeben, halte ich aber inne.

Gestern Abend habe ich den PC nicht heruntergefahren, was bedeutet, dass irgendeine Mucke losgeht, sobald das System entsperrt wird. Und wenn meine Mutter anscheinend schon wieder irgendwas hat, bin ich mir sicher, dass sie keine Sekunde später in der Tür stehen und sich über den, wie sie zu Deutschrap sagt, Krach beschweren wird. Und das kann ich nicht gebrauchen, nicht jetzt. Also lasse ich den Anmeldebildschirm stehen und schiebe den Schreibtischstuhl vors Regal.

Die unter den Füßen angebrachten Rollen machen ihn zu keiner wirklich geeigneten Leiter, aber ich habe das oft genug ausprobiert. Um möglichst viel Gleichgewicht aufzubauen, fixiere ich, während ich auf den Stuhl klettere, Tupacs Bauchnabel.

Ganz oben auf dem Stapel steht *Siedler von Catan*. Um ranzukommen, muss ich auf die Zehenspitzen gehen. Dann habe ich die Box in der Hand. Es ist erst eine Woche her, dass ich Tobis DVD aus ihr herausgeholt habe, aber es hat sich schon wieder eine Staubschicht auf der Schachtel gebildet.

»Nach was für einer sollen wir suchen?«, fragte Tobi, nachdem wir *Sunporn* geöffnet hatten.

Ich wusste es nicht, spürte nur das Holz des Stuhls.

Tobi tippte »POV« in die Suchleiste und klickte auf Enter.

»Dann sind die Fotos, als ob wir es selbst wären«, sagte er.

Die Seite lud. Nach und nach tauchten Rechtecke auf, die halb nackte Frauen zeigten, wie sie die Beine spreizten, wie sie mit Sperma auf der Wange lächelten, wie sie einen Penis im Mund hatten. Tobi fuhr mit der Maus über die Bilder. Dann hielt er inne: »Die da?«

»Ich weiß nicht.«

»Hast recht«, sagte er. »Viel zu alt.«

»Und die?«, sagte ich und berührte mit dem Zeigefinger den Bildschirm an der Stelle, an der eine Frau aus runden Augen nach oben schaute.

»Nee, die hat doch viel zu kurze Haare«, sagte er, »und ist bestimmt auch nicht rasiert.«

Er scrollte weiter. Ich sagte nichts mehr, ich schwitzte am Hintern. Irgendwann klickte Tobi auf ein Bild, und die Seite lud wieder. Knapp zwanzig Fotografien erschienen. Tobi klickte die erste an, sie zeigte die Frau in einem Anzug. Die Frau lächelte. Tobi klickte weiter, die Frau hatte weniger an. Dann eine Nahaufnahme mit zusammengedrückten Brüsten. Dann kein Gesicht mehr. Plötzlich steckte da ein Penis drin. Aber Tobi klickte weiter. Und weiter. Immer weiter.

»Ich muss mal«, sagte ich, eilte aus dem Zimmer und schloss mich im Klo ein.

Während dann langsam die Erregung aus meinem Penis wich und der Drang mich zu übergeben nachließ, sah ich einfach nur durchs Klofenster in die Wolken.

Der Staub schießt mir in die Nase, ich kämpfe kurz dagegen an. Dann muss ich doch niesen. Ich kann gerade noch vom Schreibtischstuhl springen. Der Stuhl rollt weg, in meiner Nase juckt es noch immer – und ich starre aufs Bett.

Mitten auf dem Kopfkissen liegt ein Zigarettenstummel, das orangefarbene Stück ist flach gedrückt und in der Mitte etwas geknickt.

Deshalb will meine Mutter also mit mir reden.

Mein Blick bleibt an der Kapuze meiner Jacke hängen, der Stummel liegt nur ein paar Zentimeter daneben.

Oder er ist in der Kapuze gewesen und gerade herausgefallen? Ich erinnere mich an die beiden Abiturienten, wie sie vorhin hinter mir gegangen sind, als ich mit Tareks Vater telefoniert habe. Vielleicht haben sie mir den Stummel in die Kapuze geworfen.

Während ich überlege, geht mein Puls hoch. Einen Augenblick lang fühlt es sich an, als ob etwas in mir laden würde – dann reiße ich mich vom Anblick des Stummels auf dem Kopfkissen los und mache jede Bewegung, als ob ich sie schon Hunderte Male getan hätte: Ich knie mich neben meinen Rucksack und öffne den Reißverschluss. Ich nehme den Deckel von der Spielbox. Ich hole den Hammer aus dem Rucksack und wickle das Drahtseil sauber um den Griff. Dann hebe ich die Plastikfassung, in der die Spielkarten und Chips liegen, an und lege den Hammer darunter.

Und wenn es doch meine Mutter war? Wenn sie mir mit dem Stummel so etwas sagen will wie: »Ich weiß, was du tust?«

Der Deckel schließt jetzt nicht mehr zu hundert Prozent, aber es fällt kaum auf.

Irgendetwas muss ich tun.

Ich stehe auf und ziehe den Stuhl wieder vors Regal. Und während ich hinaufsteige und die Spielebox zurück auf den Stapel schiebe, entscheide ich mich. Angriff ist die beste Verteidigung. Tarek sagt zwar immer: Wenn man nicht weiß, was man tun soll, ist es das Dümmste anzugreifen, dann wartet man lieber ab. Aber bei meinen Eltern gilt nicht, was Tarek sagt.

Ich springe vom Stuhl, nehme den Stummel zwischen Daumen und Zeigefinger und gehe aus meinem Zimmer, gehe langsam durch den Flur und halte ihn dabei weit weg von mir, als ob er ein ekeliges Insekt wäre.

Meine Mutter sitzt noch immer auf dem Klappstuhl und blickt gedankenverloren auf die Arbeitsfläche.

»Hast du mir einen Zigarettenstummel aufs Bett gelegt?«, frage ich und strecke den Stummel noch ein Stück weiter weg.

Meine Mutter sieht auf und starrt einen Moment lang den Stummel zwischen meinen Fingerspitzen an, dann sagt sie: »Natürlich nicht.«

»Ah.« Ich lasse die Hand langsam sinken.

Die Augen meiner Mutter sind verquollen, die Wangen gerötet.

»Mama, was ist denn«, frage ich und lasse den Stummel samt meiner Hand in meiner Hosentasche verschwinden.

»Vincent, deine Schulleiterin hat angerufen.«

Mein Mund wird trocken. Gleich kommt: Was noch. Was beim nächsten Mal. Ich damals. Mein Vater. Weißt du, der Boris.

»Das mit«, spricht sie weiter, ihre Stimme ist belegt, sie räuspert sich: »Das mit Ali, das ist –«

Ich schlucke.

Und mit einem Mal will ich zu ihr. Sie sitzt da, auf diesem dummen Klappstuhl, der mehr gekostet hat, als Ali Schulden bei O hatte, und sie weiß es, weiß endlich alles.

Und weiss aber nicht, dass ich
Ali allein gelassen habe

Als O uns zu ihm geschickt hat, weißt du, da hat er in seinem Zimmer gehockt und ist verzweifelt gewesen, Mama, so richtig verzweifelt.

Und ich habe ihn einfach allein gelassen.

Oder ein paar Tage davor, an dem Morgen, nachdem ich bei Tarek übernachtet hatte, weißt du noch?

Da sind wir bei Omar frühstücken gewesen, und O hat Tarek angerufen, um Ali auszurichten, dass er kommen soll, sofort.

Auch da habe ich ihn allein gelassen, Mama.

Da hat er allein den Weg hinterm Hallenbad hochgehen müssen, Richtung Tiefgarage.

Und Mama, du weißt vielleicht nicht, was da auf ihn gewartet hat, aber ich kann es mir gut denken, ich kann es mir richtig vorstellen: Wie aus der Einfahrt O und der kelb getreten sind und gleich, als sie Ali gesehen haben, wieder einen Schritt zurück gemacht haben.

Ich bin doch da gerade jeden Tag, Mama. Ich weiß, dass es diese Tiefgarage gewesen sein muss, weil man bei der nicht so gut in die Einfahrt sehen kann.

Und genauso kann ich mir vorstellen, was Ali sich gedacht hat währenddessen. Weil, das hat er mir mal erzählt. Dass man an etwas Schönes denken muss, wenn Scheiß passiert. Und deswegen, Mama, glaube ich, dass er an Tahira gedacht und sich vorgestellt hat, wie sie einmal heiraten und fortziehen, vielleicht ja nach Amsterdam. Und wie sie dann dort studiert, Architektur, weil weißt du, Mama, das wird Tahira werden, Architektin.

Und während sie studiert, führt er, sozusagen als Vorbereitung für seinen Diplomatenjob, Touristinnen und Touristen aus aller Welt zwischen den Grachten herum. Und macht es dann, später, anders als sein Vater. Er bleibt da.

Und er bleibt nicht nur da, Mama, er bleibt daheim. Tahira baut Brücken und so weiter, und er passt auf die Kinder auf.

Das hat er sich vorgestellt, Mama, während O und der kelb im Schatten der Einfahrt auf ihn gewartet haben. Vielleicht hat er sich die Namen von den Kindern überlegt. Vielleicht hat er sich das alles einfach nur vorgestellt und sich gesagt, dass es das gibt, das Schöne.

Und dann, Mama, dann hat er hinter den beiden in die Tiefgarage gehen müssen.

In die Dunkelheit

Ich mache einen Schritt auf meine Mutter zu, dann bleibe ich stehen. Meine Mutter steht auf, und während sie den zweiten Stuhl auseinanderklappt, muss ich daran denken, wie Alis Mutter mich gestern im Krankenhaus in den Arm genommen hat.

Ich setze mich. Sie setzt sich. Und dann fragt sie Sachen. Ich zucke die Achseln und starre auf den Apfelkuchen im Ofen. Wie es mir geht. Wie es Alis Mutter geht. Was mit Tarek ist. Und in der Schule.

Irgendwann steht sie auf und schaltet den Ofen aus.

Die Apfelschnitze, die aus der Creme ragen, sind mittlerweile schrumplig und braun.

Als sie die Ofentür öffnet, kommt ihr aus dem Inneren eine süße Wolke entgegen. Sie stellt den Kuchen auf den Herd. Während sie mir den Rücken zukehrt und den Topflappen aufhängt, sagt sie: »Wenn ich das gewusst hätte, würden wir heute nicht zu deiner Tante fahren.«

Sie dreht sich um. »Jetzt ist es halt schon ausgemacht.«

DIE NACHT

»Ich schwöre auf alles, heute hole ich raus, und dann«, sagte Ali. »Dann kaufe ich uns einen Premiumwodka.«

Es war früher Abend, wir fuhren im Bus runter in die Altstadt, und seit Tarek und ich ihn getroffen hatten, bettelte er um Geld.

»Ich brauche nur ein bisschen Startkapital«, sagte er und sah Tarek todernst an.

»Du brauchst einen Schwanz, glaube ich«, sagte Tarek.

»Komm schon«, sagte Ali. »Jetzt ist Vince einmal dabei, da müssen wir doch was Besonderes besorgen.«

»Und deshalb soll ich dir mein ganzes Geld geben? Was ist das für eine kaputte Logik.«

»Alter, das ist wie ein Feiertag heute. Stimmt doch, Vince?«

»Ich habe dir schon alles gegeben«, sagte ich schnell.

Er hatte recht. Es war ein Wunder, dass meine Eltern Ja gesagt hatten, ich war mir immer noch nicht ganz sicher, wie ich sie schließlich dazu bekommen hatte. Morgen würde ich mit ihnen an den Bodensee fahren und das Wochenende dort mitmachen, komplett und ohne Murren. Außerdem hatte ich ihnen ungefähr zehnmal haargenau erklärt, was wir tun würden: Ins Fitnessstudio, anschließend direkt zu Tarek nach Hause, Abendessen, Fernsehen, sonst nichts.

»Hier hast du fünf Euro«, sagte Tarek. »Jetzt nerv nicht.«

Dann wandte er sich an mich: »Vince, was ich dich schon länger mal fragen wollte.« Er machte eine Pause. »Gibt es eigentlich gute Mädchen bei dir in der Klasse?«

»Geht«, sagte ich.

»Na ja«, sagte Ali, »die eine ist schon geil.«

Ich wusste, wen er meinte, sagte aber nur: »Hm«, und sah nach unten. Tarek saß mir breitbeinig gegenüber, ich hatte meine Beine zwischen seinen ausgestreckt. Alis steckten irgendwie schräg dazwischen. Wenn der Bus in eine Kurve fuhr, spürte ich die Oberschenkel der beiden.

»So würde ich der geben.« Ich spürte auf einmal Alis nassen Finger unter meinem Kinn, er stieß ihn vor und zurück.

»Alter«, sagte ich und schlug seinen Arm weg. Gleichzeitig wurde mir heiß im Gesicht.

»Komm, lass«, winkte Tarek ab und fügte etwas hinzu, was ich nicht kannte.

Ali zuckte nur die Schultern und deutete dann über die Scheibe.

»Das wäre schon geil, so einen zu haben«, sagte er dann.

Neben dem Hammer hingen Aufkleber, die einem erklärten, wie man im Notfall die Scheibe einschlagen sollte. Ich starrte darauf und musste plötzlich daran denken, wie ich vor einer halben Ewigkeit im Bett gehockt hatte, in frischer Bettwäsche, ein Buch gegen die angezogenen Knie gelehnt, und Seite um Seite gelesen hatte, ohne auch nur ein Wort von dem zu verstehen, was da stand. Ich las einen Satz, aber noch bevor der Satz zu Ende war, sah ich Nadine, die ins Bad kam. Irgendwann legte ich das Buch weg und stand auf.

Ich ging in den Wohnbereich, wo mein Vater am Esstisch saß. Er trug ein Feinrippunterhemd und darüber ein geöffnetes schwarzgraues Vlies von Northface, den kleinen Finger der rechten Hand hatte er im Ohr. Vor ihm auf der roten Tischdecke lag eine Zeitschrift.

Als er mich bemerkte, lehnte er sich zurück und klappte die Zeitschrift zu.

»Du bist noch wach«, sagte er.

»Ich muss dir etwas sagen«, sagte ich.

Er legte die Zeitschrift auf seinen Schoß. Die Tischdecke fiel darüber.

»Ich weiß nicht«, fuhr ich fort, »ob ich auf Mädchen stehe.« Eine Sekunde verstrich.

Dann sagte mein Vater: »Aha.«

»Und wie lange glaubst du das schon?«, fuhr er fort.

»Weiß nicht.«

»Dann ist es halb so wild, das geht von allein wieder vorbei.«

RUDERN, STEMMEN, BUTTERFLY

Tarek musste sich sogar für den Weg vom Fitnessstudio nach Hause Wachs in die Haare schmieren. Ich trug währenddessen die Salbe auf, die ich bekommen hatte, damit sich keine Narbe auf meiner Wange bildete. Und während ich sie einmassierte, verließ ich die Umkleide. Im Eingangsbereich des Fitnessstudios blieb ich stehen. Ich machte kleine Kreise auf der Wange und sah mich um. Der Gebäudekomplex, in dem das Studio lag, war viel größer als das Einkaufszentrum oben in der Siedlung. Es gab nicht nur mehrere Supermärkte, sondern auch einen Marktladen, in dem man ausschließlich Bioprodukte kaufen konnte, ein Kopiergeschäft, eine Eisdiele und dann natürlich die Spielhalle, in der Ali gerade wahrscheinlich alles verlor.

Ich überlegte, ob ich schon zu ihm gehen sollte, entschied mich dann aber dagegen. Man betrat die Spielhalle vom Stadtpark aus, ich hätte den Gebäudekomplex erst verlassen und dann einmal umrunden müssen. Stattdessen ließ ich meinen Blick durchs Studio wandern, wo überall aufgepumpte Männer herumhingen, und war irgendwie froh, wieder in meinen weiten Klamotten zu stecken. Als wir vorhin von Maschine zu Maschine gezogen waren, hatte Tarek gefeixt, ich sei so dünn, dass ich bestimmt durch den Spalt einer angelehnten Tür gehen könnte – und dann blieb mein Blick an dem Werbeplakat hängen.

Es hing an der Scheibe des Studios, war gelb und orange und versprach, dass zehn Minuten im Solarium nur 9,99 Euro kosten würden. Und mit einem Mal war ich auf seltsame Art aufgeregt. Mein Bauch fühlte sich an, als ob das Loch darin als Schmetterling herumflattern würde, und ich überschlug, wie viele zehn Minuten ich mir leisten konnte.

Ich überlegte gerade, wie ich das mit der Volljährigkeit hinbekommen könnte, als Tarek mir die Hand in den Nacken klatschte.

»Was geht, du Strich«, rief er.

Ich fuhr herum, er zwinkerte mir zu.

Und plötzlich schoss Angst durch mich. Der Schmetterling zerstob, und ich war mir sicher, Tarek würde gleich verstehen, wo ich stand und was ich gerade angeschaut hatte. Als er auf mich zugekommen war, hatte er gesehen, wie ich die gebräunten Beine einer Frau anstarrte, die gebräunte Brust eines Mannes – und jetzt, jetzt las er in meinem Gesicht wie in einem Buch. Ich schluckte. Dann tat ich, als ob er gerade eben nichts gesagt hätte, sondern murmelte: »Holen wir Ali ab?«

Und Tarek schüttelte einfach nur den Kopf: »Der hat mir geschrieben, es läuft.«

Lass uns direkt rauffahren

Keine Stunde später saßen wir mit Tareks Mutter und Tahira auf dem roten Teppich, der vor dem Sofa lag. Es hatte gefüllte Paprika gegeben, und jetzt brachte Tahira geschnittene Wassermelone und stellte sie auf den Glastisch zwischen uns.

»Yislamu«, sagte Tareks Mutter zu ihr, und mir wurde warm. Ich hatte mich an die Sitzfläche des Sofas gelehnt, auf dem Tarek lag. Und auch wenn ich wusste, dass Muskeln nicht so schnell wuchsen, glaubte ich zu spüren, wie das Training bereits anschlug. Ich fuhr über meinen Bizeps, die Haut darüber war straff.

Während Tahira uns jeweils eine Schnitte reichte, fragte ich: »Was sind das für Zibeben?«, und deutete auf eine Schale, die zwischen den Spitzendeckchen auf dem Tisch stand.

»Alter, was redest du?«, fragte Tarek von hinter mir. »Zibeben.«

»So sagt man auf Schwäbisch«, sagte seine Mutter. »Das deutsche Wort ist Rosine. Und das hier«, sie nahm eine gelbe Rosine aus der Schale, »sind Sultaninen. Die schwarzen nennt man Korinthen.«

»Ich will die immer nicht essen«, sagte Tahira. »Die sind zu klein zum Essen, so niedlich irgendwie.«

Sie gab mir meine Schale mit Salat und schob sich eine Rosine in den Mund. Dann verzog sie das Gesicht.

»Viel zu niedlich«, sagte sie.

»Weiß«, sagte da Tarek. »Weiß muss er sein.«

»Wer muss weiß sein?«, fragte seine Mutter.

»Der Mercedes, den ich mir kaufen werde.«

»Das ist so typisch Tarek«, verdrehte Tahira die Augen. »Wir reden über Rosinen und er denkt an ein Auto.«

»Ein Auto ist wichtig«, sagte Tarek. »Aber nicht wie du jetzt gleich wieder denkst, wegen Status und so. Für mich ist es auch wichtig wegen früher. Weil ihr immer herumgefahren seid, damit ich einschlafe.«

Er sah seine Mutter an. Die kniff so die Augen zusammen, dass ihr die Brille von der Nase rutschte. »Nimm dich nicht so wichtig, ya ibni«, sagte sie und griff nach ihrem Schälchen. »Das haben wir gemacht, weil es unser Ritual war, abends gemeinsam spazieren zu gehen.«

»Ihr seid zusammen spazieren gegangen?«, fragte Tahira.

»Stell dir vor, es gab eine Zeit vor euch und eurer großen Schwester.«

Sie schwieg einen Augenblick und schien sich an etwas zu erinnern.

»Aber hier« fuhr sie dann fort und deutete Richtung Fenster, »wollten wir nicht mit einem kleinen Kind durch die Gegend.«

»Abgefuckte Nordstadt«, sagte Tarek.

»Es war noch mal anders damals«, sagte sie. »Es waren die Neunzigerjahre und es haben in Deutschland Häuser gebrannt.«

»In Deutschland brennen immer Häuser«, sagte Tahira.

Und auch Tarek sagte etwas, das ich aber nicht verstand. Vor meinem geistigen Auge war das Bild aufgeblitzt, wie mein Vater mich in meinem Kindersitz auf der Rückbank setzte. Draußen war es dunkel, und nachdem er mich angeschnallt hatte, verschwand er. Ich kannte dieses Bild, es kam mir manchmal, und wenn es mir kam, spürte ich immer das Loch in meinem Bauch, spürte, wie es von tief aus meinem Inneren heraufzog. Jetzt spürte ich es auch und wusste auf einmal, dass es hier gewesen war, hier oben – ich überlegte, weshalb mein Vater mit mir damals in der Nordstadt gewesen sein konnte, aber mir fiel nichts ein, er mochte diese Gegend doch nicht, hatte genau wie Tobis Mutter nicht gewollt, dass wir hier zur Schule gingen – aber je mehr ich mich konzentrierte, desto schwächer wurde die Erinnerung.

DIE MATRATZE

Egal, worüber wir redeten. Am Ende redete Tarek wieder über seinen Mercedes.

»Und dann heize ich den Nordring rauf und runter«, sagte er. »Wallah billah, ihr werdet schon sehen.«

Tahira verdrehte die Augen, seine Mutter sah ihn böse an, und ich sagte: »Meine Mutter arbeitet doch für einen, der jetzt Bürgermeister werden will, und der wird dann die ganze Stadt zu Tempo 30 machen.«

»Niemals«, sagte Tarek.

»Er sagt immer, wir sind doch nicht auf der Flucht.«

Plötzlich war die Stimmung komisch, Tareks Mutter schob die Brille wieder auf die Nase und stand auf. Sie sah uns alle an – und dann ging alles sehr schnell.

Erst sagte sie zu Tarek: »Deine Haare sind viel schöner, wenn du nicht diesen Scheiß reinschmierst.«

Dann strecke sie die Hand nach seinem Kopf aus.

»Lass das«, Tarek sprang auf.

Sie zuckte zurück und ging etwas vor sich hin murmelnd Richtung Küche. Auf halbem Weg blieb sie stehen, drehte sich um und fragte: »Darf eine Mutter ihrem Sohn nicht mal mehr durchs Haar fahren? Aber die Matratze schleppen soll ich ihm?«

Und dann dirigierte sie uns.

Tahira räumte den Glastisch ab, Tarek und ich schoben ihn ans Fenster, und während wir die Matratze aus seinem Hochbett hievten und ins Wohnzimmer trugen, brachte Tahira Bettzeug. Als die Matratze dann vor dem Sofa lag und beide, Sofa und Matratze, bezogen waren, sagte Tahira etwas.

»Wenn ich dein Zimmer hätte«, antwortete Tarek, »dann müssten wir nicht hier schlafen.«

Ich hatte noch nie mehr von Tahiras Zimmer gesehen als das, was man sehen konnte, wenn die Tür offen stand, und das war nur der Schreibtisch. Aber ich wusste, dass es größer war als Tareks Eckzimmer. Bevor Tareks ältere Schwester geheiratet und ausgezogen war, hatten es sich beide Schwestern teilen müssen.

»Sei froh, dass du nicht bei mir schlafen musst«, sagte ihre Mutter.

Tahira antwortete nichts, sondern drehte sich um und verschwand Richtung Bad. Dann hieß es laila saida – und Tarek und ich waren allein.

LAILA SAIDA

Auf Pro Sieben lief *Mr. und Mrs. Smith*. Wir hatten den Anfang zwar verpasst, aber das machte nichts, weil wir beide den Film kannten. Tarek legte sich aufs Sofa, ich setzte mich auf die Matratze und lehnte mich wie vorhin am Sofa an.

Als der Film zu Ende war, guckten wir noch ein paar Minuten *TV total*, und dann begann Tarek zwischen N24 und dem ZDF hin und her zu schalten. Auf beiden Kanälen liefen Dokumentationen, in der einen ging es um Australien, in der anderen um die gefährlichsten Raubtiere der Welt. Wir sahen durchdrehende Nilpferde, zuschnappende Krokodile, stechende Skorpione – und nachdem Platz eins, irgendeine Stechmücke voller Parasiten, gekürt war, schaltete Tarek plötzlich den Fernseher stumm. Dann begann er aufwärtszuzappen, bis er einen Sender fand, auf dem Dauerwerbung für Telefonsex lief.

Ich sah zu der Tür, hinter der vor ein paar Stunden Tahira verschwunden war. Sie konnte doch noch wach sein oder, wenn sie wirklich schon schlief, aufwachen und aufs Klo müssen. Jeden Moment konnte sich die Klinke bewegen und die Tür aufschwingen – sicherheitshalber zog ich die Beine an und warf die Decke über die Knie.

Im selben Augenblick wurde ich mir der Wärme in meinem Nacken bewusst, die von Tareks Körper ausging. Aus dem Physikunterricht wusste ich, wie das funktionierte. Wärme wurde übertragen, indem Teilchen andere Teilchen zum Schwingen brachten. Es stießen also die Teilchen in Tareks Oberschenkel die Luft-Teilchen zwischen uns an. Und diese Luft-Teilchen stießen die Baumwoll-Teilchen in meinem Shirt an, und diese Baumwoll-Teilchen die Teilchen in meinem Körper. Wir hatten aber auch gelernt, dass es *Wärmestrahlung* gab. Dass ich die Wärme von Tareks Körper auch dann spüren würde, wenn da gar keine Luft und kein Shirt zwischen uns wäre.

Plötzlich standen Tareks Füße neben mir. Er hatte sich aufgesetzt und flüsterte mir ins Ohr: »Gib mir die DVD.«

Ich nickte nur und griff zwischen meine Kleider, die neben der Matratze lagen.

Damit es so aussah, als wäre es ein gebranntes Computerspiel, hatte Tobi mit Edding *Age of Empires* draufgeschrieben. Tarek nahm sie mir aus der Hand und schlich vor bis an den Fernseher, kniete sich neben den DVD-Player. Die 0190-Nummer, die gerade blinkte, verschwand, und stattdessen tauchte ein blauer Bildschirm auf.

%

Mit meinen Knien spannte ich die Decke zu etwas wie einem Zelt auf und umschloss mit der Hand meinen hart gewordenen Penis. Im Raum war es völlig still. Ich kniff den Po zusammen und spürte, wie er noch ein bisschen härter wurde. Da begann es in meinem Rücken zu wackeln, und ich ließ wieder los.

Obwohl das Wackeln weiterging, traute ich mich nicht, die Hand unter der Decke hervorzuziehen. Also ließ ich sie, wo sie war, versuchte das Gewackel zu ignorieren und nahm den Blick vom Fernseher.

Neben uns stand eine Vitrine. Die Fotos auf dem obersten Brett kannte ich, weil man sie vom Esstisch sehen konnte. Obwohl ich jeden Morgen dort saß, hatte ich sie mir allerdings noch nie richtig angeschaut. Jetzt war es zu dunkel, und ich hockte zu weit entfernt, um mehr als Schemen zu erkennen.

Die Regalbretter darunter waren voller Platten. Ganz unten standen ein paar Videokassetten. Ich wusste, dass das Aufnahmen waren von der Familie in Syrien, von Geburten und Hochzeiten, und ich musste an meinen Vater denken, der unsere Videokassetten mit Bleistift beschriftete, in feinen Buchstaben, die niemand außer ihm lesen konnte. Er hatte vor Jahren einen Videorecorder angeschafft, um die *Sportschau* aufzunehmen. In ihr wurden alle Bundesligaspiele vom Samstagnachmittag zusammengefasst, und am Ende durfte dann jemand aus dem Publikum gegen einen Fußballer oder einen Trainer an der Torwand schießen. Weil die *Sportschau* so spät abends lief, nahm er sie auf, und ich sah mir die Aufnahme dann sonntags nach dem Frühstück an. Eine Woche später überspielte er die Sendung mit der neuen.

Seit ich lange genug wach bleiben durfte, um sie live zu sehen, nahm er Blockbuster auf und den *Tatort* und hatte inzwischen eine Sammlung angehäuft, die den halben Keller füllte. Im April war *Das Wunder von Bern* das erste Mal im Fernsehen gelaufen, auf Sat 1, und als er an diesem Tag vor dem Fernseher in die Knie gegangen war, um die Kassette in den Recorder zu schieben, hatte ich ihn gefragt, ob das nicht Filmpiraterie sei. Er hatte sich nur umgedreht und gegrinst.

Hinter mir vibrierte es.

»Handy«, raunte Tarek, und ich hörte, wie er sich aufrichtete.

»Bist du fertig?«, flüsterte er.

»Was meinst du?«, flüsterte ich zurück.

»Ali kann jetzt los.«

Ich versuchte die Hand hervorzuziehen, ohne dass die Decke verrutschte. Das Bild auf dem Fernseher erlosch, und plötzlich war es dunkel im Zimmer. Ich hüstelte und zog gleichzeitig die Hand hervor.

»Pass auf, wo du hintrittst«, Tarek stand bereits neben mir.

»Und nimm alles mit raus. Meine Mutter und meine Schwester wachen beim kleinsten Geräusch auf.«

Er machte einen Schritt über mich, und ich hörte, wie er übers Laminat tappte. Dann fiel Licht ins Zimmer. Kurz zeichnete sich seine Silhouette in der Tür ab, seine langen Beine, die schmale Hüfte, der breite Oberkörper. Dann war die Gestalt im Flur verschwunden.

Vorsichtig kam ich hoch, meine Füße versanken im Schaumstoff. Ich schwankte. Ich trat neben die Matratze, bückte mich nach meinen Klamotten und schlich los.

MEINE ZEHEN KLEBTEN
BEI JEDEM SCHRITT

Auf dem Hausgang empfing uns der Geruch nach Laminat, Zwiebelsuppe und ranzigem Fett. Tarek zog die Wohnungstür zu und kniff, als es im Schloss klickte, die Augen zusammen. Ich hielt den Kleiderhaufen noch immer vor den Bauch und ließ die Schuhe von meinen Fingern gleiten, dumpf schlugen sie auf der Fußmatte auf.

»Bist du verrückt?«, zischte Tarek.

Wir bewegten uns beide nicht und starrten in den Gang, an der Reihe aus Wohnungstüren vorbei. Aber nichts rührte sich, nur das Ganglicht ging aus.

»Komm«, flüsterte er.

Ich bückte mich und griff nach meinen Schuhen, das Licht ging wieder an.

Als wir bei den Aufzügen waren, drückte Tarek auf den Knopf, ein Summen setzte ein. Dann drang ein Klappern aus dem Aufzugsschacht.

Tarek sah den Gang zurück, er erinnerte mich an ein Reh, mit seinem gereckten Hals und den Glupschaugen. Und plötzlich wollte ich lachen. Über ihn und über mich, über uns beide, wie wir dastanden, mitten in der Nacht, nur in Unterhosen im fünfzehnten Stock eines Hochhauses, in dem ein paar Hundert Leute gerade schliefen.

Ich wollte lachen, noch mehr aber wollte ich ihn umarmen. In ein paar Minuten würde uns die ganze Welt zu Füßen liegen. Ich wollte schreien und spürte einen Druck in der Kehle, ein Ziehen im Bauch, das sich anfühlte, als würde ich gerade schaukeln. Das Licht ging wieder aus. Dann klappten endlich die Aufzugtüren auf, und wir betraten die Kabine.

»Noch nicht drücken«, sagte Tarek, nachdem sich die Türen geschlossen hatten. »Lass uns erst anziehen.«

Ich versuchte eine Socke über den Fuß zu bekommen, ohne den Haufen in meinen Armen auf den Boden legen zu müssen. Als sich der Aufzug plötzlich in Bewegung setzte, verlor ich fast das Gleichgewicht.

»Schnell«, sagte Tarek.

Er warf sich sein T-Shirt über den Kopf. Ich griff aus dem Haufen ein Hosenbein und ließ den Rest fallen.

»Fuck«, sagte ich und warf einen Blick auf die Anzeige über den Türen.

Der Aufzug blieb bei der Vier stehen, die Türen klappten auf – und ein grinsender Ali stand vor uns.

»Ich habe es euch doch gesagt, dass ich raushole«, rief er und schwenkte in der einen Hand eine Flasche Wodka, in der anderen einen Tetrapak Eistee.

GESCHMACKSSORTE PFIRSICH

»Deutschland mein Schwanz«, murmelte Ali und brach im Vorbeigehen die Deutschlandfahne ab, die an der Scheibe eines Autos steckte.

»Alter«, rief Tarek. »Lass doch den Scheiß.«

Auch ich hatte bereits nach der Fahne an einem Wagen ge-griffen und riss daran. Es ratschte, und ich hatte einen schwarz-rot-goldenen Fetzen in der Hand, der Plastikstiel steckte noch an der Scheibe.

»Ayre fik«, fluchte Tarek in sich hinein, lief aber ebenfalls zu einem Auto.

Einige Tage, bevor die Weltmeisterschaft losgehen würde, gab es plötzlich überall diese kleinen Fahnen zu kaufen, der ganze Wendehammer war zugeparkt mit Autos, an denen sie steckten. Es dauerte keine Minute, und jeder von uns hatte die Hände voll. Auf dem Weg, der hinunter zum Einkaufszentrum führte, warfen wir die Fahnen in die Büsche. Währenddessen ging der Streit um Deutschland los.

»Alter«, grinste Ali von der Seite Tarek an, »du bist ja nur für Deutschland, weil Syrien so eine verkackte Mannschaft hat und gar nicht mitspielt.«

»Tja, und dein Land hat nicht einmal eine Nationalmann-schaft«, keifte Tarek zurück. »Oder bist du doch eigentlich einfach nur ein Deutscher, Alex?« Um seine Mundwinkel zuckte es.

»Halt dein Maul«, rief Ali. »Ich bin Palästinenser. Und ich bin Araber. Ich bin christlicher Araber, ich«, er rang nach Worten. »Dass das in Deutschland niemand checkt, ist eh klar, aber –«

»Nennst du dich deshalb Ali?«, unterbrach ihn Tarek. »Weil du Christ bist?«

»Hör zu«, schrie Ali und fasste in seinen Kragen. »Das hier«, und dann erstarrte er.

Ich sah ihm an, dass er plötzlich an O gedacht hatte, an O und wie der ihm die Kette und das Kreuz abgenommen hatte. Lang-sam zog Ali die Hand wieder aus dem Kragen.

»Wir sollten für Tunesien sein«, sagte er leise.

Tarek ging nicht darauf ein, er sah plötzlich mich an. »Was ist mit dir, Vince?«

Ich hatte den Tetrapak und die Wodkaflasche aufgeschraubt und sagte: »Mir egal, ich bin einfach gegen Deutschland.«

Dann nahm ich einen Schluck Eistee, setzte den Wodka an und trank so lange, bis der süße Geschmack von dem brennenden weggespült war. Dann hielt ich ihm den Wodka hin, setzte wieder den Tetrapak an und sog an ihm, bis Tarek danach griff.

»Tunesien hat mit mir so viel zu tun wie ihr mit meinem Schwanz«, und da trat Ali nach ihm, traf aber nur den Tetrapak in Tareks Hand, der platzte.

»Ya sibbi«, rief Tarek und sprang zur Seite.

Eine Sekunde starrten wir auf den Fleck, der im Schein einer Laterne glänzte.

»Wie sollen wir jetzt nachtrinken?«, fragte ich.

»Nur Muschis trinken nach«, entschied Ali und riss Tarek die Wodka aus der Hand. Er nahm zwei große Schlucke. Als er absetzte, glänzten seine Augen.

Im Einkaufszentrum
Waren wir die einzigen

Die Treppe war grell beleuchtet. Oben aber, auf dem balkonartigen Weg, der an den kleinen Geschäften vorbei um das Einkaufszentrum herumführte, gab es kaum Lampen. Die gelben Lichter der Laternen glänzten vom Parkplatz und dem Nordring herüber. Vor dem Tabakladen drückte Ali Tarek den Wodka in die Hand und sprang auf einen Einkaufswagen, der mitten auf dem Weg stand. Er rollte ein paar Meter und kletterte dann hinein. Ich gab dem Wagen gerade mit dem Fuß einen Stoß mit, als ich Tareks Blick bemerkte. Genervt sah er Ali an. Der Wagen drehte sich und sprang über die Kante, mit der der glattere Stein der Fußgängerbrücke begann.

»Schauen wir mal rüber«, sagte Tarek, nahm einen Schluck und ging los.

Ali, der gerade seine Beine über den Rand des Wagens gewuchtet hatte, versuchte sich ihm zuzudrehen und rief: »Und ich?«

Er sah mich auffordernd an.

Ich sah zu Tarek, er verdrehte die Augen. Ich zuckte die Achseln, richtete den Wagen aus und begann zu schieben. Die Brücke war leicht gewölbt. Wenn man ging, bemerkte man die Steigung nicht, jetzt aber, mit Ali als Ladung, musste ich ganz schön drücken. Er saß mir zugewandt, den Rücken gegen die Front, die Beine rechts und links aus dem Wagen gehängt, und rief: »Yallah, Vince!« Und über die Schulter Tarek hinterher: »Mach dich nicht mit dem Wodka davon, du Hund.«

Dann waren wir über dem höchsten Punkt, und auf einmal ging es einfach. Mit jedem Schritt wurde der Wagen schneller. Ich musste laufen, um mitzukommen. Ali stieß ein Geheul aus.

Als wir Tarek einholten, rief er: »Ihr Idioten!«

Ali rief: »Fick deine Mutter!«

Und was Tarek uns noch hinterherrief, hörte ich schon nicht mehr. Im Rennen drückte ich noch einmal gegen den Wagen, dann ließ ich los und blieb stehen. Als der Wagen wieder über die Kante raste, mit der der Stein der Brücke auf der anderen Seite endete, schlug seine Spitze nach rechts aus. Durch Alis Körper lief ein Ruck, sein Kopf wurde zur Seite gerissen, der Wagen kippte und rutschte in ein Gebüsch. Ich rannte los, sah aber schon im selben Moment, wie Ali unter dem Wagen hervor auf den Streifen Gras zwischen Asphalt und Gebüsch kroch und lachte.

»Alles klar?«, fragte ich, als ich ihn erreichte.

Statt zu antworten legte er sich auf den Rücken und tastete seine Jacken ab. Um ihn verteilt lagen überall Sonnenblumenkerne. Tarek kam ebenfalls an.

»Ihr seid so bescheuert«, sagte er und drückte mir die Flasche in die Hand.

Dann baute er sich über Ali auf: »Wieso drehst du schon wieder so durch?«

Dabei klang er mehr als nur genervt. Irgendwie erinnerte er mich an Tahira und wie wütend sie gewesen war, nachdem wir uns mit den Abiturienten geschlagen hatten. Ich dachte daran, was sie über das mit ihrem Vater gesagt hatte. Dass der nicht schlief, weil Tarek die ganze Zeit Scheiß baute.

Ali ging nicht darauf ein. Er deutete, noch immer auf dem Rücken liegend, auf die Flasche in meiner Hand: »Ist die leer?«

Statt zu antworten, hielt ich die Flasche ins Licht der nächsten Laterne. Zwei Fingerbreit Flüssigkeit glitzerten darin.

»Hallo, ich rede mit dir«, hörte ich Tarek.

Ich drehte mich noch weiter weg von den beiden und hielt die Luft an, bevor ich die Flasche ansetzte. Tarek hatte natürlich recht, Ali drehte krass auf. Andererseits ging es doch heute Nacht genau darum, dachte ich noch und nahm einen tiefen Schluck. Dann dachte ich nichts mehr, wischte die Gedanken an Tareks Vater und den Stress, den er mit der Schule oder irgendwelchen Behörden hatte, beiseite, kniff nur noch die Augen zusammen und reichte die Flasche hinter mich. Erst jetzt atmete ich aus. In meinem Rachen brannte es. Und während das Brennen meine Speiseröhre hinabrollte, versuchte ich mich auf den Laternenpfosten zu konzentrieren. In den Augenwinkeln sah ich, wie Ali die Flasche absetzte. Ich schluckte und tastete, ohne den Blick aus dem warmen Gelb der Laterne zu nehmen, nach einer Zigarette.

»Passt auf«, sagte Ali, ich fuhr herum.

Er hatte die Flasche in der Hand und spuckte gerade hinein. Im nächsten Moment holte er aus und schleuderte sie in die Luft. Als sie über dem Gebüsch war, verschwand sie im Dunkeln.

Er grinste uns an, und der Bruchteil einer Sekunde verstrich, in dem ich von ihm zu Tarek sah. Dann war das Geräusch von berstendem Glas zu hören. Tarek und ich blickten beide zu Ali. Und da sprintete Ali los.

AUF DEM SCHULHOF
HIELTEN WIR AN

Hier war nur der Eingangsbereich beleuchtet. Durch die großen Glastüren konnte ich die Aula sehen, dunkel und leer. Der Anblick war unheimlich, als würde etwas nicht stimmen.

»War ein Fenster, oder?«, fragte Ali lässig.

»Alter, was sollte denn das?«, Tarek stieß Ali gegen die Brust.

»Sei kein Opfer«, sagte Ali und drehte sich weg.

»Genau«, hörte ich mich sagen.

Tarek fixierte mich. Die Lippen aufeinandergepresst.

»Ist doch nix passiert«, sagte ich, als wollte ich mich dafür entschuldigen, dass ich Ali zugestimmt hatte.

Tarek schob den Unterkiefer vor und verschränkte die Arme: »Alter, du hast da eine Scheibe eingeworfen, was denkst du, was jetzt los ist.«

Ali sagte nichts, ging zu einem Mülleimer und bückte sich.

»Weißt du, wer da vielleicht im Bett gelegen hat, und plötzlich kriegt er eine Flasche an den Kopf?«

»Also glaubst du auch, dass es ein Fenster war, das ich eingeworfen habe?«, sagte Ali ohne herzusehen.

»O«, sagte Tarek.

Er sagte es ruhig, und obwohl ich heraushörte, dass er Ali nur

Angst machen wollte, wurde mir mulmig zumute. Und tatsächlich zuckte Ali richtig zusammen.

»Der wohnt nicht da«, sagte er.

»Ich schwöre, er wohnt in diesem Block«, sagte Tarek. »Keine Ahnung welcher Stock, aber ich schwöre dir, es ist dieser Block.«

»Ich dachte, der wohnt auf eurer Seite vom Nordring«, sagte ich.

»Der wohnt gar nicht hier oben«, sagte Ali. »Der geht hier nur noch zur Schule, weil sein Vater –«

»Ja, sein Vater?«, fragte Tarek.

»Sein Vater ist in so einer Motorrad-Nazi-Gang, keine Ahnung.«

»Und was hat das damit zu tun, wo der wohnt?«

»Der wohnt auf dem Dorf, du Idiot.«

»Wieso wohnt der auf dem Dorf?«

»Weiß ich doch nicht. Alle Rocker wohnen auf dem Dorf.«

Ich wollte etwas über meinen Onkel sagen, der ja auch auf dem Dorf wohnte und der noch nie von irgendwelchen Rockern geredet hatte.

»Es war aber kein Fenster«, sagte Ali und richtete sich auf. »Jetzt scheißt euch mal nicht ein.«

»Gerade eben war's dir noch voll wichtig, dass es ein Fenster war«, sagte Tarek. »Und ich scheiß mich nicht ein, du scheißt dich ein. Jetzt drehst du durch, und nachher hast du wieder Paranoia, wallah, ich weiß doch, wie das läuft.«

»Bruder«, sagte Ali, sah Tarek an, sah mich an.

Er stand dicht vor uns. Und in den glasigen Pupillen lag sie, die Angst, die ihm Tarek gerade gemacht hatte.

Er griff Tarek ins Genick und sagte noch einmal: »Bruder.«

Er sah mich an und legte auch mir die Hand in den Nacken.

»Bruder«, wiederholte er.

Ich hörte Tarek neben mir genervt seufzen. Aber Ali ging

nicht darauf ein, drückte mir einen Kuss auf die Wange, dann Tarek. Er ließ uns los und musterte die Fassade der Schule.

»Das ist doch eine beschissene Nazischule.«

Ich begann langsam zu nicken.

»Oh Mann.« Tareks Blick war an der Hand hängen geblieben, die Ali gerade aus meinem Nacken genommen hatte.

Zwischen den Fingern glänzte ein Stein.

Dann hörte ich Alis Arm in der Luft.

Es splitterte Glas, und das Heulen der Alarmanlage setzte ein.

WIEDER SPRINTETEN WIR

Um eine Ecke, einen Weg nach hinten, durchs Gebüsch. Einem Pfosten ausweichen. Und rein in die Tiefgarage. Ich nahm die sechs Stufen mit einem Satz. Beim Aufkommen fuhr ein brennender Schmerz in meine Sohlen. Ich sprintete weiter. Der zweite Schacht der Garage führte unter dem Nordring hindurch. Es ging an Dutzenden Garagentoren vorbei, dann wieder in die Nacht. Der Asphalt war kurz hell, wenn wir unter einer Laterne hindurchrannten, dann nichts als die Schatten der Büsche.

Plötzlich lag rechter Hand ein Spielplatz, links ein Streifen Rasen, über dem die Balkone des ersten Stockwerks hingen. Tarek wurde langsamer, aber bevor wir wirklich zum Stehen kamen, griff Ali aus dem Lauf an den Boden und schleudert etwas in Richtung eines Balkons. Ich beschleunigte wieder, hörte Glas splittern. Tarek bog vor mir rechts ab.

»Nicht zum Einkaufszentrum«, rief ich, aber er rannte weiter.

Ali schloss auf. Hinter uns hörte ich Rufe. Dann ging es hinaus auf den Platz oberhalb des Einkaufszentrums. Wir wurden langsamer, hielten aber nicht an, gingen mit schnellen Schritten weiter. Ich versuchte mein Keuchen zu unterdrücken.

»Hier ist es jetzt doch am dümmsten überhaupt«, rief ich,

aber Tarek marschierte einfach weiter und ich, ich marschierte ihm hinterher, weil er doch der war, bei dem ich übernachtete. Ali stolperte irgendwo hinter uns. Am Blumenladen streifte ich etwas, das hinter mir umfiel. Ich drehte mich nicht um. Wir gingen an der Stelle vorbei, wo vorhin der Einkaufswagen gestanden hatte, nahmen jetzt statt der Brücke aber die Treppe.

Als wir unten auf den Weg traten, blieb Tarek plötzlich stehen. Er hielt den Zeigefinger an den Mund. Ali und ich blieben ebenfalls stehen. Ohne den Finger vom Mund zu nehmen, griff Tarek in die Hosentasche und zog mit spitzen Fingern sein vibrierendes Handy hervor.

»Mein Vater«, flüsterte er.

Als das Vibrieren aufgehört hatte, fragte ich: »Ist er daheim?«

Tarek schüttelte den Kopf: »Der muss die ganze Nacht fahren.«

Wir gingen einige Schritte, aber als Tarek sich nicht in Bewegung setzte, drehten wir uns noch einmal um. Tarek starrte noch immer sein Telefon an, es vibrierte wieder.

»Da muss ich ran«, erklärte er, und seine Stimme zitterte, hielt sich das Telefon ans Ohr und sagte, wie er es immer sagte: »Hallo, Mama.«

Während er leise telefonierte, gingen wir weiter. In meiner Bauchgegend kam ein seltsames Gefühl auf. Als wir das Wartehäuschen der Bushaltestelle erreichten, ließ ich mich auf die Bank fallen. Ali holte seine Zigaretten raus und bot mir eine an. Ich lehnte ab. Das flaue Gefühl nahm zu.

Nachdem Tarek aufgelegt hatte, sah er mich an. Seine Augen waren weit aufgerissen.

»Sie hat, während wir telefoniert haben, den Fernseher angemacht.«

»Scheiße«, sagte ich, »die DVD.«

»Die DVD«, wiederholte Tarek.

»Welche DVD?«, lallte Ali.

»Wir müssen heim«, sagte Tarek. »Sofort.«

»Okay«, sagte ich und stand auf.

War mir eben noch flau zumute gewesen, spürte ich jetzt das Loch in meinem Bauch. Es pochte. Und gleichzeitig überschlugen sich meine Gedanken. Tareks Vater war in der Lage, mitten in der Nacht meine Eltern anzurufen, bei seiner Mutter war ich mir nicht sicher. Andererseits hatte Tarek vor ihr mindestens so viel Respekt wie vor seinem Vater, und wenn meine Eltern auch nur einen Bruchteil von dieser Nacht mitbekommen würden, dann – ich sah zu Tarek, der zornig Ali anguckte. Der hob aber nur die Achseln und aschte ab.

»Wird bestimmt nicht so ein Ding sein«, nuschelte er.

»Gut«, sagte Tarek und klang dabei, als würde er gleich explodieren, »dann gehen eben nur wir.«

Er wandte sich ab und erstarrte. Sein Blick ging ans Ende der Straße.

»Alter, ist das ein Taxi?«, fragte er mit panischem Unterton.

»Jetzt sei nicht so hysterisch«, lallte Ali unüberhörbar genervt. »Jedes Auto ist dein Vater.«

Tarek ignorierte ihn und starrte das Auto an, das sich die lang gezogene Kurve auf uns zu schob.

»Ich schwöre, das ist er«, sagte er, »ich schwöre.«

Ali stand auf, betont langsam, sodass er sich noch nicht voll aufgerichtet hatte, als Tarek es ein letztes Mal wiederholte: »Das ist er.«

Er stürzte aus dem Wartehäuschen auf den Weg, den wir gerade vom Einkaufszentrum hergekommen waren. Ich eilte ihm nach, Ali stolperte uns hinterher.

»Jungs, wartet mal«, rief er.

Aus den Augenwinkeln nahm ich noch wahr, wie Ali nach rechts in die Unterführung abbog. Ich spürte, wie etwas in mir ihm hinterherwollte. Und gleichzeitig entschied etwas anderes, dass ich besser bei Tarek blieb, dass ich doch bei ihm übernachtete – und ich heftete meinen Blick auf seine Lederjacke vor mir und rannte weiter.

TAXI

»Bist du sicher, dass das ein Taxi war?«, fragte ich, sobald Tarek etwas langsamer geworden war. »Ich habe kein Schild gesehen.«

»Ich schwöre dir, das war mein Vater«, sagte Tarek. »Ich erkenne seinen Wagen im Nebel, blind und von hinten, immer. Er war es.«

Wir gingen mit schnellen Schritten an der Stelle vorbei, wo vorhin der Eistee geplatzt war. Der Fleck glänzte noch immer, der Tetrapak lag auf dem Weg. In den Büschen hingen die Fahnen-Reste. Es fühlte sich an, als wäre das alles eine halbe Ewigkeit her.

Dann blieben wir stehen und spähten durchs Gebüsch. Hinter der Wegbiegung lag der Wendehammer. Kein Mensch war dort zu sehen, alles war ruhig, und zu Tareks Erleichterung stand auch nirgends das Taxi seines Vaters.

»Komm«, sagte Tarek und machte Anstalten, den Schatten zu verlassen.

»Aber Ali«, sagte ich. »Was ist mit ihm?«

Tarek hielt inne. Ich konnte sehen, wie es in seiner Kiefermuskulatur arbeitete es.

»Ich rufe ihn an«, sagte ich.

Tarek sagte wieder nichts, machte mit der Hand bloß eine genervte Bewegung.

Ali hob nicht ab. Ich versuchte es ein zweites und ein drittes Mal.

»Alter, wir müssen nach Hause«, sagte Tarek.

»Und wenn dein Vater Ali erwischt hat?«, fragte ich.

Tarek stieß Atem aus und wollte etwas sagen, da war plötzlich ein Auto zu hören, und wir duckten uns in den Schatten.

Als die Motorengeräusche leiser wurden, sagte Tarek: »Keine Ahnung, dann«, er zögerte. »Vince, wir müssen jetzt wirklich.«

»Okay«, murmelte ich und warf einen letzten Blick auf mein Handy, es war elf Minuten nach vier.

Vor meinen Augen verschwand die Uhrzeit und *Anruf Ali* schien auf.

»Alter«, zischte ich, hob ab und aktivierte den Lautsprecher, Tarek neben mir hielt den Atem an.

Die Leitung knisterte, und da war Alis Stimme, es war nur das Wort »Polizei« zu verstehen.

»Ali, laber keinen Scheiß, wo bist du?«, sagte Tarek.

»In der Unterführung.«

»Und was ist mit Polizei?«

»Oben und überall«, flüsterte er, und die Verbindung brach ab.

Eine Sekunde verstrich, dann sagte Tarek: »Der labert. Der redet Scheiß, komm, wir gehen.«

»Und wenn wirklich Polizei da ist?«

»Ach was, der hat's nur übertrieben, es ist jedes Mal so.«

Ich schwieg.

»Vince, es ist ganz einfach. Hol ihn. Oder scheiß auf ihn.«

Ich schwieg weiter.

Tarek fluchte.

»Wenn du ihn holst«, sagte er und fasste sich an den Hinterkopf, um seine Frisur zu befühlen, »kannst du ja gleich bei ihm pennen, das wird sowieso besser sein.«

Wir gaben uns die Hand, ich wollte noch etwas sagen, aber da ging Tarek bereits. Ich sah ihm hinterher, bis er hinter der Wegbiegung verschwunden war und drehte mich erst dann um.

Ich ging langsam vor und pirschte mich von Gebüsch zu Gebüsch, von Schatten zu Schatten. Als ich schließlich über den Rand eines Mäuerchens die Bushaltestelle sehen konnte, lag sie verlassen da. Weit und breit war keine Polizei, kein Vater, niemand. Ich kletterte über das Mäuerchen und rief auf dem Weg, der hinunter zur Unterführung führte, immer wieder nach Ali.

Dann erreichte ich die Unterführung. Meine Schritte hallten. Am anderen Ende lagen im Schein einer Laterne die Stufen, die hinauf zur anderen Straßenseite führten. Im Augenwinkel nahm ich eine Bewegung wahr und fuhr herum. Dort, wo ich vor ein paar Wochen meinen Rucksack abgelegt hatte, kauerte Ali.

»Ich glaube, O ist da oben«, flüsterte er.

»Niemand ist da«, sagte ich.

Ali antwortete nichts. Überhaupt sagte er nichts mehr. Er sprach den ganzen Rückweg kein Wort. Am Anfang dachte ich, weil er zu betrunken wäre. Aber dann merkte ich, dass er immer, wenn ich ihn von der Seite ansah, meinem Blick auswich.

Ich fragte ihn erst gar nicht, ob ich bei ihm schlafen durfte. Er ließ sich von mir seine Schlüssel abnehmen. Schweigend betraten wir das Haus, schweigend standen wir im Aufzug. Nachdem ich die Wohnungstür geöffnet hatte, drängte er sich an mir vorbei. Als ich sein Zimmer trat, hatte er sich schon hingelegt, auf den Rücken, und starrte die Decke an.

»Willst du dir nicht wenigstens die Schuhe ausziehen?«, fragte ich.

Einige Sekunden verstrichen, dann sagte er leise: »Ich muss alles verheimlichen.«

Ich stieg zu ihm ins Bett.

»Es gibt niemanden, der mir helfen kann.«

Ich legte mich ebenfalls auf den Rücken.

»Zu wem soll ich denn gehen?«, er drehte den Kopf zu mir.

»Wegen«, er sprach nicht weiter.

»Beim nächsten Scheiß flieg ich raus, verstehst du«, sagte er dann. »Ich bin doch grade erst geflogen, ich kann doch nicht schon wieder fliegen.«

»Warum«, sagte ich, unsicher, ob ich das wirklich fragen sollte, »warum redest du nicht einfach mit deiner Mutter.«

»Niemals«, hauchte Ali.

»Ich meine, deine Mutter ist so korrekt, sie –«

»Es hat so lange gedauert, bis sie da hingekommen ist, wo sie jetzt ist, sie«, er sprach nicht weiter und drehte den Kopf wieder zur Decke.

Dann begann er immer schneller zu sprechen: »Und woher soll ich das Geld für O nehmen? Wenn ich es ihm morgen nicht bringe, hat er gesagt, dann ballert er mir ein Knie weg. Beim letzten Mal hatte er eine Knarre dabei, Alter, eine richtige Kanone. Und es kann jeden Tag noch ein Brief kommen, weil ich in Amsterdam war. Was soll ich dann meiner Mutter sagen?«

»Ich glaube nicht, dass noch einer kommt«, sagte ich.

Wovon ich wirklich überzeugt war. Der kelb hatte ja längst seine Anzeige bekommen für das Gras, das im Bus gefunden worden war. O hatte ihm das Geld geliehen, er hatte bezahlt. Die Sache war längst erledigt.

»Aber wenn einer kommt«, fügte ich hinzu, »dann fängst du ihn ab.«

Und auch das stimmte. Ali kontrollierte jeden Mittag, wenn er heimkam, den Briefkasten. Das machte er mit einer Disziplin, für die ich ihn bewunderte. Seit Monaten entging ihm kein Brief.

»Und wenn nicht?«, fragte er.

»Er wird nicht kommen«, sagte ich.

»Wo soll ich hingehen, wenn ich wieder fliege?«

»Du fliegst nicht.«

»Aber wenn ich doch fliege?«

»Du fliegst nicht.«

»Und wenn doch.«

»Ich verspreche es.«

Ich wusste nicht, warum ich ihm das versprach. Aber es schien zu funktionieren. Ali atmete ruhiger.

»Alles wird gut«, fügte ich hinzu.

Und lag neben ihm, mit Herzklopfen.

MEIN ONKEL

Draußen ist es heiß. Vor dem Fenster ziehen Rapsfelder vorbei. Das Gelb leuchtet, und das Grün, mit dem sich die schwäbische Alb am Horizont abhebt, ist saftig. Neben mir auf der Rückbank steht die Kuchenbox, an deren milchigem Plastikdeckel sich Kondenswasser bildet.

Eigentlich bin ich darauf eingestellt gewesen, dass mein Vater die Fahrt nutzen wird, um mich weiter auszuhorchen. Über die verschwundenen zwanzig Euro, das Feuer auf der Wiese, die Flecken in meinem Gesicht. Was immer ihm meine Mutter vorhin, als er heimgekommen ist, zugeflüstert hat – es hat dazu geführt, dass er nur die Klima angeschaltet hat und seither schweigt.

So ist er: Wenn er nicht weiß, was er tun soll, tut er nichts. Er sagt dann nichts, fragt nichts, hofft einfach, dass die Situation vorbeigeht. Da ist er eigentlich ziemlich genau so, wie Tarek immer sagt, dass man sein soll. Bei Tarek ist es aber etwas, das er sich aus Tausenden von Tierdokus abgeguckt hat, bei meinem Vater kommt es von der Arbeit. Das ist zumindest meine Theorie. Dass er im Krankenhaus gelernt hat, einfach so zu wirken, als ob er alles im Griff hätte, auch wenn es nicht stimmt.

Als es in meiner Hosentasche zu vibrieren beginnt, zucke ich zusammen. Schlagartig ist das Loch in meinem Bauch da.

»Alles in Ordnung?«, fragt meine Mutter in dem Tonfall, den

sie immer hat, wenn ich krank bin und sie mir zerdrückte Banane ans Bett bringt.

»Hm«, sage ich und kann den Blick nicht von der SMS nehmen.

Morgen darf ich wieder raus, um Ali zu besuchen, schreibt Tarek.

Noch während ich überlege, was ich antworten sollte, vibriert mein Handy ein zweites Mal.

Holst du mich ab?

Ich beiße mir auf die Zunge und zähle bis zehn. Dann frage ich: »Darf ich morgen Ali besuchen?«

Meine Mutter sieht kurz zu meinem Vater. Der hält das Lenkrad fest und sieht nach vorn.

»Natürlich«, sagt sie dann und wiederholt es kurz darauf noch mal, leiser.

NATÜRLICH

Die Tür öffnet sich zunächst nur ein Stück. In dem Spalt ist das Gesicht meines Onkels zu sehen, dann schwingt sie weiter auf. Mein Onkel beginnt zu strahlen und tritt über die Schwelle. Er trägt ein Deutschland-Trikot aus den Neunzigerjahren. Vor seinem Bauch spannt der weiße Stoff, eine Falte auf Brusthöhe verschluckt den unteren Teil des Bundesadlers.

»Grüß euch«, sagt er und schüttelt meinem Vater die Hand.

Meine Mutter hebt zum Gruß die Kuchenbox.

Mein Onkel winkt ab: »Also, rein mit euch.«

Sein Blick huscht an mir rauf und runter, dann macht er einen Schritt zurück, und wir treten ein.

Er schließt hinter uns die Tür. Im Eingangsbereich ist es dunkel und kühl.

»Muss euch gleich was zeigen«, sagt er.

Ich ziehe mir die Schuhe aus. Damit das möglichst lange dauert, knie ich mich hin.

»Jetzt lass sie doch erst mal ankommen«, höre ich meine Tante.

Als ich aufblicke, steht sie direkt über mir, und ich sehe ihr von andauernden Diäten und Fastenkuren ausgemergeltes Gesicht. Seit ich denken kann, hat ihr Haar diese tiefschwarze Farbe, die im Licht rötlich schimmert. Heute trägt sie silberne Knopfohrringe, eine weiße Bluse, darüber eine Strickjacke. Sie greift an mir vorbei und nimmt meiner Mutter die Plastikbox ab.

»Ach«, sagt sie zu ihrer Schwester, »das wäre doch nicht nötig gewesen.«

Dann wirft sie einen Blick in die Runde: »Wer braucht Hausschuhe?«

»Ich habe mir meine«, meine Mutter greift in ihre Handtasche und hat ein paar mit Filz überzogene blaue Schlappen in der Hand.

Meine Tante sieht meinen Vater an.

»Ich«, beginnt mein Vater, aber meine Tante hat bereits mich fixiert.

»Und du, Vincent?«

Wir stehen immer noch dicht gedrängt.

»Ja«, sage ich.

»Kriegst du gleich«, sagt mein Onkel zu mir, und zu seiner Frau: »Jetzt lass sie doch erst mal ankommen.«

»Wie auch immer«, sagt sie, dreht auf der Stelle um und geht, die Box von sich weghaltend, in Richtung Küche.

Mein Onkel sieht meine Mutter an.

»Na ja«, sagt er gedehnt und deutet den Flur nach unten: »Aber das ist halt Männersache. Tut mir leid.«

Für einen Moment tut meine Mutter nichts, sieht ihrem Schwager nur ins Gesicht. Ich frage mich, was sie denkt. Dann schlüpft sie in ihre Schlappen und folgt ihrer Schwester.

Mein Onkel grinst meinen Vater und mich an: »Ihr werdet staunen.«

Er setzt sich in Bewegung, mein Vater und ich folgen ihm ins Innere des Hauses.

An einer Kommode bleibt er stehen, klappt ein Fach auf und reicht mir ein paar Schuhe heraus, die auf den ersten Blick wie gewöhnliche Hausschuhe aussehen. Spätestens wenn man hineingestiegen ist, stellt man dann aber fest, dass die Sohle aus Holz geschnitzt ist. Auf den Steinfliesen machen die Schritte helle Schläge.

MÄNNERSACHE

»Ich habe den Bahnhof fertig«, sagt mein Onkel, als wir den Hobbyraum betreten.

Auf der Spanplatte vor uns erstreckt sich eine Landschaft. An der Wand türmt sich ein Gebirge auf. Aus Löchern darin schlängeln sich Gleise in lang gezogenen Kurven durch einen grünen Landstrich. Auf Feldwegen pausieren Radfahrer. Hier und da stehen Bäume.

Direkt vor uns führen sechs Gleisspuren am Rand der Platte entlang. Mein Onkel streicht mit dem Finger über den Dachfirst des Bahnhofgebäudes.

»Gab's kein Set für«, sagt er. »Habe ich selbst. Mit Fotografien. Im Maßstab eins zu neunzig.«

Mein Vater nickt anerkennend und bückt sich, wohl um unter die Bedachung auf den Bahnsteigen zu sehen. Mein Blick wandert auf die Rückseite des Gebäudes, den Parkplatz. Drei Autos sind dort abgestellt. Eines parkt genau an der Stelle, wo eigentlich der Bauschuttcontainer steht.

»Habe mir überlegt auch noch den Neckar«, mein Onkel deutet ins Hinterland.

Mit der anderen Hand greift er unter die Spanplatte. Es klackt. Irgendwo in den Bergen rumort es, dann schiebt sich eine Lok aus einem der Tunnel und stampft, eine winzige Spur Dampf über sich herziehend, um die Hügel herum.

Auf einmal flammen in den Häuschen Lampen auf. Auch neben dem Bahnhofsgebäude, in das ich noch unbedingt hatte gehen wollen, nur wegen dieser bescheuerten Cola. Und während mein Onkel irgendwelche Sachen über die Stromkreise redet, steigt mir ein süßer und harziger Geruch in die Nase, der mir bekannt vorkommt.

WEGEN EINER COLA

Gerade eben hatte ich noch einen Laberflash gehabt und auf Ali eingeredet, dass ich solchen Durst hätte, dass ich nicht warten könnte, was weiß ich nicht alles. Und jetzt brachte ich kein Wort hervor.

Sie gingen rechts und links von uns, O voran, keine Jacke, nur eng anliegendes Ralph-Floret-Poloshirt und vor der Brust eine Bauchtasche. Wir folgten dem Bahngleis bis ans Ende, wo es einen Übergang zum Parkplatz hinter dem Bahnhofsgebäude gab. Weit und breit war kein Mensch zu sehen. O steuerte auf einen Bauschuttcontainer zu, in seinem Schatten blieben wir stehen.

Ich konnte das Metall im Rücken förmlich spüren, als O auf uns zu trat und zum hundertsten Mal sagte: »Du schuldest mir noch was.«

»Bruder«, versuchte es Ali, »übermorgen, okay? Das haben wir doch abgemacht«, fügte er hinzu und zog trotzdem seinen Geldbeutel aus der Hosentasche.

O nahm ihn. Und schlug zu.

Der erste Schlag ging in den Bauch, der zweite auch, dann ins

Gesicht, immer schneller. Irgendwann trat O in Alis Kniekehlen.

»Ich bin nicht dein Bruder.«

Er warf ihm den Geldbeutel vor die Nase in den Dreck.

»Zähl.«

Und Ali zählte, kniend, das monatelang angesammelte Kupfergeld.

Und ich, ich rührte mich nicht, blieb stumm, als O sich zu mir wandte: »Was ist, hilfst du deinem Freund nicht?«

Ich zuckte nicht, als ich die erste Faust in den Bauch bekam, spürte auch keinen Schmerz. Der Schmerz, der kam erst mit Verzögerung und war nicht schlimm. Es war die Angst. Während er vor mir stand, zwischen dem ersten und dem Schlag, der noch kommen würde, gleich, da war die Angst am größten.

Und als er dann kam, der Schlag, war ich fast erleichtert. Es ging weiter. Irgendwann würde es vorbei sein. Os Faust krachte gegen meine Schulter. Dann der dritte Schlag, der vierte, beide in den Bauch, ich krümmte mich zusammen.

In den Augenwinkeln bemerkte ich, wie sie aus dem Container eine Holzlatte zogen. Der kelb holte damit über Ali aus. Dann krachte das Holz auf seinen Rücken, Ali brach ein.

»Hilf ihm zählen.«

Ich ging auch auf die Knie, schob die Münzen zusammen.

Neben mir kam Ali langsam wieder hoch.

Wir sortierten die Münzen zu Häufchen, die jeweils einen Euro ergaben. Über uns zählten sie laut mit, wie viele Nuggetburger das schon waren.

Und plötzlich durften wir wieder aufstehen. Ich rappelte mich hoch und sah, dass O gerade eine Schere aus der Bauchtasche packte. Als zweites kramte er ein Sturmfeuerzeug hervor. Ich bekam einen trockenen Mund.

O nahm die Schere an den Klingen in die Hand, drückte

dann auf das Feuerzeug und hielt die Ösen für die Finger in die Flamme. Währenddessen sagte er: »Strafe muss sein.«

Und als ob Ali bereits wüsste, was geschehen würde, zog er seine Jacke aus und streckte O den Unterarm hin. Nach einer Weile steckte O das Feuerzeug weg und griff nach Alis Handgelenk. Dann drückte er die Ösen auf Alis Unterarm. Kurz zitterte er.

Nachdem O ihn losgelassen hatte, nahm Ali seine Jacke und schlüpfte hinein. Dann gingen wir.

oO

Mit einem Klacken schwingt das Pendel um.

Es hat schon in der Stube meines Opas geschwungen, an dem Kasten aus Kirschholz. Er hat sich jeden Mittag darunter aufs Sofa gelegt, um nach dem Essen, wie er sagte, zu gruben. Seit seinem Tod hängt die Wanduhr hier im Esszimmer. Der Stundenzeiger deutet auf eine verschnörkelte Zahl. In der Scheibe spiegelt sich der runde Tisch. Die fünf Teller, die darauf stehen, sind weiße Flecken. Der Hinterkopf meines Vaters verdeckt einen großen Teil. Ich sitze am Kachelofen, der im Sommer irgendwie kühl ist. Mein Onkel sitzt mir gegenüber, durch das Fenster in seinem Rücken blickt man in den Vorgarten.

»Und«, fragt er, »werden wir Weltmeister?«

Gestern Nachmittag hat nicht nur Deutschland gegen Ecuador gewonnen, sondern es haben sich auch England und Schweden unentschieden getrennt. Jetzt steht das deutsche Team genau so im Achtelfinale, wie es sich der Pfleger gewünscht hat.

»Wird schwer«, antwortet mein Vater.

Ich sage nichts und blicke auf den Teller vor mir. Der Rand ist in blassen Farben mit einem Fuchs bemalt, der einen Hasen jagt. Neben jedem Teller liegt eine Gabel. Als das Gespräch aus der Küche lauter wird, greife ich nach ihr.

Die Küchentür geht auf, und meine Tante kommt gefolgt von meiner Mutter herein. Sie stellt eine Platte mit Wurst in die Mitte des Tisches. Ich bin mir sicher, dass der Haufen Saitenwürste abgezählt ist und es für jede und jeden von uns genau zwei gibt, die zusammenhängen, ein Bärle. Daneben liegen Blutwurst, Leberwurst und ein runder Klotz, der irgendein Schinken aus der Dose sein muss. An seinem Rand klebt Gelatine.

Dann nimmt meine Tante meiner Mutter zwei Schüsseln aus der Hand. Die mit dem Sauerkraut dampft.

»Sind die selbst gemacht?«, fragt mein Vater und deutet auf die andere Schüssel.

»Ja, natürlich«, sagt meine Tante und stellt sie vor ihn. »Schupfnudeln kauft man nicht.«

Sie setzt sich und schaut mich an.

GELL

Die Leberwurst geht reihum, wir schaben uns alle ein wenig von der grauen Masse auf den Teller und schaufeln dann Sauerkraut darüber.

»Wildschwein?«, fragt mein Vater und deutet auf die Dosenwurst.

»Bisschen Reh ist auch drin«, sagt meine Tante und wendet sich an mich. »Von dir hört man ja Sachen.«

Ich beginne die angeschmolzene Leberwurst und das Sauerkraut zu vermengen.

»Sei froh, dass dein Opa nicht mehr lebt«, fährt sie fort.

Ich höre meine Mutter ausatmen.

Mein Onkel lacht auf und sagt: »Jetzt übertreibst du aber, Liebling.«

Ich spieße eine Schupfnudel auf, fahre mit ihr durch das Gemisch aus Kraut und Wurst und schiebe mir das Ganze in den Mund.

Während ich zu kauen beginne, versuche ich mich auf Tareks SMS zu konzentrieren.

»Was ist denn mit dem Tobias?«, fragt meine Tante. »Machst du denn nichts mehr mit dem?«

»Der hat die Schule gewechselt«, antwortet ihr meine Mutter.

Holst du mich ab?

»Das wäre doch auch was für dich, so ein Schulwechsel«, sagt meine Tante.

»Jetzt lass gut sein«, versucht es mein Onkel.

»Na, ist doch so«, blafft sie ihn an und fügt in die Runde hinzu: »Ist ja wirklich keine Gegend für eine Schule.«

Morgen!

Ich schlucke und sage: »Ich will bei meinen Freunden bleiben.«

Meine Tante greift nach ihrem Glas. Auf halbem Weg zum Mund hält sie inne und sagt: »Aber das sind doch keine Freunde. Freunde bringen einen nicht in Schwierigkeiten, außerdem sind das –«

Sie macht eine Pause. Mit erhobenem Glas sitzt sie da, den Blick wie nachdenklich in die Ferne gerichtet.

Ich sehe rasch zu meinem Vater, der sich gerade etwas Blutwurst auf den Teller drückt.

»Das sind doch alles«, meine Tante versucht es ein zweites Mal, aber spricht wieder nicht weiter und blickt stattdessen ihre Schwester an.

»Bitte hör auf«, sagt meine Mutter.

Meine Tante stellt das Glas auf den Tisch.

Meine Mutter will gerade noch etwas sagen, da ergreift mein Onkel das Wort: »Wisst ihr, ich kenne solche Jungs ja auch.«

Vergnügt sieht er meine Mutter an und bricht eine Saitenwurst entzwei.

»Wenn ich Touren nach Holland fahre, sitzen die bei mir
hinten drin. Letzte Reihe, jedes Mal, kleine Paschas, die keine
Minute Ruhe geben, Handymusik, Geschrei. Einmal hat einer
geglaubt, er könnte im Bus rauchen.«

Er schüttelt den Kopf und steckt sich ein Stück Wurst in den
Mund.

»Auf der Rückfahrt sind sie aber wie ausgewechselt. Warum
wohl?«, fragt er mit vollem Mund, kaut dabei und schluckt.

»Einmal ist da ein Junge so zugedröhnt gewesen, der hat nicht
einmal mehr gemerkt, dass ihm sein Rauschgift aus der Tasche
gefallen ist.«

»Sein Pech, dass wir kontrolliert worden sind«, fügt er hinzu.

Er deutet mit der restlichen Saitenwurst auf mich.

»So ziemlich dein Alter«, sagt er und sieht mich scharf an, als
hätte er denselben Verdacht geschöpft wie ich.

Mein Verdacht

»Der und sein Kumpel haben ernsthaft behauptet, es müsse von
mir sein«, gluckst mein Onkel.

»Lächerlich«, stößt meine Tante hervor.

»Was hat der sich gedacht? Dass ich sage, ja klar, ist meins.
Bitte schön, hier haben Sie meine Lizenz.«

»Ich muss mal«, sage ich und stehe auf.

Etwas Besseres fällt mir nicht ein. Und mir fällt auch nichts
Besseres ein, als tatsächlich Richtung Badezimmer zu gehen.

Ich höre, wie mein Onkel weiterredet. Davon, dass andauernd Leute irgendwo auf der Strecke aussteigen wollen. Und dass
er das manchmal sogar machen würde. Obwohl er auch damit
seine Lizenz riskiert.

Ausgerechnet er hat diesen beschissenen Bus fahren müssen, in dem Ali aus Amsterdam zurück gefahren ist, ausgerechnet mein beschissener Onkel?

Ich bleibe vor dem Badezimmer stehen. Eine Tür weiter fällt ein Lichtstreifen aus dem Hobbyraum.

Vorsichtig steige ich aus den Schuhen und nehme sie in die Hand. Aus dem Wohnzimmer ist mein Onkel zu hören. Jetzt erklärt er, wie lange er fahren darf, bis er Pause machen muss.

Die Tür schwingt geräuschlos auf. Vorhin habe ich dem Fenster keine große Beachtung geschenkt. Jetzt staune ich, wie groß es ist und welchen Ausblick es bietet: Wiesen mit Obstbäumen und dann der Waldrand, dahinter die Alb.

Ich sehe wieder auf die Platten mit der Modell-Landschaft. Im Vergleich kommt sie mir ziemlich karg vor.

Mein Onkel hat nicht nur den Scheißbus gelenkt, er ist dieser Scheißbusfahrer gewesen, der Ali überhaupt erst in die ganze Kacke reingeritten hat.

Ich kann es mir richtig gut vorstellen: Mein Onkel, der seine Fahrgäste liebt, wenn sie der Kirchenchor sind und in die Alpen wollen, der sie aber wie Scheiße behandelt, sobald er nach Tschechien fährt, nach Polen – oder eben nach Holland. Und mit einem Mal weiß ich, was ich gerochen habe, als wir vorhin hier gestanden haben.

Ich trete an die Platten und schnuppere in verschiedene Richtungen. Dann gehe ich an den Platten entlang. Als ich mir sicher bin, den Geruch wiedergefunden zu haben, beuge ich mich tiefer über die Bäumchen und Hügel. Jetzt rieche ich auch Lack, Klebstoff, Holz und Filz, am rechten Rand aber, wo ein paar Hügel am Fenster abbrechen, steigt es süß und harzig auf.

Zwischen den Hügeln stehen hier ein paar Fachwerkhäuschen. Eins soll wohl eine Mühle sein, an seiner Seite ist ein Mühlrad angebracht, allerdings fehlt ein Bach. Ich berühre die

Mühle mit dem Finger und bemerke, dass sie nicht festgeklebt ist. Vorsichtig greife ich das Dach.

Die Mühle lässt sich hochheben, und darunter liegt, auf dem grünen Filz, ein halb gerauchter Joint, eine Packung kurzer schwarzer OCB-Papers und ein Tütchen Gras.

Eine Sekunde verstreicht, in der ich einfach nur dastehe. In der einen Hand meine Holzschuhe, in der anderen Hand die Mühle.

Dann sehe ich, dass das noch nicht alles ist. Die Mühle steht exakt auf der Grenze zwischen zwei Platten. Man sieht es nicht gleich, weil der Filzteppich über den Spalt zwischen den beiden Platten hängt.

Ich stelle die Holzschuhe neben mich und fasse dann, ohne Gras, Joint und Papers zu berühren, in das Loch.

Der grüne Filz streicht über meinen Handrücken, es geht tiefer hinein, als ich gedacht habe. Die Wände sind aus Holz. Dann stoßen meine Finger auf etwas. Es fühlt sich kalt an, kalt und schmierig, und nach Stoff, nach etwas wie einem feuchten Lappen. Darunter ist etwas Hartes. Oder darin. Als wäre irgendetwas in einen Lappen eingewickelt. Mein Herzschlag beschleunigt.

Ich greife zu, und etwas, das in ein Geschirrhandtuch eingewickelt ist, kommt zum Vorschein. Der Geruch nach Benzin steigt auf. Vorsichtig schlage ich das Tuch auseinander.

In meinen Händen liegt eine Pistole.

Sie sieht aus wie die, die ich aus dem Fernseher kenne, schwarz und blank. Irgendwoher weiß ich aber, dass die hier älter ist. Meine Finger werden feucht. Als ich eine Hand wegnehme, um sie abzuwischen, beginnt die andere zu zittern.

Vorsichtig berühre ich den Lauf. Das Metall ist kalt. Ich fahre über die Noppen am Griff. Ganz unten ist ein Stück abgebrochen. Unterhalb des Laufes ist in ein doppelt geschwungenes Banner eingraviert, in dem *WALTHER* geschrieben steht. Und am Lauf sind sechs Zahlen eingraviert. Daneben ist etwas sehr klein in das Metall gefräst.

Bevor ich mir das genauer ansehen kann, sind Schritte auf dem Flur zu hören. Ich schlage das Tuch zusammen und stopfe die Waffe samt meiner Hände in die Bauchtasche meines Kapuzenpullovers. Dann stülpe ich die Mühle über Joint, Gras und Papers, wende mich zum Fenster, steige in die Schuhe und atme tief ein.

Meine Hände haben sich in der Bauchtasche getroffen. Beide halten die Waffe.

Ich höre jemanden eintreten.

»Schön, gell«, sagt mein Onkel.

Ich atme aus und drehe mich zu ihm um, mein Blick huscht über die Modell-Landschaft. Alles, als wäre nichts gewesen.

Ich nicke, dann drehe ich mich wieder zum Fenster.

Innerhalb von Sekunden sind meine Hände in der Bauchtasche eiskalt geworden.

Mein Onkel bleibt hinter mir stehen.

Ich glaube ein leises Geräusch zu hören. Ein feines Rascheln oder Klacken, als ob er ebenfalls die Mühle kurz angehoben, einen Blick auf den Joint geworfen hätte.

Dann tritt er neben mich, und wir sehen einige Augenblicke schweigend in den bewaldeten Anstieg.

DER MORGEN

Im Traum war alles hinter mir her. Hunde. Und Taschenlampen, die in die Büsche leuchteten. O führte eine Hundertschaft an, schwang als Zepter einen pinken Einwegrasierer. Dann rissen mich Sido und Massiv aus dem Schlaf.

Tarek rief an.

Bevor ich etwas sagen konnte, sagte er: »Du musst hochkommen. Mein Vater«, und legte wieder auf.

Es war kurz nach acht. Ali lag neben mir, sein Shirt war hochgerutscht, und ich betrachtete einige Sekunden seinen Nabel, der sich hob und senkte. Unter dem Bund seiner Boxershorts schaute ein wenig dunkler Flaum heraus.

Ich schloss die Augen und spürte das Blut gegen die Decke meines Hinterkopfes schlagen. Nach ein paar Sekunden hob ich die Decke vorsichtig an und rollte mich zur Seite. Ich stieg aus dem Bett und schlüpfte in die Hose. Die Wohnung war still, alle Türen geschlossen. Die Schuhe zog ich erst auf dem Hausgang an.

Während ich im Aufzug stand, versuchte ich den Geschmack im Mund loszuwerden. Ich bekam heftigen Durst. Gleichzeitig wurde mir schlecht. Im fünfzehnten Stockwerk entschied ich mich auf halbem Weg den Gang nach hinten zu Tareks Wohnung ins Treppenhaus zu gehen. Er lag im Freien, war zwar überdacht, der Wind pfiff aber. Ich atmete einige Male tief durch und starrte auf den unverputzten Beton, der hier und da kleine Löcher besaß, Luftbläschen, die im Stein erstarrt waren. Dann trat ich zurück auf den Hausgang.

Tarek öffnete mir die Tür, machte direkt kehrt und verschwand im Wohnungsinneren. Ich trat ein. Es roch nach Kaffee. Aus der Küche kam Tareks Vater, die DVD und zwei Tischtennisschläger in der Hand. Eigentlich sah er aus wie immer morgens nach der Nachtschicht.

»Ich habe in meinem ganzen Leben noch nie jemanden verraten, wallah billah«, sagte er und wedelte mit der DVD. »Das werde ich auch jetzt nicht tun, aber ich erwarte, dass du deinen Eltern davon erzählst.«

Ich nickte, er steckte die DVD weg.

»Jetzt geht mir aus den Augen.«

Und zack
Hockten wir vor der Oase

Und Ali sagte zum hundertsten Mal: »Ich schwöre, da war Polizei.«

Wir hatten ihn abgeholt, er war wieder der Alte, was vor allem hieß, dass Tarek genervt von ihm war.

»Alter«, sagte er. »Kannst du mal aufhören mit deiner Scheißpolizei. Es ist ein Wunder, dass mein Vater mich rausgelassen heute.«

»Aber es war voll krass«, sagte Ali. »Da waren bestimmt zehn Cops.«

»So war er noch nie«, fuhr Tarek fort und sah mich an. »Und ich wette, es ist wegen dir.«

Er schob die Tischtennisschläger weiter in die Mitte des Bistrotisches.

»Weil du Deutscher bist. Er denkt immer, ich schwöre, immer gleich an die Behörde und was da dann das nächste Mal los sein wird. Aber weil heute Nacht du dabei gewesen bist, denkt er, dass es alles nur halb so schlimm gewesen sein kann. Wenn ich mit dem Schwachkopf da zusammen gewesen wäre«, er deutete auf Ali, »er hätte uns geköpft.«

»Hier wird niemand geköpft«, sagte Omar, der aus seinem Laden trat und uns jeweils einen Tee hinstellte.

Während wir nach den Gläsern griffen, strahlte er uns an.

»Jungs, wisst ihr, wie man diese Gläser in der Türkei nennt?«, fragte er und fuhr den Doppelschwung nach. Wir sahen ihn alle an.

»Çay Lo«, sagte er.

Es dauerte einen Moment, dann brachen Tarek und Ali in Gelächter aus. Ich nippte an meinem Tee und war mir nicht sicher, ob ich mitlachen sollte. Es gab Witze, die ich nicht verstand. Und es gab Witze, die ich nicht verstehen konnte. Hier wusste ich jetzt nicht, worüber sie lachten, keiner von den dreien war Türke – mein Blick rutschte meine Beine hinab, und das Logo meiner Schuhe leuchtete zu mir herauf. Es kam mir auf einmal vor wie ein Zeichen dafür, dass ich von nichts eine Ahnung hatte.

Wie hatte es Tarek vor einer halben Ewigkeit genannt? Eine Metapher?

»Ich schwöre«, sagte Ali plötzlich wieder todernst, »da war richtig viel Polizei.«

Tarek verdrehte die Augen, und ich sah zu Omar, der auf dem Weg zurück ins Ladeninnere war. Durch die Scheibe konnte ich verfolgen, wie er unter die Theke griff, einen Klumpen Teig hervorholte und ihn vor sich auf die Arbeitsfläche warf. Er drückte die Fingerkuppen in den Klumpen, drehte ihn dabei, schleuderte die Teigscheibe in die Luft, fing sie mit beiden Händen auf, zog sie in die Länge und klatschte sie dann auf die Arbeitsfläche.

Und plötzlich wurde mir klar, wie viel weniger meine Eltern von alldem wussten, und ich dachte daran, wie ich in ein paar Stunden mit ihnen im Auto sitzen und an den Bodensee fahren würde. Heute Abend würden wir essen gehen, wahrscheinlich italienisch. Ich würde in einem Hotel schlafen und morgen über die Insel Mainau latschen. Meine Mutter würde in den Dahliengarten wollen, mein Vater in die Zitrussammlung. Dann würden wir noch ins Schmetterlingshaus gehen, mir zuliebe, weil wir das immer so taten.

Neue Sneaker

Und zwar weiße Nikes mit dem Logo eines Rappers an Ferse und Zunge, den Tarek, Ali und ich zwar nicht hörten, dessen Logo aber aussah wie ein arabisches Schriftzeichen – und das gefiel mir.

»Was steht da?«, fragte meine Mutter, bevor sie ihr Okay zu den Schuhen gab.

»Das ist nur der Name des Rappers«, sagte ich und sah zu dem Verkäufer.

Der nickte: »Azad. Die Schuhe sind was Besonderes.«

»Mir ist immer noch schleierhaft, weshalb du schon wieder neue Schuhe brauchst«, murmelte meine Mutter, und ich warf ihr einen Blick zu, der sie daran erinnerte, unter welcher Abmachung sie mit in den Snipes gedurft hatte.

Am nächsten Morgen, als wir rauchend vor dem Hallenbad standen, baute sich einer der Älteren vor mir auf und fragte: »Neue Schuhe?«

Ich guckte an mir hinunter und sah meine Schuhe an, als ob ich sie noch nie gesehen hätte. Gleich würde ich sie ausziehen müssen.

»Du trägst Schuhe von einem Kurden«, sagte er – und auf

einmal lag seine Hand auf meiner Schulter. »Du unterstützt den Richtigen.«

Dann holte er seine Zigaretten heraus und bestand darauf, dass ich eine von ihm nahm.

LIVE MY LIFE
LIVE MY LIFE*

»Vince, war da Polizei?«, fragte Tarek.

Ich schüttelte den Kopf.

Ali wollte etwas sagen. In dem Moment aber kam Omar aus dem Laden und stellte eine dampfende Pizza zwischen uns.

»Ich will mit Soße«, sagte Tarek und drehte den Teller.

Er rückte ein Stück heraus und klappte die Spitze ein. Dann sagte er: »Das ist alles deine Paranoia, weil du andauernd klauen gehst.«

»Dieser Junge«, wandte er sich an Omar, »hat es übertrieben, wallah, bei jedem Scheißladendetektiv hängt ein Foto von ihm.«

Omar hatte sich an die Wand gelehnt und zündete sich jetzt eine Zigarette an. Ich nahm mir ebenfalls ein Stück Pizza. Ein paar Kebab-Scheiben rutschten runter. Ich legte sie auf die Schnitte zurück. Ali bewegte sich nicht, er sah einfach nur Tarek an.

»Aber das sind auch alles Nazis, ich schwöre«, fuhr dieser fort. »Letzte Woche sind wir im Galeria Kaufhof gewesen, gleich der am Bahnhof, und nach nicht mal fünf Minuten hängt uns so ein Typ am Arsch. Egal, wo wir sind, er steht keine zehn Meter von uns entfernt und tut so, als ob er sich irgendwas anschaut, checkt aber gar nicht, wo genau er da steht.«

Tarek legte das angebissene Stück hin und wischte sich die Hände an der Hose ab. Dann griff er in die Tasche, zog sein Handy hervor und legte es auf den Tisch.

»Vor einer Wand mit Bikinis.«

Omar schmunzelte und aschte ab.

»Ihr hättet einfach zu ihm gehen sollen«, sagte er.

»Das wäre nicht gut ausgegangen«, sagte Tarek.

Und ich dachte daran, wie wir mit Alis Mutter in Stuttgart gewesen waren. Einmal im Monat hieß es für Ali und Sami nämlich: Museum.

SONST KEINE PLAYSI

Wir trotteten ihr hinterher. Manchmal blieb sie stehen und erklärte uns etwas. Warum jemand die Hand hob. Warum jemand in einen Baum verwandelt worden war. Bei einem Bild entdeckten wir im Hintergrund eine brennende Giraffe und versuchten ein Foto für Tarek zu machen, aber irgendwie spiegelte die Scheibe, hinter der das Bild hing. Und dann drehte sich Alis Mutter plötzlich um und ging mit schnellen Schritten auf einen Mann zu, der fürs Museum arbeitete.

»Wieso gehen Sie uns hinterher?«, fragte sie.

»Wie bitte?«, sagte der Mann.

»Sie gehen uns hinterher.«

»Ich mache die Aufsicht.«

»Aber Sie gehen nur uns hinterher. Seit dem Florentiner Barock gehen Sie uns hinterher. Allen anderen hier geht niemand hinterher.«

»Ich mache meinen Job.«

Alis Mutter sah ihn einige Sekunden an und sagte dann: »Machen Sie das.« Dann drehte sie sich um, und wir gingen weiter.

»Warum hast du nicht noch was gesagt?«, fragte Sami sie, als wir im nächsten Saal waren.

Ich kaute und kämpfte gegen die Schärfe an, die mir in die Nase stieg. Ali hatte sich noch immer kein Stück genommen. Als Tareks Handy zu vibrieren begann, zuckte er zusammen. Bei jeder Vibration leuchtete der Name auf.

Tarek stand auf und ging ein paar Schritte weg. Ali schob den Teller etwas von sich. Mein Rachen brannte. Wir hörten Tarek, wie er »Ja« und »Okay« sagte. Ali begann, an seinen Fingernägeln herumzupulen. Omar fragte ihn etwas, bei dem ich nicht sicher war, was es bedeutete. Ali schüttelte nur den Kopf und sah auf sein leeres Teeglas. Omar fuhr sich mit der Zunge über die Oberlippe, dann warf er die Zigarette in den Aschenbecher und trat wieder in den Laden.

Vom Parkplatz her war Geschrei zu hören.

Dann stand Tarek wieder am Tisch.

Während er sich setzte, sagte er zu Ali: »Du sollst übers Hallenbad kommen. Tiefgarage.«

»Alter, was sagst du ihm denn, dass ich bei dir bin, du Idiot.«

Tarek stand breitbeinig da, an seinen Unterarmen traten die Adern hervor.

»Soll ich etwa lügen?«

Ali schwieg, blickte in Richtung Hallenbad.

Nach einigen Sekunden stand er auf, warf mir einen Blick zu und drehte sich um.

»Tschüss sagen kannst du nicht, oder was?«, rief Tarek.

Aber Ali ging einfach weiter.

»He«, rief Tarek noch einmal. »Und wer kann jetzt mal wieder die Pizza bezahlen?«

DIE PISTOLE

Als es endlich vorbei ist, kann ich nicht wirklich sagen, wie ich den Abend bei meinem Onkel überstanden habe, den Streuselkuchen und dann die Rückfahrt, die Nacht, den Vormittag in der Schule mit einer Doppelstunde Chemie, den Heimweg, während dem ich Zigaretten geholt habe, und das Mittagessen mit meiner Mutter. Mir ist, als hätte ich von außen zugeschaut und mich immer wieder daran erinnert, dass ich Tarek sehen würde, morgen schon, nach dem Schlafen, heute Nachmittag, nachher, gleich.

Während ich jetzt meiner Mutter zum Auto folge, halte ich die Spielebox fest in beiden Händen und drücke dabei den Deckel auf die Schachtel. *Siedler von Catan*, aber nicht das Grundspiel, sondern die Seefahrer-Erweiterung. Bei jedem Schritt spüre ich die Packung Zigaretten, die ich in den Hosenbund gesteckt habe.

»Willst du das Spiel nicht nach hinten stellen?«, fragt meine Mutter, als ich umständlich die Beifahrertür öffne. Ich versuche abzuwinken, ohne dabei den Deckel loszulassen, und in dem Moment verrutscht die Packung. Ich setze mich, und sie fällt ins Hosenbein.

Während meine Mutter ausparkt, sitze ich einfach nur da, halte mich an der Spielebox fest und starre den Strauß auf dem Armaturenbrett an, den sie für Ali besorgt hat. Es ist ein kleiner Strauß. Die Blüten sind von einem satten Rot und an den Spitzen rosa. Mir wird klar, dass sie extra zu einer Gärtnerei gefahren ist.

Ich hebe ganz vorsichtig den Fuß an und schiele nach unten. Meine in die Socken gestopfte Baggyhose sieht zwar wie immer ein bisschen komisch aus, die Packung zeichnet sich aber nicht ab. Dafür spüre ich sie – oder spüre mein Bein, irgendwie fühlt es sich an, als ob kein Blut mehr drin wäre.

So muss es sein, wenn man eine Fußfessel trägt, denke ich und stelle mir vor, wie das wäre, eine echte Fußfessel zu tragen: Ich sitze im Auto, irgendjemand fährt mich irgendwohin, weil es irgendetwas zu regeln gibt. Ich werde gefahren, weil ich eben nicht irgendjemand bin. Ich treffe meinen alten Freund Tarek. Der ist genauso wenig irgendjemand. Ich stelle mir vor, wie ich einen Stapel Scheine aus der Jogginghose ziehe, fünftausend Euro in Fünfzigern, mit einem Gummiband zusammengebunden. Ich werfe ihm das Geld zu. Er steckt es ein, als ob nichts dabei wäre. Wahrscheinlich trägt er auch eine Fußfessel. Ich sehe es vor mir, wie wir müde sind von dem ganzen Gangster-Scheiß, wie wir alles schon erlebt haben. Dann reißt mich meine Mutter aus den Gedanken.

»Dialog und Prävention reichen nicht immer«, sagt sie. »Manchmal ist auch Repression angesagt.«

»Lass mich raten, das ist von Boris«, sage ich nur.

Sie sage nichts.

»Und was heißt es auf Deutsch?«, frage ich.

»Dass man manchmal auch hart durchgreifen muss«, sagt sie. »Gerade bei jungen und verwahrlosten Männern mit, na ja, muslimischem Glauben.«

»Ali ist kein Muslim«, sage ich.

»Ich rede nicht von Ali.«

»Sondern?«

»Deine Freunde sind auffällige Jugendliche.«

»Und ich? Bin ich auch ein auffälliger Jugendlicher?«

»Vincent, sei nicht albern.«

»Ich glaube, dein Boris ist ein bisschen rassistisch«, sage ich.

»Das ist nicht rassistisch«, sagt meine Mutter, »das sind Statistiken.«

Sie setzt den Blinker rechts und fädelt sich auf der Spur ein, auf der man zu den Kliniken abbiegt.

»Oh«, sage ich und versuche überrascht zu klingen, »ich dachte, du fährst mich in die Nordstadt.«

»Warum das denn?«, fragt meine Mutter und lässt das Auto um die Kurve rollen.

»Hallo?«, frage ich, als ob meine Mutter bescheuert wäre. »Tarek und ich gehen zusammen.«

»Von Tarek hast du nichts gesagt.«

»Dass haben wir gestern Mittag ausgemacht.«

»Haben wir nicht.«

»Gestern Mittag habe ich mit Tarek ausgemacht, dass ich ihn heute Mittag abhole.«

Meine Mutter sagt nichts.

»Mensch, Mama. Was glaubst du, warum ich *Siedler* mitnehme, das macht zu zweit gar keinen Spaß.«

Abrupt steigt sie auf die Bremse und reißt das Lenkrad herum.

DAS WAR SO NICHT ABGEMACHT

Sie hält vor dem überdachten Eingangsbereich, und während sie die rechte Hand auf dem Schaltknüppel und die linke am Lenkrad lässt, mustert sie die Wand voller Briefkästen. Ich löse den Gurt und nehme den Strauß vom Armaturenbrett.

»Also dann«, sage ich.

Es sind die ersten Worte, die fallen, seit sie fluchend gewendet hat. Ich klemme den Strauß zwischen Daumen und Deckel der Spielebox. Dann öffne ich mit der freien Hand die Tür.

»Bis später«, sagt sie.

Und ich steige aus, vorsichtig, setze erst einen Fuß auf den Asphalt, dann den anderen. Ich mache einen Schritt und ziehe das Bein mit der Packung Zigaretten nach. Dann bleibe ich stehen. Irgendwie rechne ich damit, dass in meinem Rücken das Autofenster runtergeht. Als ich mich umdrehe, spiegelt sich in der Scheibe der Block und der Himmel. Ich mache eine nickende Bewegung mit dem Kopf, sie kann ruhig fahren. Der SUV rollt an, und zack, stehe ich vor einem Meer aus Klingeln.

Es gibt drei Farben, je nachdem, in welchem Teil des Hochhauses man wohnt. Tareks Klingel ist blau, die von Ali rot. Einen Moment lang überlege ich, ob ich nicht besser dort klingeln sollte. Ich kann Sami richtig vor mir sehen, wie er auf dem Sofa kniet und zockt und muss plötzlich daran denken, wie seine Mutter neben uns saß. Wie wir abwechselnd Rennen gegeneinander gefahren sind, und sie uns erzählte, dass es ihr Traum sei, irgendwann ein Haus außerhalb der Stadt zu haben, vielleicht auf der Schwäbischen Alb.

»Aber bis das möglich wird, ist es noch ein weiter Weg«, sagte sie, und ich wusste nicht, was sie damit meinte.

Ich hatte nur meinen Onkel im Ohr, der immer wieder erzählte, wie einem dort oben die Grundstücke geradezu nachgeworfen würden. Dass manche kleine Ortschaften schrumpfen würden.

Er sagte immer: »Da oben ist es wie im Osten.«

Keine Ahnung, warum ich da jetzt gerade dran denken muss. Ich wische die Erinnerung beiseite und drücke auf Tareks Klingel. Während ich warte, klemme ich den Strauß unter den Arm. Nach einigen Sekunden meldet sich eine Frauenstimme, und wie immer bin ich mir nicht sicher, ob es Tahira oder ihre Mutter ist.

»Hier ist Vincent«, sage ich.

Und schon summt es.

Alle drei Aufzüge sind unten. Ich trete in eine Kabine und warte, bis die Türen zuklappen. Dann gehe ich in die Hocke, lege Strauß und Spielebox in die Ecke und hole die Zigaretten aus dem Hosenbein. Als ich die Packung in die Hosentasche stecke, stoßen meine Finger auf das Feuerzeug. Ich drücke auf die Fünfzehn und halte das Feuer dann unter die milchige Plastikverkleidung der Aufzugsbeleuchtung. Nur der blaue Teil der Flamme schmelzt Plastik. Die orangefarbene Spitze hinterlässt eine schwarze Rußschicht. Ich male ein A und ein L. Weiter komme ich nicht, der Aufzug hält, und die Kuppe meines Daumens ist rot.

AL

Ich habe kaum geklopft, da öffnet Tarek die Tür. Er trägt ein weites Shirt, keine Socken. Seine Augen sehen gerötet und verquollen aus. Während er mir entgegentritt, rutscht seine Hand an der Klinke ab.

Ein letztes Mal schießt mir durch den Kopf, wie er gleich »wegen dir ist das alles passiert« schreien wird, »wegen dir liegt Ali im Krankenhaus, verpiss dich« und dann die Tür zuschlagen wird.

Dann umarmt er mich.

Seine Oberarme drücken gegen meine Schulterblätter. Ich rieche sein Deo und plötzlich verstehe ich, dass er sich die ganze Zeit genau die gleichen Sachen gedacht hat. Auch er hat Ali im Stich gelassen.

»Warte kurz«, sagt er, lässt los und verschwindet im hinteren Teil der Wohnung.

Aus der Küche tritt Tahira. Sie trägt keine Socken, nur Jeans, in die sie ein weißes Shirt gestopft hat. In der Hand hat sie ein belegtes Brot.

»Wie geht's ihm?«, fragt sie, beißt in ihr Brot und sagt kauend: »Ich bin immer noch voll geschockt.«

Ich stehe da, mit einem Gesellschaftsspiel unterm Arm und kriege kein Wort heraus.

»Äh, gut«, stottere ich los, »also, nein, natürlich nicht gut.«

Was für eine bescheuerte Antwort. Wie geht's ihm. Gut.

»Also, er ist wieder aufgewacht«, füge ich hinzu. »Und wir fahren jetzt zu ihm.«

Tahira nickt.

»Sagt ihm gute Besserung«, sagt sie, und im selben Moment taucht Tarek wieder auf, schiebt mich über die Türschwelle und flüstert dabei mit aufgerissenen Augen: »Bruder, hast du Zigaretten?«

Ich nicke.

Er ruft etwas in die Wohnung und zieht die Tür zu.

»Lass kurz ins Treppenhaus«, sagt er zu mir

WEIL ICH SCHWÖRE
ICH STERBE GLEICH

Wir gehen einen Halbstock rauf und setzen uns so auf die Stufen, dass wir über die Siedlung sehen können. Den Strauß und die Spielebox lege ich neben mich, dann hole ich die Zigaretten aus der Tasche. »Eigentlich wollte ich Marlboro besorgen«, sage ich.

Tarek fingert aber bereits an der durchsichtigen Folie herum, spuckt aus, klappt die Packung auf, zupft das silberne Papier von den Zigaretten, nimmt zwei heraus, steckt sich eine hinters Ohr und zündet die andere an. Er spuckt noch mal und gibt mir die Packung zurück. Ich nehme mir auch eine und puste gegen den Filter der Zigarette.

»Wie war es bei dir mit der Polizei?«, frage ich.

Tarek zieht, stößt ein bisschen Rauch aus und zieht gleich wieder. Nach drei Zügen sieht er die Spitze der Zigarette an.

»Ach, hat einfach ewig gedauert«, sagt er und nimmt einen vierten Zug. »Du weißt doch, wie das bei uns ist.«

Ich sehe ihm an, dass er nicht darüber reden will, und sage deshalb nichts.

»Wie war's bei dir?«, fragt er schließlich.

»Na ja«, sage ich, »ich habe halt zu Hause angerufen, und meine Mutter hat mich abgeholt.«

»Und davor?«

»Wie davor?«

»Na, haben sie keine Fotos gemacht?«

»Was denn für Fotos?«

»Erkennungsdienstliche Behandlung, oder wie das heißt.«

Ich schüttele den Kopf.

Tarek zieht die Augenbrauen hoch, erwidert aber nichts. Dann nickt er zu der Spielebox.

»Und jetzt bist du ein richtiges Opfer geworden?«, fragt er.

Ich lege die Zigarette weg, hebe den Deckel von der Schachtel und reiche sie ihm.

Es verstreichen ein paar Sekunden.

Dann fragt er: »Wo hast du die her?«

»Bei meinem Onkel gefunden.«

Meine Stimme bebt. Irgendwie ist das alles nicht so, wie ich es mir vorgestellt habe. Tarek fährt mit dem Daumen über den Hebel am hinteren Ende des Laufs, von dem ich glaube, dass es sich dabei um die Sicherung handelt.

»Ich glaube, die ist aus dem Zweiten Weltkrieg«, füge ich hinzu.

»Wieso?«

»Da, an der Seite, neben den Zahlen.«

Mit spitzen Fingern nimmt Tarek die Waffe aus der Schachtel

und sieht sich den Lauf an. Dort ist ein Vogel mit ausgebreiteten Flügeln eingraviert. Wo seine Krallen sein müssten, ist ein Kreis mit einem Hakenkreuz.

Tarek zischt etwas, das sich nach einem Fluch anhört.

»Ich glaube, die ist von meinem Opa«, sage ich. »Der war bei der SS.«

»Echt jetzt?«, sagt Tarek und sieht mich an.

Ich nicke.

»Nach dem Krieg hat er sich selbst den Arm weggeballert.«

»Alter, laber doch kein Scheiß.«

»Doch, der hatte da so eine Tätowierung.«

»Kranke Scheiße.«

»Nur die Blutgruppe, aber das war, na ja, so eine Art Zeichen.«

»Krass«, sagt Tarek und streicht mit dem Finger über die Stelle, wo etwas am Griff abgebrochen ist. »Und woher weißt du das alles?«

»Hat mir mein Onkel erzählt«, sage ich, und eigentlich müsste ich Tarek jetzt erzählen, was ich über meinen Onkel weiß. Ich öffne langsam den Mund.

Da fragt Tarek: »Und was machen wir jetzt?«

»Wie meinst du?«

»Na ja«, sagt Tarek gedehnt, er wiegt die Waffe in der Hand.

»Wir können auf jeden Fall niemanden erschießen«, sage ich viel zu schnell.

»Alter, was redest du«, Tarek sieht mich an. »Wen denn erschießen?«

Ich schlucke.

»Keine Ahnung, ich dachte«, stammle ich, »ich dachte du, du denkst an O.«

»O?«

»Er ist doch irgendwie schuld an allem.«

Tarek sagt nichts, sondern starrt nur weiter die Pistole an.

»Ja«, sagt er dann. »Aber der kelb hat halt ein paar hundert Euro zahlen müssen und sich das Geld bei ihm geliehen.«

Er nimmt den Blick nicht von der Waffe.

»Wenn Ali bezahlt hat«, fährt er fort, »dann hat O auch kein Problem mehr mit ihm.«

Ich öffne den Mund. Dann schließe ich ihn wieder. Als Brüder müssten wir doch zu Ali halten.

Plötzlich steht Tarek auf. Seine Finger schließen sich um den Griff der Waffe, und er streckt den Arm aus.

»Alter, nicht so auffällig!«, rufe ich.

Er schwenkt den ausgestreckten Arm, und ich sehe, wie er das eine Auge zugekniffen hat und einem Vogel folgt.

»Ist sie geladen?«, fragt er.

»Keine Ahnung«, sage ich.

Und in dem Moment macht es einen Knall. Tareks Arm wird in die Höhe gerissen. Für den Bruchteil einer Sekunde hört alles auf. Ich bin tot, denke ich, der Schuss ist nach hinten losgegangen, das war's. Dann folgt ein dumpfes Dröhnen. Es wird von den umliegenden Blocks zurückgeworfen und lässt den Beton beben.

»Voll krass!«, ruft Tarek und klingt, als wäre er weit weg.

Ich entdecke den Vogel, wie er genauso weiterfliegt, wie er gerade geflogen ist, und bemerke gleichzeitig, dass ich es bin, der zittert.

»Alter«, flüstere ich, dann versagt mir die Stimme.

Alles schmeckt nach Eisen, Stein und Schwefel.

DIE NARBE

Wenn ich mit dem Finger über meine Wange fuhr, spürte ich das vernarbte Gewebe. Im Licht glänzte es.

»Da wächst bestimmt mal dein Bart drüber«, sagte meine Mutter.

»Die lassen wir korrigieren«, sagte mein Vater.

Ich zuckte die Achseln, ich hatte mit meinem Gesicht etwas ganz anderes vor: Während meine Eltern noch aßen, stand ich auf und ging aus dem Wohnbereich. Als ich an der Garderobe vorbeikam, griff ich zwischen die Jacken und zog aus der Handtasche meiner Mutter die Geldbörse. Damit schlüpfte ich ins Klo und verriegelte die Tür.

Erst hatte ich nur einen der beiden Zehner in der Hand, dann dachte ich, wenn schon, denn schon, und steckte beide in die Hosentasche. Weil kein Mensch so schnell pinkelte, setzte ich mich auf den geschlossenen Klodeckel und starrte den Text an, der über dem Waschbecken hing. Ganz unten stand, dass er im Jahr 1692 gefunden worden war. In Wahrheit, das wusste ich seit meiner GFS, war er die Erfindung eines amerikanischen Rechtsanwalts von 1920 oder so.

Ich spülte und spähte aus dem Klo, steckte die Geldbörse zurück und rief: »Ich bin dann jetzt in der Stadt.«

Das in den Spülkasten nachfließende Wasser übertönte, was meine Mutter zurückrief.

You are a child of the universe
No less than the trees and the stars
*You have a right to be here**

Die zwanzig Euro reichten gerade so. Ich ließ die Tube sofort in der Jackentasche verschwinden und zerknüllte in der anderen Hand die Quittung. Bei den Schiebetüren warf ich sie in einen Mülleimer. Am Ende würde noch alles auffliegen, wenn meine Mutter vor dem Waschen meine Hose durchsah. Lieber entsorgte ich alles, was mich noch mit ihren zwei Zehnern in Verbindung bringen konnte. Überhaupt sollte niemand jemals erfahren, was ich hier tat. Das nahm ich mir fest vor.

Ich behielt die Tube in der Jackentasche in der Hand und schlenderte die Gasse Richtung Brücke hinunter. Plötzlich musste ich daran denken, was letzte Woche nicht weit von hier, am Bahnhof, geschehen war. Tagelang hatte ich mir jeden Gedanken an den Abend verboten, an dem Ali und ich total stoned noch eine Cola hatten kaufen wollen. Wenn ein Bild in mir aufstieg, der am Bauschuttcontainer abblätternde Lack, oder wie die Holzlatte auf Alis Rücken krachte, dann hatte ich mir schnell irgendetwas anderes vorgestellt, wie Tarek und ich zum Beispiel zusammen Geburtstag feiern würden. Und das hatte funktioniert.

Inzwischen hatte ich tagelang nicht mehr an jenen Abend gedacht, und ich verstand nicht, warum es mir ausgerechnet in diesem Moment wieder einfiel. Es schien doch die Sonne. Die Brücke war voller gut gelaunter Leute, sie saßen auf dem Mäuerchen und leckten Eis. Jemand goss die Blumen, die an den Laternen hingen. Aus einem vorbeifahrenden Auto dröhnte *Hips don't Lie* von Shakira. Und ich – ich ging hier einfach nur so. Niemand kannte mich. Der Nordring war weit entfernt, niemand wusste, was ich in meiner Tasche hatte.

Als in meinem Rücken jähes Martinshorn einsetzte, fuhr ich

herum und sah zwei Feuerwehrautos die Straße kreuzen. Langsam ging ich weiter und bog in die Passage, die Richtung Bahnhof führte – und da kamen sie mir entgegen.

Sie waren zu dritt.

Zwei trugen Lederjacken, einer eine Jeansjacke.

Mein Blick huschte über ihre Gesichter, und dann spürte ich, wie der, der außen ging, mich ansah. Den Bruchteil einer Sekunde später erkannte ich ihn. Eine Dosis Adrenalin schoss mir durch den Kopf. Und ich rannte.

> *OH, BABY, WHEN YOU TALK LIKE THAT*
> *YOU MAKE A WOMAN GO MAD*
> *SO BE WISE AND KEEP ON*
> *READING THE SIGNS OF MY BODY**

Die Kloschüssel war verschmiert. Ich stand in einer Pfütze, hielt den Atem an und lauschte. Gleich würde er reinkommen. Er würde an die Tür hämmern, »Komm raus« rufen.

Als ich es nicht mehr aushielt, wagte ich einen leisen Atemzug. Dann noch einen.

Und nichts geschah. Niemand riss die Tür zur Bahnhofstoilette auf, keine Schritte kamen auf meine Kabine zu.

Erst jetzt wagte ich es, die Hand aus der Jackentasche zu nehmen. Meine Finger hatten sich um die Tube gekrallt. Ich löste sie und las, was ich im Drogeriemarkt nur überflogen hatte. Ich las es noch einmal. Mit jedem Atemzug wurde ich ruhiger, und allmählich nahm ich auf, was da eigentlich stand: Man konnte das Konzentrat in die tägliche Gesichtspflege mischen. Dann sollte man wie gewohnt verfahren. Die Augenpartie aussparen. Einige Minuten einziehen lassen. Und schon durfte man sich im ganzen Jahr von Sommer geküsst fühlen.

Was aus der Öffnung quoll, war braun und roch ein wenig

wie Sonnenmilch. Ich drückte mir einen Streifen auf die Unterarme, und während ich ihn verrieb, musste ich daran denken, wie meine Mutter immer zu mir sagte: »Vergiss nicht die Ohrläppchen, Vincent.«

Deshalb tupfte ich mir als Nächstes jeweils einen Tropfen der Creme an die Ohren und ließ auch die Ohrmuschel nicht aus. Dann machte ich an den Schläfen weiter und arbeitete mich auf die Wangen vor. Kurz zögerte ich, als meine Finger die Narbe berührten. Dann aber quetschte ich kurz entschlossen so viel von der Creme aus der Tube, wie nur ging. Ich presste die Lippen aufeinander und kniff die Augen zusammen und schmierte mir alles ins Gesicht. Dann strich ich meine Hände am Hals ab und verteilte die Reste, die zwischen den Fingern klebten, im Nacken.

Ich tastete nach dem Klopapier, wickelte ein paar Streifen ab und wollte mir gerade die Creme aus den Wimpern wischen, als jemand eintrat.

Mitten in der Bewegung erstarrte ich. Nur die Augen öffnete ich.

Schritte kamen näher.

In meinen Augen begann es zu brennen.

Wer auch immer in die Bahnhofstoilette gekommen war, nahm die Kabine neben meiner und begann zu pfeifen. Ich hörte, wie er sich setzte. Während sich dann der Geruch von Kacke ausbreitete, trat mir eine einzelne Träne aus dem Augenwinkel und rann über die Wange. Es fühlte sich seltsam an. Als würde jemand mit einem eiskalten Finger durch mein Gesicht fahren, in Zeitlupe. Der Rest meines Gesichts glühte.

Ich hörte, wie er sich abwischte. Er riss ein paarmal frisches Klopapier ab, es raschelte, er stand auf. Unter der Trennwand fiel sein Schatten auf die Fliesen vor mir. Ich hörte ihn spucken – und dann sah ich nur noch dem Schatten bei seinen ruckartigen Bewegungen zu und stellte mir ein Becken aus kaltem Wasser vor, in das ich mein Gesicht tauchen würde. Stellte mir vor, verschwunden zu sein, aufgelöst.

Da begann mein Telefon zu vibrieren.

Mein Herzschlag setzte aus. Für einen kurzen Augenblick war es völlig still. Ich spürte, wie auch der Mann in der Kabine neben mir die Luft anhielt. Dann war wieder das Brummen aus meiner Hosentasche zu hören, ich ließ die Tube in die Kloschüssel plumpsen, wischte meine Hand an der Hose ab und ging ans Handy.

»Was war das für eine krass dumme Aktion?«, fragte Tarek.

Ich antwortete nicht.

»Vince, ich schwöre, warum bist du weggerannt?«

»Ich war«, flüsterte ich, »ich meine, ich bin in der Altstadt gewesen, da –«

»Da?«

»Da ist er doch sonst nie«, vollendete ich den Satz.

»Ist doch scheißegal, wo ihr wart.«

»Ich habe geglaubt, er erkennt mich nicht.«

»Aber du hast zwei Meter vor ihm gestanden.«

Ich sagte nichts.

»Du hast zwei Meter vor ihm gestanden und hast ihn gesehen. Und genauso hat er dich gesehen, und dann bist du einfach weggerannt, du Schwachkopf. Jetzt muss er doch denken, dass du irgendwas«, Tarek seufzte. »Jetzt ist es sowieso zu spät«, fuhr er fort. »Ich soll dir jedenfalls sagen: Du kommst jetzt sofort an die Grundschule.«

GLEICHMÄSSIG AUFTRAGEN, NACH GEBRAUCH
DIE HÄNDE WASCHEN

Als der Bus hielt, hockte Tarek im Wartehäuschen auf der anderen Straßenseite. Während ich ausstieg, stand er auf und kam mir über die Straße entgegen.

»Vince, was«, rief er und blieb dann plötzlich stehen. »Du bist ja ganz gelb«, prustete er los.

»Ich weiß«, sagte ich und hielt ihm meine Handinnenflächen hin.

»Du hast richtige Flecken im Gesicht.«

Ich schluckte. An den Händen und Armen, das hatte ich beobachten können. Sie sahen mittlerweile aus wie von Druckstellen übersät. Mein Gesicht hatte ich zwar mit meinem Handy fotografiert, aber um einen Hautton richtig wiederzugeben, war die Kamera dann doch nicht gut genug. Vielleicht hatte es auch am Licht im Bus gelegen, dass ich auf den Fotos noch weißer gewirkt hatte als sonst.

»Wallah, du siehst aus wie Käse.«

»Lass uns mal von der Straße runter.« Ich ging an Tarek vorbei und sagte über die Schulter: »Bräunungscreme.«

»Bräunungscreme?«, wiederholte Tarek, als müsste er erst einmal überlegen, was das war.

Er schloss zu mir auf, und wir bogen auf den Weg ein, der Richtung Einkaufszentrum führte. Die Sonne stand mittlerweile so tief, dass der Gebäudekomplex im Schatten der Blocks lag. Im Gehen legte Tarek mir seine Hand in den Nacken und sagte: »Aber Bruder, hast du in der Creme geduscht, oder was?«

Dann blieb er stehen. Ich drehte mich zu ihm.

»Und Vince«, sagte er und sah mich ernst an, »was hast du da nur mit O getan.«

Ich wollte weitergehen, er aber sagte: »Vince.«

»Was ist?«

»Dir ist schon klar, dass O jetzt denkt, dass du irgendwas vor ihm verheimlichst. Warum, Vince, bist du weggerannt?«

Was sollte ich sagen? Wegen der Bräunungscreme? Ich hatte es mich selbst die ganze Busfahrt über gefragt.

Ich zuckte die Achseln.

»Gott liebt die Standhaften«, sagte Tarek. »Du rennst nicht weg.«

Ich nickte.

»Was ist, wenn jemand deine Sachen will?«, fragte er.

Ich sagte nichts.

»Dann gibst du sie ihm nicht.«

Ich nickte.

»Was ist, wenn er mit einem Messer sticht?«

»Ich gebe sie ihm nicht«, murmelte ich.

»Genau«, sagte Tarek und lächelte. »Weil, wenn du stirbst, dann stirbst du mit deinen Sachen.«

Ich nickte.

»Aber vor allem rennst du nicht«, sprach er weiter.

»Ich renne vor keiner Sache weg.« Ich versuchte sein Lächeln zu erwidern, die Haut in meinem Gesicht fühlte sich aber zu seltsam an. Als ob sie sich auflösen würde. Ich glaubte zu spüren, wie winzig kleine Teile abbrachen, die Moleküle wegrieselten.

Jetzt nickte Tarek, langsam, er sah noch mal ernster aus.

Dann sagte er: »Du sollst Wodka mitbringen.«

»Aber ich habe höchstens noch zwei Euro.«

Er hob die Schultern, und wir gingen schweigend Richtung Einkaufszentrum weiter. Die Supermärkte schlossen bald. Was hieß, es würde viel los sein. Und viel los, das war gut. Auch schlecht, aber vor allem gut. Die Mitarbeiterinnen und Mitarbeiter kümmerten sich einen Scheiß um einen, weil sie im Stress waren.

»Ich warte oben«, sagte Tarek und ließ mich an der Treppe stehen.

Vor den Schiebetüren des Supermarktes war an einem Pfosten ein Hund angeleint. Ich zuckte zusammen, aber der Hund blickte ins Innere des Ladens.

Es war nur eine Kasse besetzt, und die Schlange führte direkt an dem Regal mit dem hochprozentigen Alkohol vorbei. Ich stellte mich an, und während es langsam vorwärtsging, überlegte ich, ob es noch eine andere Möglichkeit gab. Auf keinen Fall konnte ich eine Flasche nehmen und damit nach hinten ins Ladeninnere gehen, das würde viel zu sehr auffallen. Ich hatte sowieso schon das Gefühl, dass mich alle aus den Augenwinkeln beobachteten.

Ich warf einen Blick in die Scheibe, hinter der die teuren Flaschen weggeschlossen waren. Um mir meine Stirn genauer ansehen zu können, beugte ich mich vor. Dabei rempelte ich den Mann an, der vor mir stand. Er drehte sich um, und ich grinste blöd. Wieder fühlte es sich an, als ob mein Gesicht gleich zerreißen würde.

Inzwischen warteten hinter mir sicher schon drei oder vier andere Kunden. Ich wagte es nicht mehr, mich umzudrehen, konnte aber spüren, wie alle in meinen Rücken stierten. Ich rieb meine schweißige Hand am Hosenbein ab. Und als der Mann vor mir dann endlich aufrückte und ich einen Schritt vor machen konnte, griff ich neben mir nach einer der Glasflaschen mit dem blauen Etikett. Es dauerte keine halbe Sekunde und sie klemmte unter der linken Innenseite meiner Jacke. Mit dem Ellbogen drückte ich sie mir in die Taille und hielt die Luft an.

Nur Ladendetektive wussten, dass es sich erst dann um einen Diebstahl handelte, wenn man den Laden verließ. Alle anderen machten auf der Stelle ein Drama. Hinter mir blieb aber alles ruhig.

Ich spürte meinen Puls am Hals zucken und zählte von zehn abwärts, schluckte und zwang mich, an etwas Schönes zu denken.

Dann drückte ich mich an dem Mann vor mir vorbei und murmelte »Entschuldigung« zu der Frau, die gerade begonnen hatte, ihre Einkäufe aus dem Einkaufswagen aufs Band zu legen. Sie sah mich an, und ihr Blick wanderte über mein Gesicht. Dann machte sie einen Schritt zurück und ließ mich durch.

Nadine, dachte ich, Nadine ist schön – und ich versuchte ihr Gesicht vor meinem geistigen Auge heraufzubeschwören, aber ich hatte lange nicht mehr an Nadine gedacht, irgendetwas stimmte nicht.

Der Mann, der gerade bezahlt hatte, setzte seinen Rucksack auf. Ich ließ den Blick über die Flyer neben der Kasse schweifen, die alten Belege, eine leere Plastiktüte, und währenddessen mischte sich in Nadines Gesicht mehr und mehr ein anderes. Ich konnte keine genauen Züge erkennen, auch wenn sie mir vertraut vorkamen.

»Geldbeutel vergessen«, nuschelte ich und war an der Kassiererin vorbei.

Der Mann mit dem Rucksack ging genauso langsam wie ich. Das waren die Meter, auf denen man von den Detektiven angesprochen wurde. Als die Schiebetüren aufglitten, sprang der Hund uns entgegen. Ich zuckte zusammen, und die Flasche rutschte ein Stück. Dann begrüßte der Mann das Tier. Ich überholte beide.

Und war draußen.

Ich nahm drei Stufen auf einmal, jetzt war alles egal. Ich zog die Flasche hervor. Oben lehnte Tarek am Geländer. Hinter ihm, hundert Meter entfernt, lag das Hallenbad, leer, und der obere Teil seiner Glasfront strahlte im Sonnenuntergang.

Den ganzen Weg redete ich davon, wie viele Leute an der Kasse angestanden hatten und wie ich, bäm!, einfach die Flasche genommen hatte. Wir bogen auf den Schulhof der Grundschule ein, und ich verstummte.

Unter dem überdachten Eingangsbereich standen sie, alle, und wie ein Zentrum, um das sich alles scharte, hockte zwischen ihnen auf einer Streugutkiste O.

Tarek sagte noch einmal: »Gott liebt die Standhaften.«

Dann blieben wir stehen, und ich hielt Tarek den Wodka hin.

O stand auf, löste sich aus der Gruppe und kam auf uns zu. Er hatte seine Lederjacke, die er vorhin noch getragen hatte, abgelegt. Sein blau-weiß gestreiftes Shirt lag eng an. Tarek nahm die Flasche und machte einen Schritt zur Seite. O holte aus. Ich spürte, wie jeder Muskel in meinem Körper sich anspannte.

Dann explodierte meine Wange, und ich riss die Arme hoch. Ich wankte, machte einen Schritt zurück. O trat zu, und ich ging auf die Knie.

Ich wollte aufstehen, wieder hoch, aber O trat ein zweites Mal zu, diesmal erwischte er meine Rippen. Mir blieb die Luft weg, ich rang nach Atem.

Ich hörte Tarek sagen: »Alter, komm schon.«

Und O: »Was sollte das?«

Ich versuchte den Mund zu öffnen, aber es ging nicht. Die drei blauen Streifen von Os Superstars brannten sich auf meiner Netzhaut ein.

»Wie?«, hörte ich ihn und glaubte im Augenwinkel zu sehen, wie er wieder ausholte.

»Entschuldigung«, japste ich. »Entschuldigung.«

Gleichzeitig entspannte sich meine Lunge, und Luft schoss in meinen Körper.

»Entschuldigung«, sagte ich ein drittes Mal, lauter diesmal.

Ich sah hoch. O hatte sich Tarek zugewandt und gab ihm gerade die Hand. Er fragte ihn etwas. Ich stand auf. Meine Wange glühte. Ich griff in die Tasche, holte meine Zigaretten raus, gab Tarek eine, gab O eine.

Als ich an der Zigarette zog, spannte es so sehr vom Mundwinkel hinauf, dass sie mir aus dem Mund rutschte. Ich bückte mich nach ihr und tastete gleichzeitig über meine Wange. Plötzlich hatte ich Angst, dass die Narbe aufgeplatzt sein könnte. Doch als ich meine Finger betrachtete, war da nichts.

»Gib mir dein Handy«, sagte O zu Tarek.

»Wen rufst du an?«, fragte Tarek, als O es sich ans Ohr hielt.

Mit einer knappen Bewegung brachte er Tarek zum Schweigen.

»Bist du zu Hause«, stellte er mehr fest, als dass er fragte.

Dann sagte er: »Gut. Ich schick dir Tarek und den Touristen vorbei.«

Er legte auf und sagte zu Tarek: »Ihr geht jetzt und holt von Ali was zu rauchen.«

IM KRANKENHAUS

Es hat sich kaum etwas verändert, seit ich vorgestern hier gewesen bin. Ali liegt im selben Zimmer, nur ist diesmal die Tür neben der großen Scheibe offen. Noch immer steht da dieses riesige Bett, und noch immer führen Schläuche und Kabel zu irgendwelchen Maschinen. Auch Alis Kopf steckt noch immer in der Halskrause. Er trägt aber keine Maske mehr.

Ich bleibe einige Meter entfernt stehen, während Tarek bis ans Bett geht und ihn mustert.

»Was geht«, sagt er und räuspert sich: »Wir sind's.«

Aber Ali liegt nur da.

»He«, ruft Tarek und schnippt vor Alis Gesicht.

Dann lässt er die Hand sinken und einige Sekunden ist es still im Zimmer. Ich sehe nicht, was er mit der Hand tut, sehe nur sein Kreuz, die Lederjacke.

Dann sagt er: »Jedenfalls wollten wir dich mal besuchen.«

Er hält inne und beginnt mit der Schulter zu kreisen.

»Ging leider nicht früher«, sagt er dann. »Ist ziemlich viel los gewesen seit Montag, seit du«, er spricht nicht weiter.

Ich greife in meine Gesäßtasche und ziehe den Strauß hervor. Mittlerweile sieht er schlaff aus, die meisten der Stängel sind geknickt. Und auf einmal frage ich mich, was Ali getan hat, nachdem Tarek und ich ihn in seinem Zimmer sitzen gelassen haben. Irgendwann muss er doch die Jalousien hochgezogen und das

Fenster geöffnet haben. Wenn ich mich richtig erinnere, ging gerade die Sonne unter.

DER SONNENUNTERGANG

Mit einer Scheckkarte bearbeiteten wir das Türschloss am oberen Ende des Treppenhauses, und kaum war die Tür aufgesprungen, stürmte Ali die letzten Stufen hinauf. Noch bevor ich das Dach erreichte, hörte ich ihn schreien. Als ich dann ins Freie trat und mir Wind und Sonne ins Gesicht schlugen, stand er schon am Rand.

Alles war mit Dachpappe ausgelegt. In der Mitte stand ein Strauch aus Antennen. Und am Horizont war die Sonne zu sehen, wie sie gerade in ein Gebirge aus Wolken sank. Und genau diese Wolken brüllte Ali an: »Was wollt ihr mit der Sonne?!«

Die Hälfte wurde vom Wind weggerissen.

»Ali«, rief Tarek.

Erst beim dritten Mal reagierte er, drehte sich nach uns um und sah uns mit einem Lachen im Gesicht an. Dann wandte er sich wieder der Sonne zu und stieß einen Laut aus, den ich nie wieder vergessen werde.

Tarek und ich gingen langsam auf ihn zu. Ich blieb ein paar Meter vor der Kante stehen, Tarek aber stellte den Sixpack Becks Lemon ab und setzte dann vorsichtig einen Schritt vor den anderen, bis Ali in seiner Reichweite war. Mit einer schnellen Bewegung packte er ihn am Kragen. Ali taumelte rückwärts und blieb immer noch lachend in Tareks Armen hängen. Ich trat neben sie und legte meinen Arm ebenfalls um Ali. Einige Sekunden sahen wir in die Wolken.

»Ich schwöre, da hinten ist schon Frankreich«, sagte Ali.

Alles schimmerte.

Gerade als ich mich frage, ob Tarek seine Hände auf die Bettdecke gelegt hat, dreht er sich zu mir.

»Alter, der ist nicht aufgewacht«, sagt er, geht an mir vorbei und verlässt das Zimmer.

Ich trete dorthin, wo er gerade gestanden hat, und schaue Ali an. Unter dem Verband schaut der Haaransatz hervor. Die Stoppeln sind so lang, wie ich sie bei ihm noch nie gesehen habe. Und auch die Stirn liegt so glatt da, wie ich es bei ihm nicht wirklich kenne. Sonst ist da immer diese Falte.

»Hey, Ali«, flüstere ich.

Kurz glaube ich, dass es in seinen Lidern zuckt. Dann lege ich die Blumen auf den Nachttisch und folge Tarek auf den Gang.

Ich schließe die Tür. Tarek steht dicht an der Scheibe und stiert von hier aus ins Zimmer.

»Wir können uns doch auch zu ihm setzen, wenn er schläft«, sage ich.

»Der schläft nicht, der ist im Koma, ich schwöre«, sagt Tarek.

»Na ja«, sage ich, »Wir können ja trotzdem –«

»Komm«, unterbricht mich Tarek, »wir suchen einen Arzt.« Er dreht sich weg und geht los.

»Das bringt gar nichts«, sage ich und versuche Schritt zu halten. »Wir müssen einen Pfleger fragen, wer –«

»Nix Pfleger«, unterbricht mich Tarek, ohne langsamer zu werden, »wir reden mit einem Arzt oder einer Ärztin, mir egal.«

Er bleibt stehen und sieht in den Gang, der rechts abgeht, und als sich dort die Tür zu einem Patientenzimmer öffnet und ein junger Mann in weißem Kittel heraustritt, geht er auf ihn zu.

»Du«, sagt Tarek und zeigt auf das Stethoskop, das dem Mann um den Hals hängt.

Er folgt Tareks Blick und betrachtet die Ohrbügel, als würde er sie zum ersten Mal sehen.

»Unser Freund liegt da hinten«, fährt Tarek fort, »und wir haben keine Ahnung, was mit ihm ist.«

»Da kann ich euch leider nicht«, beginnt der Mann lächelnd.

»Mitkommen«, befiehlt Tarek und erinnert mich auf einmal an O.

UND DER MANN
KOMMT TATSÄCHLICH MIT

Dann stehen wir wieder an der Glasscheibe.

»Wie lange bleibt er so?«, fragt Tarek.

»Also eigentlich«, beginnt der Mann, spricht aber nicht weiter.

»Wann ist er aufgewacht?«, mische ich mich ein und mache einen Schritt auf ihn zu.

Er steht jetzt mit dem Rücken zur Scheibe und sieht abwechselnd Tarek und mich an.

Ich weiß, dass er keine Ahnung hat, weil er Ali vielleicht noch kein einziges Mal gesehen hat – und trotzdem, irgendwie tut es gut, jemanden vor sich zu haben.

Er antwortet nicht.

»Habt ihr ihn aufgeweckt?«, frage ich und werde lauter dabei. »Oder ist er von allein aufgewacht?«

Meine Stimme ist schrill, mein ganzer Frust entlädt sich mit einem Mal.

»Verarsch uns nicht«, rufe ich.

»Ja, genau«, stimmt Tarek ein und macht auch einen Schritt auf den Mann zu. »Bleibt er jetzt wach? Ich habe gedacht, man bleibt manchmal für Jahre im Koma?«

Tarek kommt seinem Gesicht bis auf wenige Zentimeter nah.

Der Mann nimmt seinen Kopf zurück und stößt dabei gegen die Scheibe.

»Eigentlich bin ich noch im Studium und nur einmal in der Woche hier«, sagt er.

Tarek starrt ihn an.

»Was Studium, bist du meine Schwester, oder was?«

Er stößt ihn gegen das Glas.

»Ich kenne Ihren Freund gar nicht«, stammelt der Student. »Wir müssten –«

Aber da packt Tarek ihn an den Schultern, hebt ihn an und drückt ihn gegen die Scheibe. Sie wackelt. Und ich weiß nicht, was, aber plötzlich kippt etwas. Es fühlt sich an, als ob in mir ein Pendel umschwingt, und es hat irgendwie damit zu tun, wie Tarek drauf ist.

Ich sehe ihm die Angst richtig an, die er um Ali hat. Und obwohl der ihm die letzten Wochen doch nur auf die Nerven gegangen ist, dreht er jetzt plötzlich so krass auf, wie ich es bei ihm noch nie erlebt habe. Selbst wenn wir Stress hatten, war er immer der, der nicht sinnlos ausgerastet ist, der erst überlegt hat, der lieber abgewartet hat – und jetzt? Jetzt wird dieser junge Arzt oder Student oder was auch immer gleich mit gebrochener Nase in die Knie gehen, und wie ich das denke, habe ich die Tahira vor Augen, die uns eine Schlaftablette unter die Nase hält und gleichzeitig höre ich Tareks Vater, wie er am Telefon sagt: »Das hilft Ali auch nicht«, und ich greife einfach ins Leder von Tareks Jacke, drehe mich um und lasse nicht mehr los.

Ich spüre, das Tarek stolpert.

Ich höre, dass er etwas sagt.

Ich gehe. Immer geradeaus. Nach ein paar Schritten lasse ich die Jacke los.

Tarek sagt wieder etwas. *Alter*, oder so. *Warte mal.*

Ich gehe weiter. Auf den Boden des Gangs sind Linien in

verschiedenen Farben gemalt. Die grüne Linie führt nach draußen. Alle dreieinhalb Schritte steht Exit, die andern biegen nach und nach ab. Eine gelbe stößt noch mal dazu. Dann endet die grüne Linie am Aufzug. Eine Kabine steht gerade offen.

»Ich komm noch mit bis an den Ausgang«, sage ich kühl. »Dann muss ich zu meinem Vater.«

Tarek sieht mich verwirrt an. Die Türen schließen.

»Und bei ihm warten, bis er Feierabend hat«, füge ich hinzu.

»Ist alles klar bei dir?«, fragt Tarek und klingt dabei wieder so, wie ich ihn kenne. Ich schlucke.

Ich atme tief ein, dann sage ich: »Nein. Das ist alles voll scheiße. Mit Ali und überhaupt.«

Ich überlege, ob ich Tarek fragen soll, was er denkt, weshalb wir Ali im Stich gelassen haben. Aber da hält der Aufzug, die Türen öffnen.

»Und jetzt muss ich da stundenlang bei den verkackten Pflegern rumsitzen«, sage ich. »Und dabei sollten wir ihm doch helfen.«

Tarek nickt. »Mach dir kein Kopf, Bruder«, sagt er und tritt vor mir in die Empfangshalle. »Das regeln wir alles.«

POLIZEI

Ich stieg aus der Streugutkiste, und Tarek drückte mir einen Becher in die Hand, Wodka mit irgendeinem Energy Drink. Ich trank auf ex, das Loch in meinem Bauch schmatzte – er schenkte mir lachend nach und klopfte mir auf die Schulter: »Du Käse, Alter.« Ich kippte wieder runter.

Inzwischen war die Dämmerung angebrochen, plötzlich war alles grau. Einer der Älteren schlich sich von hinten an den kelb heran, der auf einem Mäuerchen hockte, und trat ihm in den Rücken. Er stürzte vornüber und schüttete sich dabei seinen Becher übers Shirt, alle lachten. Einer fragte mich nach meinem Gesicht, und ich stotterte etwas von einer Allergie. Dann wurde auch Tarek gepackt und Richtung Kiste bugsiert. Aber O beendete das Ganze und schickte alle weg, hinter die Grundschule auf die Wiese – nur Tarek und ich sollten bleiben.

Während sie grölend an der Ecke des Gebäudes im Gebüsch verschwanden, folgten wir O zu der Mauer vor dem Eingangsbereich. Ich setzte mich an die Wand und lehnte meinen Kopf an. Neben mir schwang sich Tarek auf die Mauer, er stellte einen Becher Wodka zwischen uns. O saß ganz außen. Meine Beine hingen, das eine zitterte.

»Hast du noch Kippen?«, fragte Tarek.

»Was?«, sagte ich.

»Ob du noch Kippen hast«, wiederholte Tarek.

Ich holte die Schachtel heraus und sah hinein.

»Noch zwei«, nuschelte ich, gab Tarek eine und schob mir selbst die letzte Zigarette in den Mund. Dann zerknüllte ich die Schachtel, ließ sie los und trat. Sie fiel senkrecht an meinem Fuß vorbei.

»Schwachkopf«, meinte Tarek, »wir wollen doch einen bauen.«

Ich versuchte ein Grinsen, rutschte von der Mauer und bückte mich nach der Schachtel. Als ich mich wieder aufrichtete, traten mir Sterne vor Augen. Noch bevor ich wieder klar sehen konnte, hatte mir Tarek die Schachtel aus der Hand genommen.

Ich nahm einen Schluck aus dem Becher und spürte, wie er das Loch in meinem Bauch flutete. Ich atmete durch und stemmte mich, schön langsam, wieder auf die Mauer. Tarek hatte gerade ein Stück Karton aus der Schachtel gerissen.

»Alter, hast du Wurstfinger«, sagte O. »Gib her.«

Tarek reichte ihm das Stück Karton. Neben dem Becher fand ich meine Zigarette wieder. Ich zündete sie an. Irgendwie legte sich der Rauch auf das geflutete Loch.

O hatte inzwischen ein Paper auf seinen Oberschenkel gelegt und den Tabak aus der Zigarette daraufgestreut. Während er nun mit der einen Hand das Stückchen Karton zwischen den Fingern drehte, faltete er mit der anderen den Klumpen Alufolie auseinander, den wir von Ali geholt hatten.

Ich sah wieder vor mich auf den Boden und spuckte zwischen meinen Schuhen hindurch. Dann zog ich an der Zigarette, spuckte und versuchte dieselbe Stelle zu treffen.

Eigentlich war das alles, was ich tun musste. An der Zigarette ziehen und spucken, wenn möglich treffen. Langsam entstand da unten ein kleiner See, bildeten sich Schauminseln, wurde das Ganze zu einem Meer.

»Handy«, sagte O, und ich nahm den Blick von der Gischt. Während ich mich zurücklehnte, um mein Handy aus der

Hosentasche zu bekommen, traten mir wieder Sterne vor Augen. Ich blinzelte sie weg und öffnete den Musik-Player. Dann gab ich das Gerät O. Er zündete ohne vom Display aufzuschauen den Joint an und legte das Handy neben sich auf die Mauer. Dann legte Summer Cem los.

ICH KOMM AUS DER SONNENBANK, STUFE ACHT
CREME MICH EIN*

Nachdem Tarek an der Reihe gewesen war, durfte ich. Das Stück Karton war heiß. Ich zog und musste keuchen. Kurz glaubte ich unter der Musik Sirenen zu hören. Ich zog noch einmal und reichte den Joint dann an Tarek vorbei wieder zu O zurück.

»Danke«, sagte der.

»Bitte«, murmelte ich und bemerkte, dass mir ein Spuckefaden aus dem Mund hing. Der Tropfen am unteren Ende wuchs.

Vielleicht starrte ich schon minutenlang die Stelle an, wo der Tropfen ins Meer gekracht war, als mich ein »Wollt ihr den totalen Krieg« wieder zurückholte.

O hatte die durchsichtige Folie von der Zigarettenschachtel gezogen, mit Zeige- und Mittelfinger hielt er sich die Folie vor den Mund und presste seine Stimme hindurch. Es klang blechern.

»Heil Vincent«, rief er. »Sieg Heil!«

Er nahm die Folie vor dem Mund weg.

»Du bleibst einfach ein richtiger Deutscher«, sagte er. »Und wenn du jeden Tag ins Solarium gehst.«

Ich schlug den Blick nieder und guckte wieder ins Meer. Irgendwie hörte ich zwar, was O da sagte, aber der Sinn seiner Worte drang nicht richtig zu mir durch.

»Deutsch, nicht deutsch, interessiert mich aber nicht wirklich«, hörte ich ihn weitersprechen. »Der Punkt ist, ich weiß, dass du gelogen hast, du hast ihn angezeigt.«

Ich hörte, wie Tarek etwas erwidern wollte und ihm O ins Wort fiel.

»Was denkst du, warum«, fragte er, »warum ihr zu dritt bei der Jugendgerichtshilfe gehockt habt? Sein Kumpel hat doch mit allem von Anfang an nichts zu tun haben wollen.«

Und bei diesen Worten begann das Meer unter mir sich zu drehen. In das Drehen flammte eine Lampe auf, die Beleuchtung des Eingangsbereichs war angegangen. Und das, was O da eben gesagt hatte, schlug nun zu, das Loch rumorte, und meine Gedanken begannen zu rasen. Ich sah wieder vor mir, wie wir auf der Bank gehockt hatten, spürte Os Hand in meinem Nacken und hörte, wie er sagte: »Lüg nicht, ich kann riechen, wenn jemand lügt.«

Und noch bevor ich wirklich wusste, was ich da von mir gab, sagte ich: »Mein Vater ist ein Nazi«, und erschrak, wie das klang.

»Was laberst du?«, sagte Tarek.

»Er«, sagte ich und zögerte. »Er wollte das mit der Anzeige, und sein Freund, unser Anwalt«, ich wusste nicht weiter.

In meinem Bauch war das Loch aufgeplatzt, auf einmal fühlte ich mich, als ob ich mich jeden Moment übergeben müsste.

»Was macht er denn?«, fragte Tarek.

»Er«, sagte ich und wusste schon wieder nicht weiter.

»Er muss doch irgendetwas machen«, sagte Tarek.

»Er«, setzte ich noch einmal an und dachte daran, wie mein Vater im Gericht Tareks Vater angesehen hatte, wie sein Blick an dessen Dreiteiler hinabgewandert war und dabei verächtlich geschnaubt hatte. Dieser Blick hatte damit zu tun, was Alis Mutter über den Mann im Museum gesagt hatte, der uns hinterhergegangen war. Und dieser Blick hatte auch etwas damit zu tun, was Tarek übers Erdbeerpflücken gesagt hatte. Er hatte damit zu tun, warum Tobis Mutter das Kühlpad einfach weggeworfen hatte, und mit dem Abimotto, mit der Schulleiterin, mit meinem Opa und auch mit Boris' komischer Idee von den Listen, und obwohl irgendwie alles mit allem zu tun hatte, fehlten mir plötzlich die Worte dafür.

»Er ist einfach einer«, lallte ich, und dann sagte ich: »Er hat mir *Jim Knopf* vorgelesen.«

»Jim was?«, fragte Tarek.

»*Jim Knopf*«, sagte O und begann zu lachen. »Und was ist daran jetzt schlimm? Sei froh, dass er dir vorgelesen hat.«

»Das hat er gemacht, um«, fing ich an und stockte.

Plötzlich war mir eingefallen, was Tahira gesagt hatte.

»Weißt du noch«, sagte ich, »als wir in der Tiefgarage gewesen sind und deine Schwester –«

»Junge, was hat denn jetzt meine Schwester mit deinem Vater zu tun«, unterbrach mich Tarek, ich spürte, wie seine Hand in meinen Nacken klatschte, und ich verschluckte mich und musste husten.

»Chill«, hörte ich O. »Ich glaube, er hat es jetzt verstanden.«

Ich würgte und musste noch einmal husten, dann beruhigte sich der Magen langsam. Ich schloss die Augen und atmete tief ein.

»Mein Vater hat mir nie vorgelesen«, hörte ich O sagen.

»Meiner hätte gern«, hörte ich Tarek.

Ich öffnete die Augen wieder und sah gerade noch, wie O von der Mauer sprang.

Ich versuchte mich aufzurichten, denn gleich würde er sagen: Du. Und dann würde ich aufsehen, und er würde mich am Kehlkopf packen. Tarek würde ihn wieder bitten, »Alter«. Aber er würde weitermachen. Wenn ich will, dass du kommst, kommst du, verstanden? Er würde loslassen. Und ich würde Ja krächzen.

Und er würde sagen, du sprichst nur, wenn ich es will, und mir eine mitgeben, wie vorhin.

Aber nichts geschah. O stand nur vor uns und hielt Tarek seine Hand hin.

Ich legte den Kopf gegen die Wand und schloss die Augen. In der Schwärze funkelte es. Und alles drehte sich jetzt noch deutlicher. Ich mich um die Mauer und die Mauer um das Meer und mich.

Tarek sagte etwas, ich verstand nicht richtig. Es ging um Fußball. Spanien spielte gegen Tunesien. Aber noch nicht jetzt, später.

Später, dachte ich.

Tarek fragte etwas.

Ich hörte O.

Tarek lachte.

Ich konzentrierte mich ganz auf das Funkeln.

Wieder sagte O etwas.

Und wieder lachte Tarek.

Dann wurde Os Stimme lauter: »Gib mir deine Hand.«

Ich blinzelte.

»He, du dichtes Stück Scheiße. Gib mir deine Hand.«

Ich streckte meine Hand Os Stimme entgegen, versuchte mich dabei aufzurichten.

»Was streckst du deinen rechten Arm aus, du Hurensohn.«

Ich zuckte zurück, er lachte.

»War doch nur Spaß. Heil Deutschland. Sagt den anderen Grüße.«

Und dann spürte ich seine Hand in meiner. Als er sich von mir wegdrehte, kippte ich vornüber, es gelang mir gerade noch, mich abzustoßen.

Mit einem Schuh stand ich im Meer.

»Also«, sagte Tarek, »gehen wir zu den anderen.«

Ich stolperte ihm hinterher, immer seinen Rücken vor Augen, seine Lederjacke. Links die Fassade der Grundschule, rechts Gebüsch und Bäume. Der Pfad führte einmal um das ganze Schulgebäude. Wir kamen an dem alten Kaugummiautomaten vorbei – und mir stieg ein beißender Geruch in die Nase.

Während ich daran dachte, wie wir hier noch vor ein paar Wochen einen Kopf nach dem anderen geraucht hatten, bemerkte ich, dass auf dem Pfad vor uns zerknüllte Seiten aus Zeitungen und Werbeprospekten lagen. Und auf einmal kam mir alles wahnsinnig aufregend vor, wie eine Schnitzeljagd. Wir folgten der Spur, die die anderen hinterlassen hatten. Und in meinem Mund sammelten sich die Erinnerungen an verkohlten Shisha-Tabak, Traube, Honigmelone, Doppelapfel. Es ging um eine Kurve, um noch eine. Dann endete der Pfad, und vor uns lag die Wiese. Wir blieben stehen, ich schwankte.

Ich hatte mir den Rauch gar nicht eingebildet. Mitten auf der Wiese lag ein Berg aus Zeitungen und qualmte. Von den anderen war niemand zu sehen.

Wir gingen näher. Es waren ganze Pakete und Bündel. An einigen Stellen kohlten sie, hier und da züngelten Flammen. Und auch in Richtung des kleinen Parkplatzes, der an die Wiese grenzte, lagen überall rauchende Papierfetzen. Es musste eine Schlacht gewesen sein, eine Schneeballschlacht aus Feuer. Ich musste grinsen, weil mir das irgendwie komisch vorkam, Schnee und Feuer. Neben mir hatte Tarek bereits sein Handy am Ohr.

»Ja, wir sind auf der Wiese«, sagte er jetzt.

Pause.

»So ein Schwachsinn, doch nicht wegen ein paar Zeitungen.«

Pause.

»Aber hier ist niemand, ich schwöre.«

Er sah sein Handy an und murmelte: »Der hat einfach aufgelegt.«

Er hatte noch nicht zu Ende gesprochen, da schlitterte ein Streifenwagen auf die Wiese. Die Türen flogen auf, plötzlich jagte Blaulicht über die Wiese – ich machte kehrt und sprintete los.

Tarek schrie mir noch etwas hinterher. An der Ecke warf ich einen Blick über die Schulter, zwei Polizisten rannten auf ihn zu, er stand einfach da.

Dann schlug ich mich in die Sträucher. Äste rissen an mir, Blätter klatschten mir ins Gesicht. Als ich den Platz oberhalb des Einkaufszentrums sehen konnte, legte ich mich auf den Bauch. Ich hörte meinen Puls im Ohr. Da war nur eine Frau mit Hund und zwei Männer.

Die Treppe durchs Einkaufszentrum, sagte ich mir, zwanzig Sekunden.

Dann runter zur Bushaltestelle, zehn Sekunden.

Und mit dem nächsten Bus bin ich weg.

Während ich mich aufrichtete, zog ich die Kapuze auf. Dann sprang ich ins Freie und rannte.

In meinen Augenwinkeln sah ich, wie einer der beiden Männer startete.

»Halt«, rief er.

Ich versuchte schneller zu werden, aber er hatte mir schon den Weg zu der Treppe abgeschnitten. Ich schwenkte nach links.

»Stehen bleiben!«, hörte ich den anderen hinter mir. »Polizei!«

Der vor mir hatte ebenfalls umgeschwenkt und kam jetzt mit ausgebreiteten Armen auf mich zu. Dann griff er unter seine Cordjacke und zog eine Pistole.

Gleichzeitig drehte er etwas um, was ihm um den Hals hing und aussah wie ein Geldbeutel für Kinder. Ich blieb stehen und nahm die Arme über den Kopf. Ich sah noch einen silbernen Stern, auf dem das Wappen von Baden-Württemberg prangte, dann spürte ich etwas in meinem Rücken und lag auf dem Boden. Eine Hand packte mich am Hinterkopf und drückte mein Gesicht in den Asphalt. In den Augenwinkeln sah ich Asics-Laufschuhe. Meine Arme wurden auf den Rücken gebogen, ich spürte etwas an den Handgelenken.

HANDSCHELLEN

Mit einem Ruck wurde ich hochgezogen. Dann sollte ich vorangehen, Richtung Hallenbad. Inzwischen war es Nacht geworden. Weil die Lampen unter Wasser noch angeschaltet waren, zog in leichten Wellen ein seltsamer Schein über die Glasfront. Eine Hälfte der Statue leuchtete, die andere lag im Schatten. Wir gingen an ihr vorbei und blieben schließlich an einem VW Polo stehen, am Fenster der Beifahrertür steckte eine Deutschlandfahne.

Der mit dem Geldbeutel um den Hals setzte mich auf die Rückbank und warf die Autotür zu. Ich starrte auf die Glasfront des Hallenbads und kämpfte gegen das Verlangen an, die Hände hinter dem Rücken vorzunehmen. Und plötzlich fiel es mir wieder ein.

Als wir letzte Woche mit Tareks Mutter und Tahira zusammen gewesen waren, hatte ich mich schon einmal dunkel erinnert. Jetzt wusste ich mit einem Schlag alles wieder: Es war hier gewesen, dass mein Vater mich in den Kindersitz gesetzt hatte. Meine Augen waren gereizt gewesen. Mein Haar war warm und struppig von den riesigen Föhnen. Der Geruch nach Chlor steckte mir in der Nase, die Feuchtigkeit zwischen den Zehen. Und nachdem mein Vater mich angeschnallt hatte, sagte er: »Du bleibst hier drinnen sitzen, egal, was passiert.«

Dann verriegelte er das Auto und eilte davon.

Draußen war der viele Beton. Alles war grau und hart. Ich zwang mich, nicht in die schwarzen Ecken an den Parkplatzrändern zu sehen, sondern den Lichtflecken zu folgen, die über die Decke des Hallenbads tanzten.

Dann flammte die Innenbeleuchtung des VW Polo auf, und der Polizist mit dem Geldbeutel ließ sich vor mir auf den Fahrersitz fallen. Einen Fuß stellte er in den Fußraum, der andere hing aus dem Wagen. Als er nach dem Funkgerät zwischen den Sitzen griff, sah ich, dass er meinen Schülerausweis in der Hand hatte.

»Wir haben einen«, sagte er.

Meine Hände begannen zu schwitzen. Ich steckte einen Finger in den Spalt zwischen Lehne und Sessel. Auf der anderen Seite öffnete der andere Polizist die Hintertür und warf meinen Geldbeutel, mein Handy und meinen Schlüssel auf den Platz in der Mitte. Dann stieg er ein. Erst jetzt sah ich sein Gesicht, er hatte eine Glatze, und seine Wangen bedeckte Bart. Irgendwie kam er mir bekannt vor.

Noch bevor ich darauf gekommen wäre, wo ich ihn schon einmal gesehen hatte, klingelte mein Handy.

Der Glatzkopf fragte: »Wer ist Sami?«

Ich sagte nichts, das Loch in meinem Bauch war auf einmal wieder da. Sami hatte mich noch nie angerufen, ich hatte die Nummer überhaupt nur, weil Ali ihn manchmal von meinem Handy anrief.

Der Glatzkopf nahm den Anruf an.

»Ja?«, sagte er. »Hallo?«

Ich lauschte, hörte aber nicht, was Sami sagte.

Der Beamte: »Ja, hier ist der Vincent.«

Ich sollte schreien, dachte ich, und schaffte es nicht einmal den Mund zu öffnen.

»Ich bin jetzt am Hallenbad, komm einfach hierher.«

Er sah auf das Display des Handys.

»Einfach aufgelegt«, murmelte er und legte das Handy wieder weg.

Einen Augenblick war ich erleichtert – dann schwappte das mulmige Gefühl zurück. Was hatte Sami gewollt?

Sein Kollege startete den Motor, und das Radio ging an, es lief eine Live-Konferenz zu einem Fußballspiel. Während er ausparkte, drehte er den Funk lauter. Jetzt war außer dem Kommentator immer wieder eine Frauenstimme zu hören, die irgendwelche Codes nannte.

Ich versuchte das mulmige Gefühl loszuwerden, indem ich mich auf das Fußballspiel konzentrierte. Anscheinend war Tunesien gerade in Führung gegangen. Als wir auf den Nordring bogen, schaffte ich es zu fragen: »Wohin fahren wir?«

»Ins Präsidium«, antwortete der Glatzkopf neben mir. »Da nehmen wir alles auf. Dann können dich deine Eltern abholen.«

»Muss das sein«, sagte ich und schluckte, »wir haben doch, na ja, eigentlich nichts gemacht.«

»Ich habe mir das auch anders vorgestellt«, sagte er. »Ich wollte mit meinem kleinen Bruder Fußball schauen und dann müsst ihr rumzündeln. Was glaubt ihr, was los ist, seit im letzten Sommer das ganze Einkaufszentrum abgebrannt ist –«

»Seid mal still«, unterbrach ihn sein Kollege. »Ich will das hören.«

Erst glaubte ich, er würde die Live-Konferenz meinen, dann griff er aber nach dem Funkgerät.

»Kommt der Junge durch?«, fragte er.

Eine Sekunde verstrich, dann knisterte es, und die Frauenstimme sagte:

»Möglich. Es war nur der vierte Stock.«

Ich krallte meine Finger in den Spalt – und konnte nichts tun.

Mich nur festhalten.

Und aus dem Fenster schauen.

Was der Polizist funkte, hörte ich nur noch von fern.

Irgendwann schaltete er die Lüftung ein, und der Sound erstickte alles.

Und dann sah ich nur noch, wie Sami genervt aufstand, weil man ihn heute andauernd vom Sofa holte. Ich sah, wie er den Polizisten die Tür öffnete. Dahinter zog die Innenstadt vorbei, die Universitätsgebäude aus hellem Stein. Und vorn flatterte es schwarz-rot-gold.

AUSNAHME

Ich habe gerade das Schulgebäude verlassen, als mich Tarek einholt.

»Du hast keine Zeit, oder?«, sagt er und klingt dabei nicht wirklich, als ob er fragen würde.

»Habe doch noch Hausarrest«, sage ich. »Gestern mit Ali, das war nur eine Ausnahme.«

Tarek nickt, wir schlagen den Weg Richtung Hallenbad ein.

»Wie war's heute früh?«, frage ich.

»Normal«, sagt er. »Bei dir?«

»Halt den Bus verpasst.«

Mehr erzähle ich nicht. Ich habe ihm am Morgen geschrieben, dass was mit dem Bus ist und ich ihn nicht abholen kommen kann. Dann habe ich mich hinter der Bushaltestelle in die Büsche geschlagen und dort allein geraucht. Zwei Kippen lang habe ich hinter dem Häuschen gestanden und Musik gehört, *Gheddo* von Eko Fresh und Bushido auf Dauerschleife.

In der großen Pause hat mich dann die Schulleiterin wieder einkassiert. Diesmal bin ich mitten ins Lehrerzimmer gesetzt worden. Wieder schreiben – und zwar, was da gestern im Sportunterricht mit Nadine passiert ist. Und irgendwie ist mir das gerade recht gewesen. Vielleicht hatte das irgendetwas mit Nadine zu tun, vielleicht aber auch damit, dass schreiben echt nicht so schlimm ist. Da lassen einen alle in

Ruhe, und man kann selbst bestimmen, worum es geht und was man weglässt.

Als wir die Schulgrenze erreichen, hole ich meine Zigaretten raus und halte die Packung auch Tarek hin. Wir stecken uns Zigaretten an. Dann gehen wir schweigend über den Parkplatz – und sehen es gleichzeitig. An der Statue steht Sami und redet mit O. Gerade gibt O ihm etwas. Seine Mähne ist verschwunden, das Haar kurz rasiert. Er trägt Alis Fila-Trainingsjacke. Und überhaupt sieht er aus der Ferne ein bisschen aus wie sein Bruder.

Als wir sie erreichen, sehe ich, dass Sami Alis Kette in der Hand hält.

»Dann gibst du mir Bescheid, verstanden?«, sagt O gerade.

Sami nickt, und O dreht sich zu uns, gibt erst Tarek, dann mir die Hand.

»Wir müssen kurz was besprechen«, sagt er zu Tarek, und die beiden gehen zur Bank.

Sie setzen sich und beginnen leise miteinander zu reden.

»Was geht«, sage ich.

Sami hält mir das Kreuz hin.

»Ich dachte, Ali hätte es verloren«, sagt er.

Ich nicke.

»Das ist von unserer Oma, weißt du.«

Und er klingt plötzlich genauso wie Ali, wenn er von seiner Familie redet. Ich weiß nicht, was, aber irgendetwas ist da zwischen seiner Mutter und ihrer Familie, und er will nicht davon erzählen. Oder kann es nicht. Weil er es selbst nicht versteht. Oder weil ich es nicht verstehen würde. Ich mit meinem Nazi-Opa und meinem Busfahrer-Onkel und meiner dünnen Tante und der Verwandtschaft von meinem Vater, deren Namen ich andauernd vergesse.

Ich will gerade fragen, was O mit ihm geredet hat, bevor wir gekommen sind, als Tarek wieder zu uns tritt.

»Ali hat noch fünfhundert offen«, sagt er leise zu mir.

»Was hat Ali?«, fragt Sami.

»Ach, egal«, winkt Tarek ab. »Alte Geschichte.« Er schenkt ihm ein Lächeln: »Nicht so wichtig.«

Sami scheint nicht wirklich überzeugt. Ich blicke zur Bank, auf der O sitzen geblieben ist und zu telefonieren begonnen hat.

»Jungs, was ist«, sagt Tarek, »gehen wir zu Omar?«

»Ich muss nachschauen, wie viel Geld ich dabeihabe«, sagt Sami.

»Mach dir kein Kopf, Akhi«, sagt Tarek. »Ich lade dich ein. Und dich auch.«

Er sieht mich an. Und auch wenn er lächelt, sehe ich es in seinen Augen: Es ist eine einfache Sache. Nicht Sami übernimmt Alis Schulden. Die haben jetzt wir. Und ich bin mir sicher: Wir denken beide an die Seefahrer-Erweiterung, die auf Tareks Hochbett zwischen Matratze und Wand steckt.

IN DIESEN EINSAMEN NÄCHTEN
WIRST DU EIN HARTER MANN
WARUM GUCKT SICH PETER HARTZ
NICHT MEINE STRASSE AN?*

Während wir zum Einkaufszentrum gehen, erzählt Sami von dem Abend, als es passiert ist.

»Ich habe der Polizei nichts gesagt«, sagt er, und seine Stimme überschlägt sich. »Ich meine, nichts von euch, also dass ihr da wart. Ich habe überhaupt nichts gesagt.«

»Korrekt«, sagt Tarek.

»Und dann wollte ich euch Bescheid geben. Aber als ich gemerkt habe, dass da nicht du dran bist, habe ich direkt aufgelegt.«

Ich brauche einen Moment, bis ich verstehe, dass er mich meint. Er redet aber sowieso einfach weiter. Ich muss an den Polizisten denken, der da an mein Handy gegangen ist. Noch immer bin ich mir sicher, dass ich ihn irgendwo schon einmal gesehen habe.

Da sagt Sami: »Gestern Abend habe ich Ali mit offenen Augen gesehen.«

»Wallah?«, fragt Tarek.

»Laber nicht«, sage ich.

»Wirklich«, sagt Sami. »Aber er hat nichts gesagt. Er liegt nur da und guckt nach oben.«

»Und deine Mutter?«, fragt Tarek.

»Auch mit der redet er nicht«, sagt Sami. »Sie ist immer die Nacht bei ihm. Die im Krankenhaus haben so Klappbetten, extra für Eltern.«

Vor meinem geistigen Auge sehe ich Alis Mutter, wie sie mich im Krankenhaus angesehen hat. In meiner Erinnerung sind die Falten neben ihrer Nase auf einmal wie tiefe Gräben. Als ob jemand mit Edding ihr Gesicht durchgestrichen hätte.

»Und du bist dann jede Nacht allein«, frage ich.

Er schüttelt den Kopf.

»Die letzten Tage waren immer Freundinnen da«, sagt er. »Also von Mama. Und gestern ein Kollege aus dem Gericht, so ein Ägypter.« Sami sieht Tarek von der Seite an. »Der ist megakorrekt, hat mich aber voll abgezockt.«

Tarek lacht.

Und ich frage mich plötzlich, wie das für Sami sein muss. Der Bruder im Krankenhaus. Wenn er nicht will, muss er nicht in die Schule. Plötzlich kann er die Nächte durch an der Playsi hocken, und wir, die Freunde von seinem Bruder, wir haben ihn vor einer Woche noch höchstens mitgenommen, wenn er uns fotografieren sollte.

Durch die Glastür kann ich den Fernseher sehen. Das Nachmittagsspiel hat noch nicht begonnen, wird aber bereits analysiert. Übermorgen geht das Achtelfinale los, Deutschland gegen Schweden, alle drehen voll durch. Ich schiebe den Teller ein Stück von mir weg und lehne mich zurück.

Als ich die Zigaretten aus der Hosentasche ziehe, bemerke ich Samis Blick und frage: »Willst du auch eine?«

Er zuckt die Schultern und nickt dann. Ich halte ihm die geöffnete Packung hin. Tarek gibt ihm Feuer. Sami zieht, greift sich an die Brust, hustet.

»Ich sage es dir einmal«, sagt Tarek und hat den gleichen Tonfall wie O vorhin: »Rauchen ist das Schlimmste.« Er zündet sich die eigene Zigarette an und hält sie hoch, als wäre sie sein erhobener Zeigefinger. »Heute ist eine Ausnahme.«

»Ja, heute ist eine Ausnahme«, nicke ich.

Tarek reicht mir das Feuerzeug, ich zünde mir meine Zigarette an.

»Du darfst einfach niemals anfangen«, sagt auf einmal Omar und tritt aus dem Laden.

Während er sich die Hände an seiner Schürze abtrocknet, setzt er sich zu uns. »Weil dann hörst du nie mehr auf«, fügt er hinzu und zwinkert.

Sami hustet wieder.

»Wir haben alle gehustet, kein Problem«, sage ich.

Aber Sami steht auf und murmelt: »Ich muss mal.«

»Ist alles klar?«, fragt Tarek.

Sami hebt zur Antwort nur die Hand.

Nachdem er im Laden verschwunden ist, wird Tareks Gesicht auf einmal hart.

»Sag mal, Omar«, fängt er an und zögert, dann fragt er: »Wo würdest du dir Munition besorgen?«

Mein Puls geht hoch, ich greife nach einem Stück Pizzarand, das ich liegen gelassen habe und schiebe es mir in den Mund. Es ist kalt und fühlt sich an wie aus Gummi.

Omar antwortet nicht, sondern sieht erst Tarek an, dann mich. Langsam entsteht in meinem Mund ein Teig-Spucke-Brei. Ich schlucke und beiße gleich wieder ab. Omar rückt näher an den Tisch und kneift die Augen zusammen.

»Wozu braucht ihr Munition?«, fragt er.

Die Betonung hat auf dem »ihr« gelegen. Als wären wir die Letzten, die so etwas brauchen würden, oder zumindest die Letzten, denen er zutraut, dass sie mit Munition etwas anfangen könnten. Und ich spüre, wie das etwas mit Tarek macht.

»Ach, egal«, sagt er und plötzlich geht es schnell.

Omar reißt seine Hand vom Schoß und holt aus. Statt aber zuzuschlagen hält er ein paar Zentimeter vor Tareks Gesicht inne. Tarek, der zusammengezuckt ist, lehnt sich etwas zurück und bringt seinen Kopf aus der Reichweite der Hand. Sonst tut er nichts, sieht Omar nur an.

Omar hält die Hand noch einen Moment in der Luft, dann lässt er sie sinken.

»Baut keine Scheiße«, sagt er und sieht auf einmal niedergeschlagen aus, als ob er einen Kampf verloren hätte.

»Baut keine Scheiße«, wiederholt er und wirft diesmal auch mir einen raschen Blick zu, sieht dann zwischen seine Hände, die er vor sich auf den Tisch gelegt hat. »Macht euer Abitur.«

Im Augenwinkel nehme ich wahr, wie sich Tarek langsam aufrichtet.

»Oder wollt ihr wie ich jeden Tag zehn Stunden Kebab schneiden?« Er wendet sich mir zu. »Ich meine, du wirst so oder so nie einen Drecksjob machen müssen, egal wie viel Scheiße du baust, aber du«, er sieht wieder Tarek an, »du musst dich zusammenreißen, wenn du hier nicht untergehen willst, und vor allem«, er hebt den Zeigefinger, »wirst du doppelt so hart arbeiten müssen wie Vincent.«

Er schweigt einen Augenblick. Dann lächelt er: »Weißt du, wer mir das beigebracht hat?«

Tarek sagt nichts.

»Zinédine Zidanes Vater. Er ist aus Algerien, so wie auch mein Vater und –«

Plötzlich steht Sami auf der Türschwelle und guckt verwirrt in die Runde. »Was ist mit Zidane?«, murmelt er.

Omar lacht auf: »Ach nichts, wegen dem wird Frankreich Weltmeister.«

Tarek murmelt etwas.

Ich verstehe es nicht richtig, und Omar ignoriert es. Sami setzt sich wieder, er wirkt ein bisschen bleich.

»Jungs«, fährt Omar fort, »ich weiß ja nicht, was ihr vorhabt, aber –«

»Wir haben nix vor. Tarek labert nur«, unterbreche ich ihn und werfe ihm einen Blick zu.

»Hier hat es jedenfalls keiner leicht«, bringt Omar seinen Satz zu Ende.

Tarek erwidert meinen Blick, und ich bin mir nicht sicher, ob er böse auf mich oder Omar ist oder vielleicht froh, dass Sami wieder da ist.

»O zum Beispiel«, sagt Omar, und plötzlich knistert es in der Luft.

Tarek sieht wieder zu ihm, Sami richtet sich auf, und ich spüre das Loch in meinem Bauch.

»Wisst ihr«, fährt Omar fort, »der kann sich diese ganze

Scheiße nur leisten wegen seinem großen Bruder. Mit dem bin ich zur Schule gegangen, und der ist«, er macht eine Pause, fragt dann: »Wisst ihr, was der ist?«

Keiner von uns sagt etwas. Aber noch bevor er weiterspricht, weiß ich es, sehe es noch einmal vor mir. Ich gehe über die Brücke und wieder trifft mein Blick zuerst den des Mannes, der neben O geht. Diesmal erkenne ich ihn aber. Er ist der Glatzkopf, der mich festgenommen hat.

KORREKTUR

Der Geschmack von Desinfektionsmittel steckt mir im Rachen, und ich versuche nicht zu schlucken. Durch das blaue Tuch, das über mir liegt, dringt schummriges Licht. Nur aus den Augenwinkeln kann ich die Wunde auf meiner Wange erkennen.

Viele Wochen ist es jetzt her, dass ich mit der Brandwunde auf der Wange aufgewacht bin, und vielleicht habe ich die Salbe, die ich gegen die Narbenbildung jeden Tag einmassieren sollte, nicht richtig verwendet – jedenfalls ist mein Vater nicht zufrieden. Und deshalb wird die Narbe heute, noch rechtzeitig vor seinem Urlaub, korrigiert. Er hat mich hergebracht und sitzt oben in der Empfangshalle, wo die Klinik ein Public Viewing für die Patientinnen und Patienten aufgebaut hat. Deutschland spielt gegen Italien, die Leute reden schon vom Sommermärchen.

Als ich Stimmen höre, schlucke ich doch. Es schmeckt bitter. Zwei Männerstimmen begrüßen mich, ich spüre ihre Hände an meinen.

»Hier«, sagt einer der beiden und berührt eine Stelle über meinem Mundwinkel, »hier spritzen wir, das wird ein bisschen piksen.«

Auf einmal fährt ein brennender Schmerz ins Fleisch über meiner Lippe, verwandelt sich in ein Hitzegefühl und breitet sich rasch über mein ganzes Gesicht aus. Den zweiten Stich spüre ich kaum mehr.

»Jetzt müssen wir kurz warten«, sagt der andere.

Und während sie sich neben mir leise unterhalten, muss ich an Ali denken, der ein paar Stockwerke höher liegt, Luftlinie vielleicht nicht einmal hundert Meter entfernt. Ich muss daran denken, wie er zu mir gesagt hat: »Weißt du, Vince, ich wäre eigentlich gern mehr wie du.«

Und dann muss ich an die beiden Kreise auf seinem Unterarm denken. Und plötzlich wird mir klar, dass die, genau wie das auf meiner Wange, nie mehr richtig weggehen werden. Da kann man hundertmal operieren.

Als sie zu schneiden beginnen, fühlt es sich an, als würden sie mir die Haut abziehen. Sie zerren an meiner Wange, alles ist taub und blau und schummrig.

Erst als sie nähen, fragt einer: »Wie geht es dir da unten?«

»Gut«, versuche ich zu sagen.

»Die Fäden kommen dann in zwei Wochen raus«, sagt der gleiche Arzt, »in den nächsten Stunden solltest du die Sonne meiden. Und wenn es geht, nicht lachen. Am besten isst du auch erst am Abend wieder.«

»Warum«, nuschle ich, Sabber läuft aus meinem Mundwinkel.

»Weil wir nicht wollen, dass du dir die Zunge abbeißt.«

»Und rauchen?«, frage ich. »Darf ich rauchen?«

»Nein«, sagt der eine prompt, beginnt aber gleich zu lachen und fügt verschworen hinzu: »Verrate es keinem, aber wir Ärzte sind die schlimmsten Raucher. Wir operieren stundenlang am Herzen und machen dabei eine Raucherpause nach der anderen.«

FINALE

»Die verarschen uns, und dann sollen wir zu denen in den Urlaub und Geld dalassen?«, war das Erste, was mein Vater sagte, als er mich aus der Gesichtschirurgie abholte.

Zu Hause verschwand er im Arbeitszimmer, erledigte ein Telefonat und erklärte dann meiner Mutter: »Für Vincent wird die Sonne sowieso nicht so gut sein.«

Meine Mutter zuckte nur die Achseln: »Boris kann mich gut gebrauchen.«

Und damit war es das mit Italien in den Sommerferien – jetzt stehe ich, zum ich weiß nicht wievielten Mal, an Alis Bett und weiß nicht, wie ich anfangen soll.

Ich kenne das schon und atme einmal tief durch.

»Ich«, sage ich und komme mir auf der Stelle blöd vor.

Ich werfe einen Blick auf die Aldi-Tüte in meiner Hand, in der sich der rote Hammer aus dem Bus und eine Packung Zigaretten befinden. Dann sehe ich wieder Ali an, der aus dem Fenster sieht. Ein Kissen steckt ihm im Rücken. Seit ein paar Tagen fehlt ihm die Halskrause. Stattdessen hat er wieder seine Kette um den Hals, sie verschwindet im Kragen des Krankenhaushemdes. Und auch der Verband am Kopf ist ab. Sein Haar ist inzwischen zwei oder drei Zentimeter lang, es lockt sich ganz fein.

»Ich habe dir was mitgebracht«, sage ich schließlich und greife in die Tüte.

Ich versuche die Packung Sonnenblumenkerne herauszuziehen, ohne dass er den roten Hammer sehen kann, aber Ali guckt sowieso einfach weiter aus dem Fenster. Das heißt, eigentlich bin ich mir nicht sicher, ob er wirklich hinaussieht oder einfach nur in die Richtung guckt. Er blinzelt kaum, und in seinen Augen ist nichts zu erkennen. Keine Freude, keine Enttäuschung, keine Sorgen. Es ist, als wäre er weit fort.

Die Pflegerinnen und Pfleger sagen immer: »Doch, doch. Ihn erreicht alles Mögliche. Er ist nur in sich eingesperrt.«

Und das klingt irgendwie scheiße. Wenn ich mir vorstelle, dass er tief in sich drinnen ist und aus sich raus will, das aber nicht geht, wird mir ganz anders. Allerdings glaube ich das nicht wirklich. Meistens habe ich eher das Gefühl, dass Ali sehr genau mitbekommt, was um ihn herum geschieht, und nur so tut, als könnte er nicht reagieren. Ich bin mir zum Beispiel inzwischen ziemlich sicher, dass er sich schlafend gestellt hat, als Tarek und ich ihn besucht haben. Ich schätze, weil er sich irgendwie schämt oder so. Und ich glaube, dass das für ihn bei Tarek schlimmer ist als bei mir. Das ist jetzt nämlich ein paar Wochen her, und ich habe Ali seither circa ein Dutzend Mal allein besucht, aber seine Augen sind nur noch einmal geschlossen gewesen, beim Argentinien-Spiel.

»Magst du welche?«, frage ich und knistere mit den Sonnenblumenkernen.

Durch das Plastik spüre ich die Luft, die in der Packung eingeschlossen ist. Dann lege ich die Tüte mit dem Hammer und den Zigaretten auf der Bettdecke ab und fingere an der Packung herum. Es macht einen Knall, und die Kerne spritzen über die Bettdecke.

»Scheiße«, murmle ich und sammle sie so gut ich kann zusammen.

Die, die in die Falten der Decke gerutscht sind, lasse ich, wo sie sind. Auch die am Boden. Den Rest streiche ich zurück in die Packung.

Ich lege sie dahin, wo Ali sie gut greifen könnte.

»Willst du doch keine?«, frage ich und schiebe sie in Richtung seines Kinns.

»Magst du doch so gern.«

Einige Kerne fallen heraus und in den Schlitz zwischen Decke und Brust.

»Okay, ich geh mir schnell eine Cola holen.«

DAS ARGENTINIEN-SPIEL

»Es wird ihm guttun«, sagte die Pflegerin und löste mit dem Fuß die Bremsen an Alis Bett.

Ich hatte eigentlich gerade gehen wollen, folgte ihr aber, weil sie das Bett aus dem Zimmer hinaus und Richtung Fahrstuhl schob. Und gerade als wir die Fernseher-Ecke erreichten und sie stehen blieb, bekam ich eine SMS von Tarek.

O sagt du sollst auf der Stelle in die Nordstadt kommen.

Ich tippte: *Ich kann nicht, ich soll bei Ali bleiben.*

Dann schaltete ich mein Handy aus und ließ mich in den Sessel plumpsen, neben den die Pflegerin Alis Bett geparkt hatte.

Ich versuchte nicht an O zu denken und auch nicht an die vielen Fragen, die ich hatte, seit ich von seinem Bruder wusste. Es waren eigentlich keine Fragen, sondern eher ein Gefühl, als ob es jede Menge Gründe gäbe, um sich Sorgen zu machen. Als ob das Loch in meinem Bauch sich weiter ausbreiten und bald alles zu Ende sein würde.

Dann aber sagte ich, leise, und dann gleich noch ein zweites Mal, lauter: »Scheiß auf O.«

Und dann sah ich, ohne zuzuhören, Günter Netzer beim Reden zu. Sah, wie die Pflegerin einen anderen Jugendlichen an Krücken zu uns führte und neben mich auf das Sofa platzierte. Sah, wie das Spiel angepfiffen wurde, und sah, dass Deutschland in Rückstand geriet. Sah den Ausgleich und wie der Jugendliche neben mir mit geballten Fäusten auf den Bildschirm starrte. Wie

Neuville seinen Elfmeter verwandelte. Wie Ballack seinen Elfmeter verwandelte.

Als Lehmann zum ersten Mal hielt, kam es mir vor, als würde Ali die Augen weit aufreißen. Dann traf Podolski. Dann Borowski. Und als Lehmann den zweiten Elfmeter hielt, die Kamerabilder und die Stimme des Moderators durchdrehten und der Jugendliche neben uns aufsprang, sank sein Kopf in die Richtung, in die auch Lehmann gehechtet war.

\O/

Damals war auf jeder Colaflasche noch ein Nationalspieler abgedruckt. Auf der, die ich heute am Automaten ziehe, steht nur so eine Art Danksagung – von Deutschland an das Team oder von Cola an Deutschland, keine Ahnung. Als ich in Alis Zimmer zurückkomme, habe ich plötzlich keinen Durst mehr und stelle die Flasche auf den Nachttisch. Ich nehme die Packung Sonnenblumenkerne von Alis Brust und lege sie neben die Cola, dann trete ich ans Fenster.

Das Zimmer liegt so, dass man einen Blick über die Stadt hat, am Horizont zeichnet sich die Schwäbische Alb ab.

»Heute muss ich wirklich mit dir reden«, sage ich, was irgendwie ein bisschen komisch klingt, weil ich ja jedes Mal, wenn ich da bin, mit ihm rede.

Der Anfang ist immer ein bisschen schwer, aber wenn ich erst einmal ein paar Sätze rausgebracht habe, kann ich Ali mittlerweile richtig gut erzählen. Nicht nur so Sachen wie zum Beispiel, dass Tahira nach ihm gefragt hat. Oder dass Sami jetzt raucht. Dass ich ihn zusammen mit Jana gesehen habe, Händchen haltend. Dass Tarek mit seinen Sozialstunden im Botanischen Garten angefangen hat. Und dass meine Mutter mit jedem Tag, wo die Bürgermeisterwahl näher rückt, nerviger wird.

Sondern ich kann ihm auch Dinge erzählen, die ich sonst niemandem erzähle. Die ganze Geschichte mit meinem Onkel. Dass ich nicht so richtig verstehe, weshalb er nicht bemerkt hat, dass seine Waffe fehlt, und dass ich mir deshalb ein wenig Sorgen mache. Wenn ich Ali davon erzähle, beruhigt mich das irgendwie.

Vor ein paar Tagen habe ich ihm sogar erzählt, was mit Nadine passiert ist und wie es dann weitergegangen ist. Damit, dass ich alles wieder für die Schulleiterin aufschreiben musste, war es nämlich nicht zu Ende. Vor ein paar Tagen kamen wir in Erdkunde in dieselbe Gruppe, und ich hatte richtig krass Schiss, aber dann setzte sie sich neben mich und sagte nur, dass es ihr leid tue wegen meinem Freund.

»Sie hat dich gemeint«, sagte ich zu Ali. »Und, ich schwöre dir, ich wollte mich die komplette Stunde entschuldigen, also für die ganze Sache im Sport, habe aber einfach kein Wort sagen können. Kein Plan, warum. Ich war einfach stumm und hatte im Bauch so ein komisches Gefühl, aber nicht schlecht, sondern gut, weißt du. Und trotzdem war ich stumm. Wir sitzen nebeneinander, sie schneidet Fotos aus und ich male die Überschrift, und erst als wir fertig sind, checken wir, dass ich das L vergessen habe.«

Früher wäre das ein Moment gewesen, in dem Ali losgeprustet hätte. Heute hörte er sich einfach nur an, dass jetzt ein Plakat in unserem Klassenzimmer hängt, auf dem »ITAIEN« steht. Und dass das irgendwie ganz gut passt, weil wir ja nicht mehr nach Italien fahren.

»Wir regeln das heute mit deinen Schulden«, sage ich jetzt, ohne den Blick von der Alb zu nehmen. »Ein für alle Mal.«

Und damit ist es raus. Ich lausche, ob sich an Alis Atmung etwas verändert.

Dann fahre ich fort: »Weil, weißt du, heute ist das Finale. Und

Tarek und ich haben uns gedacht, wenn das Finale läuft, dann ist das der perfekte Zeitpunkt. Weil doch alle vor der Glotze hängen, verstehst du?«

Ich mache wieder eine Pause. Eigentlich ist es nur meine Idee gewesen. Tarek war dafür, die Waffe einfach O anzubieten, also Waffe gegen Schulden. Aber da war ich dagegen, einmal wegen seinem großen Bruder, und dann auch weil ich mir sicher bin, dass er nur wieder irgendetwas gesagt hätte, von wegen das seien jetzt nur die Zinsen oder so.

»Es ist wichtig, dass wir viel Geld auf einmal ranschaffen«, fahre ich fort. »Und deshalb nehmen wir die Spielhalle beim Stadtpark, die, in der du noch rausgeholt hast, weißt du das noch? In der hat es zwanzig Automaten. Und wenn ab dem Morgen an jedem in der Stunde nur fünfzig Euro gespielt werden, liegen da am Nachmittag zehntausend Euro an der Theke.«

Ich mache noch einmal eine Pause.

»Hast du gehört?«, fahre ich fort, »zehntausend, das ist genug. Und Tarek hat im Botanischen Garten so einen kennengelernt, der da auch Sozialstunden macht. Und jetzt haben wir auch Munition. Vorgestern sind wir im Wald gewesen und haben geübt, aber«, ich spreche nicht weiter.

Ich muss daran denken, wie das gewesen ist, die Pistole in der Hand zu haben, und wie schwer sie gewesen ist und wie sie nochmal schwerer geworden ist, bevor ich dann abdrückte. Und dann muss ich daran denken, wie seltsam es mit Tarek war. Die ganze Zeit wusste er alles schon. Wie man das mit der Munition macht. Wie man stehen soll, wenn man schießt. Aber als wir dann fertig waren, da konnte ich ihm ansehen, wie er die Waffe am liebsten in den Wald geschleudert hätte, irgendwo ins Gebüsch, und sich das aber nicht anmerken lassen wollte.

Und das, denke ich jetzt, während ich hinaus auf die Alb schaue, das habe ich ausgenutzt, das habe ich von Anfang an ausgenutzt: Als ich vor zwei Wochen zu Ali ins Krankenhaus gefahren sind, haben wir die Waffe natürlich bei ihm gelassen. Und als er ein paar Tage später gefragt hat, ob ich sie nicht wieder zu mir nehmen will, habe ich einfach nur gesagt »lieber nicht« und irgendetwas geredet, von wegen meinem Onkel. Und da war es auch schon so. Tarek hat nur gesagt »alles klar, Bruder«, aber ich habe richtig riechen können, wie es ihn stresst.

»Jedenfalls«, rede ich weiter, »nimmt Tarek die Pistole und ich, ich nehme den hier«, ich hole den Hammer aus der Tüte und drehe mich um.

Weil ich vor dem Fenster stehe, kommt es mir fast so vor, als ob Ali mich angucken würde. Und als ich dann den Mund öffne, um weiter zu erzählen, bin ich mir sicher, dass es nicht nur so wirkt. Dass er mich ansieht und jedes Wort versteht.

IHR!

HABT 80 MILLIONEN FASZINIERT

Die Blüten des Baums, unter dem ich auf ihn warte, sind gelb. Ich lege den Kopf in den Nacken und starre in die Baumkrone, als ob ich das Gelb mit den Augen aufessen könnte. Als ob ich damit die Zeit anhalten könnte und er deshalb niemals käme. In meinem Bauch fühlt es sich an wie manchmal morgens, wenn ich Bus fahre und mir wünsche, dass wir niemals ankommen. Dann lege ich die Stirn an die kühle Scheibe und schaue einfach nur hinaus, für immer.

Meine Gedanken wandern davon. Ich denke daran, dass gleich Italien und Frankreich auflaufen. Und plötzlich fällt mir auf, dass ich genau zwei Leute kenne, die heute richtig krass für Frankreich sind. Wobei mein Vater wohl eher einfach gegen Italien ist. Und Omar, na ja, der ist einfach für Zidane.

»Bruder.«

295

Tarek steht neben mir. Er hat sich rasiert, vor der Brust hängt ihm eine Deutschlandfahne und seine Hände stecken in den Jackentaschen. Irgendwie sieht er gar nicht nach Tarek aus – was ja gut ist, trotzdem ist es seltsam. Als ob ich einen Fremden treffen würde.

»Alles klar?«, fragt er.

Ich nicke und hebe die Tüte mit dem Hammer hoch. Dann ziehe ich mir mein Halstuch aus dem Kragen bis über die Nase. Er nickt und zuckt kurz mit der rechten Schulter. Wahrscheinlich hält er die Pistole in der Hand, seit er aus der Wohnung gegangen ist und seine Hand ist schon völlig nassgeschwitzt.

Ich schiebe das Tuch wieder unters Kinn und blicke über die Wiese. Am anderen Ende liegt der Ausgang, den wir nehmen müssen.

»Also gut«, sagt Tarek.

»Sollen wir nicht noch schnell eine rauchen?«, frage ich und ziehe die Packung Pink Elephant aus der Tüte.

Kurz glaube ich, dass er etwas sagt. Wegen der Marke. Oder irgendetwas wegen dem Plan, wallah, es ist doch kein guter Tag, oder so.

Aber er zuckt nur die Achseln, zieht mit der Linken eine Zigarette aus der Packung und steckt sie in den Mund. Dann sieht er mich an.

Meine Kehle schnürt sich zu.

Nur noch diese Zigarette.

Ich halte ihm Feuer hin, und er beginnt mit schnellen Zügen an dem rosa Stängel zu ziehen.

Ich stecke mir ebenfalls eine Zigarette an und inhaliere vorsichtig. Es fühlt sich an, als müsse ich den Rauch durch meinen Hals hinabquetschen. Als ich ein zweites Mal ziehe, steigt es aus meinem Bauch nach oben. Ich nehme die Zigarette aus dem Mund und schlucke. Nicht jetzt, sage ich mir dabei, nur nicht jetzt.

Langsam flaut der Würgereiz ab. Gleichzeitig setzt ein Kribbeln in meinen Armen ein. Meine Hände fühlen sich an, als würden sie in Ameisenhaufen stecken.

Gerade als ich es wage, die Zigarette in den Mund zu nehmen, sagt Tarek:»Also, jetzt aber.«

Mir schwappt der Mageninhalt in den Mund. Ich presse die Lippen aufeinander und versuche den Geschmack nach Cola durch die Nase auszuatmen. Mein Rachen brennt. Als ich die Augen schließe, spüre ich, dass mir Tränen darinstehen. Dann atme ich tief ein und schlucke alles hinunter. Das Bild der Pistole blitzt vor mir auf, wie sie in Tareks nass geschwitzter Jackentasche steckt. Ich schiebe es beiseite und sage mir: Das hier noch, dann ist es vorbei – und öffne die Augen.

Ich sehe Tarek wie durch einen Schleier.

»Okay«, hauche ich.

Und dann gehen wir.

Ich links, er rechts.

Wie ich dir vorhin schon erzählt habe, setzen wir auf halber Strecke die Kapuzen auf.

Kurz vor dem Parkausgang beschleunigen wir den Schritt und ziehen die Tücher vors Gesicht – und dann sind es nur noch ein paar Schritte.

Links ist das italienische Café zu sehen, vor dem dann wahrscheinlich niemand sitzt, wenn doch, scheißegal. Rechts taucht die Tür zur Spielhalle auf, die Kamera darüber.

Ich schlage den Blick nieder.

Und dann sage ich mir, dass wir das für dich machen, Ali, für dich, und fasse in die Plastiktüte.

Für wen, wenn nicht für dich.

Tarek greift nach der Tür.

Für dich.

DANKSAGUNG

Ich habe zehn Jahre an *Pink Elephant* gearbeitet, dabei haben mich unglaublich viele Menschen begleitet. Sie haben mit mir übers Schreiben gesprochen, aber auch über meine Rolle in der Gesellschaft. Sie haben gelesen und Feedback gegeben und wieder gelesen. Sie haben mir zugehört.

Erst mit der Zeit habe ich verstanden, wie sehr man das Ausmaß und die Wirkung der eigenen Privilegien unterschätzt. Immer öfter habe ich mich deshalb gefragt: Wieso soll ausgerechnet ich, der ich einen weißen Blick mitbringe, diesen Text schreiben? Und wie soll ich in ihm eine Realität schildern, in der es Rassismus gibt, ohne Momente und Strukturen dieser Realität zu reproduzieren?

Ich bin mir oft unsicher gewesen, an einigen Stellen bin ich es heute noch. Gleichzeitig habe ich immer wieder erlebt, wie sich Gespräche darüber, ob man etwas schreiben soll, rasch in eine Richtung entwickeln, in der man gemeinsam überlegt, wie man es schreiben kann.

Dafür danke ich meinen Freund*innen, meinem Team und meiner Familie von Herzen.

Als mir die ersten Ideen zu *Pink Elephant* kamen, habe ich am Institut für Sprachkunst bei Esther Dischereit studiert. Sie hat nicht nur die Erzählung betreut, aus der später die erste Fassung hervorgegangen ist. Sie hat mir auch mit behutsamer Unnachgiebigkeit beigebracht, dass man sich verändern muss, wenn einen das Leid anderer nichts mehr anzugehen scheint.

Mit Muhammet Ali Baş habe ich studiert, mittlerweile arbeiten wir zusammen und sind Freunde. Seit ich in einem Seminar die ersten Absätze zur Diskussion gestellt habe, steht er hinter mir – mit viel Weisheit, mit Zuversicht und großer Liebe. Er ist den Weg durch elf Fassungen mitgegangen, und war da, als niemand sonst da war. Ohne ihn gäbe es kein Buch.

Cornelia Hülmbauer hat die erste Fassung gelesen, Helene Bukowski die letzte, meine ehemalige Agentin Nora Boeckl quasi jede dazwischen. Ihnen danke ich stellvertretend für alle Kolleg*innen, die mich unterstützen, die mich vertreten oder in meinen Verlagen mit mir arbeiten.

Gewidmet ist *Pink Elephant* meinem Freund Alain Daood. Als er 2009 starb, wollte ich etwas tun und wusste nicht was. Jetzt ist es ein Roman geworden, in dem ich nicht seine Geschichte erzähle, sondern versucht habe, etwas zu schreiben, was er gern gelesen hätte.

Seite 234:	Azad: Leben
	Leben, 2001 (Pelham Power Production / Universal Music)
Seite 248:	Shakira: Hips Don't Lie
	feat. Wyclef Jean, Oral Fixation Vol. 2, 2005 (Epic Records)
Seite 265:	Summer Cem: Hör mir zu
	Alles Gute kommt von unten, 2007 (Ersguterjunge / Universal Music)
Seite 277/279:	Eko Fresh: Gheddo
	feat. Bushido, Hart(z) IV, 2006 (German Dream / Sony BMG)

Bei dem Mathematiker, von dem auf Seite 97 bis Seite 99 die Rede ist, handelt es sich um Gottlob Frege. Es werden insbesondere Inhalte aus seiner Schrift *Über Sinn und Bedeutung* zusammengefasst.

Die beiden kursiv gesetzten Sätze auf Seite 143 sind aus dem Roman *Tschick* von Wolfgang Herrndorf entlehnt und leicht abgewandelt.

Der auf Seite 247 kursivierte Satz ist dem Gedicht *Desiderata* von Max Ehrmann entnommen.